堂場瞬一

ルール

堂場瞬一スポーツ小説コレクション

実業之日本社

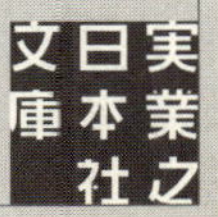

目次

第一部 復帰 7
第二部 苦闘 91
第三部 復活の日 175
第四部 再びの栄光へ 257
第五部 闇と光 339
解説 松原孝臣 425

ルール

第一部

復帰

『ハードバーン』　杉本直樹著

第一章　最後のレース

快晴。気温マイナス二度、雪面温度マイナス五度。オリンピックという最高のレースの舞台として、まずまずのコンディションだった。

林間を抜ける白一色のコース——そのスタート・ゴール地点は、両側をスタンドで挟みこまれている。本来なら、青いシートが白い雪に映えるはずだが、この日シートはまったく見えなかった。観客が席を埋め尽くし、色とりどりのドットになっている。

クロスカントリー、男子五十キロフリー。竜神真人は、静かに自分の鼓動に耳を傾けていた。スタート地点は常にざわついた雰囲気になる——スキー板同士がぶつかる音、気合いの入った荒い呼吸、ストックが雪面を突くざくざくという硬い音、観客の声援。どうしても集中するのが難しくなるのだが、竜神は、いつも通り落ち着いていた。うつむき、ブーツを見詰め、自分一人の世界に入る。レース前には必ず、こうやって集中するのだ。そして極端な精神集中が終わると、次第に表情が緩んでくるのを意識する。ここで滑れることが嬉しいから。

膝の状態は、決して思わしくなかった。ここ数年、ずっと竜神を苦しめていた右膝の痛みは、まだ引いていなかったのだ。このオリンピック出場も危ぶまれたほどなのだが、竜神は賭けに出た。これが現役最後のレースになると、既に決めていたから。二度目のオリンピックでも金メダルを取りに行く——明言してはいなかったが、彼の中ではその決意は固かった。

多くの物を背負っているが故に。自分一人で戦っているのではない、という意識は強くあった。

ストックをきつく握り締める。

号砲、スタート——それはすぐに歓声にかき消された。

ヨーロッパで唯一認められた日本人。「ドラゴン」の通り名で知られた竜神は、栄光に向かってスタートした。集団に巻きこまれていたのだが、観客は簡単に彼の姿を見つけることができただろう。黒に赤——闇と炎をまとったウエアは、白い雪に映えて非常に目立つ。あのウエアがいずれ集団を抜け出し、最後の最後で先頭でゴールに入って来る——その時点で、それを信じていない観客はいなかった。

I

久しぶりに原稿を読み返して、うんざりする。こんなに文章が下手だっただろうか……私は思わず苦笑した。視点がぶれぶれで、読みにくいことこの上ない。竜神の気持ちに入りこんだと思ったら、すぐに観客視点になってしまう。これは、一から書き直さないと駄目だ。

いや、もう放っておこうか。どうせ日の目を見ることはないのだから。

ノンフィクションの世界では、タイミングが全てである。二年前の冬季オリンピック直後なら、間違いなくこの本を出版する意味はあっただろう。だが私自身が、竜神の周囲に渦巻いた熱狂と彼の引退宣言に巻きこまれ、原稿に取り組んでいる時間がなかった。オリンピックで二つ目の金メダルを獲得したシーンから書き始める――一番印象的な出来事を先頭に持ってくるのは新聞記事もノンフィクションも同じだ――つもりだったが、結局肝心の第一章すら書き上げられなかったのだ。手元に残ったのは、竜神の生い立ちや数々のレースでの戦いぶりを記した膨大なメモのみ。

「杉本」

呼ばれて、反射的に立ち上がる。デスクの宮田(みやた)が手招きしていた。左手に持った受話器は胸に押しつけている。宮田の前に立つと、彼は太い眉を顰めて、怪訝そうに私の顔を見た。

「何か？」ヘマでもしただろうか、と警戒する。少し年長のこのデスクは、何かと口煩く、私にとっては目の上のたん瘤的存在だ。

「お前、竜神が現役復帰する話、知ってるか？」

「はあ？」

思わず、脳天から抜けるような声を出してしまった。耳障りだったのか、宮田が顔をしかめる。

「どこからの情報ですか、それ」私は嚙みつくように言った。

「北海道の望月」

「貸して下さい」

私は宮田の手から受話器をひったくった。コードが短いので屈みこむ格好になり、宮田の顔に思い切り近づいてしまう。宮田が嫌そうな表情を浮かべ、椅子を少し机から遠ざけた。

「望月？　杉本です」

「ああ、杉本さん……どうも」

「確かな情報なのか？」ガセじゃないか、と言おうとしたが、せっかくネタを持ってきた後輩に対して、そういう言い方はあまりにも失礼だ、と言葉を呑む。

「ガセじゃないですよ」望月が唇を尖らせる様子が目に浮かぶ。北海道駐在の二十六歳のこの記者は、年齢の割に子どもっぽい。

「どこから聞いた」

「こっちのスキー関係者なんですけど……旗本さん、知ってます?」

私は頭の中のデータベースをひっくり返した。旗本、旗本……北海道スキー連盟の人だ、と思い出す。

「知ってる。マジなのか?」

「昨夜呑んでて、聞いた話なんですけど」

「騙されてるんじゃないだろうな。それとも酔っ払いの戯言か」

「まさか」さすがに望月がむっとした口調になった。まだまだ甘い男だが、今回の件に関しては自信があるようだ。「とにかく、旗本さんが新潟のスキー連盟の知り合いから聞いたそうです」

「今シーズンから?」

「でしょうね……って、旗本さんも詳しい話は知らないようですけど。あくまで間接的な情報なんで」

「分かった」

私は受話器を架台に戻した。宮田が「おいおい」と抗議する。

「こっちの電話はまだ終わってないんだよ」

「竜神の復帰話でしょう？　望月の話だけじゃ書けませんよ。それにこれは、俺のネタですから」

「お前……」宮田が溜息をつく。「何を偉そうに言ってるんだ？　ネタを摑んできたのは望月じゃないか」

「竜神は俺のネタなんですよ」

繰り返し言って私は踵を返し、自席に向かった。東日スポーツの編集局……昼間のこの時間、人は少ない。比較的静かな雰囲気の中、椅子に座って腕組みをした。目を閉じるとすぐに、自分の世界に入りこめる。

まず疑問に思ったのは、竜神が何故復帰する気になったか、ということだ。「全てやり尽くした」。二年前のオリンピックが終わった後、あいつはほっとした表情で引退を表明した。あの言葉にも顔つきにも、嘘はなかったと思う――長年のつき合いで、それぐらいは読めるようになっていた。あいつが背負ったプレッシャーを考えれば、そろそろ重荷を下ろしてもいい頃だろう、と同情すら覚えたものである。日本中の期待を一身に集めるような数年間を過ごせば、どんな人間でも重圧で背中が丸まってしまう。中には、それで自惚れて人生を踏み外すアスリートもいるのだが、竜神はそういうタイプではなかった。控え目と言うか静かと言うか……それがまた、日本人の求める「国民的ヒーロー」に相応しい感じだったのだ。日本人は、陽気に大騒ぎするタイプや大口を叩くタイプを、ヒーローと崇めない。淡々と自分の役割を果たし、勝利の喜びも抑えて表現する――控え目な人間にこそ、敬意が集まるものだ。

スマートフォンを取り出し、住所録から竜神の携帯の番号を呼び出した。呼び出し音が鳴る……出ないまま、留守番電話のメッセージに切り替わってしまう。一度切ってかけ直し、折り返し電話が欲しい、とメッセージを残した。これで大丈夫――なはずだ。竜神は、私の知り合いの中で一番律儀な男であり、メッセージを無視したことは一度もない。

メールも送っておこうかと思ったが、そこまでしつこくすることもないだろうと考え直す。しかし、本人が摑まらなくても周辺取材ぐらいはしておきたい……今度は、新潟にある竜神の実家の電話を呼び出した。竜神は未だに両親と同居している――というより両親が経営するペンションを手伝っているのだ。

竜神の母親、葉子がすぐに電話に出た。

「どうも、杉本です。お久しぶりです」

「あら、直樹君。本当にご無沙汰ね」葉子の声には、かすかに私を非難する調子が混じっていた。それは理解できる。彼女にとって私は未だに、「息子を取材する記者」ではなく、「高校時代からの息子の友だち」なのだろう。

「真人、いる？」

「今？　ちょっと長岡まで買い出しに出かけてるけど」

「そうですか……」

「どうかしたの？　いきなり電話してきて」

「いや、あいつの携帯がつながらなかったものですから」

「あら、そう」

一瞬の沈黙。本人ではなく親に聞くのは、やはりどこか筋違いな感じがしたが、思い切って訊ねてみた。

「いきなりですみません……真人が現役復帰するって聞いたんですけど、本当ですか？」

「それは、本人に聞いてもらわないと」

答えはしたものの、葉子の口調は歯切れが悪く、私はそれでこの情報は本物だと確信した。おそらく竜神から、「余計なことを喋らないでくれ」と釘を刺されているのだろう。そうでなければあっさり喋るはずだ。葉子は基本的に、お喋りである。

「そうなんですね？」

「私からは言えないわよ。本人に聞いてみたら？」

当たりだと確信したが、焦ることはあるまい。仮に明日の新聞に載せるにしても、締め切りまでにはまだ間がある。いずれにせよ、本人に確認しない限り書けないのだ。

「そうですね……そうします。真人、いつ戻って来ますか？」

「夕方になると思うけど。電話させましょうか？」

「そうですね。そう伝えてもらうと助かります」

しばらく世間話をしてから電話を切り、私は宮田のもとへ向かった。

「どうだ？」

「間違いないと思いますけど、本人と直接話して確認したいですね――いや、ちょっと行って話を聞いてきます」

「強引だな……新潟か」

「塩沢（しおざわ）です――今は南魚沼（みなみうおぬま）市ですけど」

「どうする？　今日、記事にするか？」

「竜神の話を聞けるかどうかによりますね。いずれにせよ、他社が気づく様子はないと思いますから、焦る必要はないでしょう。ちょっと手元で温めておいても大丈夫だと思います」

「ドラゴン復活となればね……四段の見出しを用意するよ」

「一面ですよね？」

「まさか」宮田が鼻を鳴らす。「ウィンタースポーツのシーズンならともかく、今は一面は野球だぜ」

「野球なんか、裏一面に回して下さい。竜神のことなんですよ」

一瞬、宮田の耳が赤くなった。私は彼が爆発しないうちに、さっさと側を離れた。オリンピックで二大会連続金メダルを獲得した竜神の復帰となれば、当然一面トップの価値がある。認識の違いというより、宮田が間抜けなのだ。スポーツ紙に勤めているまともな人間なら、当然この記事を一面に持ってくる。

私には大事な仕事ができた。まず「ドラゴン復帰」の特ダネを書く。その先にあるのは私の本だ。ボツを覚悟したばかりの本が日の目を見る可能性が、にわかに高くなってきた。日々の仕事に追われるだけで記者生活を終えたくない——キャリアの重要なポイントになるはずのこの本を、私は絶対に物にしたかった。


結局夕方まで、竜神から連絡はなかった。珍しいことではない。あの男は妙に真面目で、運転中や電車に乗っている時は絶対に電話を使わない。それにしても……まだ書かれたくない話なのかもしれない。事実がそこにあることと、記事にすることとはまた話が違う。当事者が「書いて欲しくない」と言えば、無理に記事は書けないのだ。

しかし、焦る。知ってしまった以上、何としても記事にしたいのだ。いっそこのまま、塩沢まで行ってしまおうか。直接会って話が聞ければ、竜神が認める可能性も高い。もつとも空振りするのも馬鹿馬鹿しく……どうして電話してくれないんだ、と私は次第に苛立ち始めた。

夕方になり、プロ野球のナイターが始まると、編集局はにわかに活気づく。何台ものテレビが各球場の試合を中継し、ファクスがひっきりなしに紙を吐き出して、アルバイトが短距離ランナーの練習さながら走り回る光景は、まさに「仕事はこれからが本番」を感じさせた。私の席は、プロ野球班からは少し離れた場所にあるのだが、それでも喧噪は十分に伝わってくる。慣れた雰囲気であり、私にとってはむしろ心地好いものだ。

「おい、飯でも行かないか？」

声をかけられ、振り向く。同じ遊軍の先輩記者、松崎が立っていた。ということは、「飯」は言い訳で、本当は呑みに行きたいのだ、と私は悟った。一人では寂しく、相棒を探しているのだろうが……底なしの酒豪である彼と一緒に呑むことを考えると身震いしてしまう。

松崎は身長百八十センチ、体重は優に百キロを超える巨漢で、しかも強面を強調するようなひげ面である。担当は、主に格闘技。本人も、いかにも経験者のように見えるが、大学時代は囲碁部だった。そのためずっと、文化社会部への異動を希望しているのだが、叶わぬまま、運動第三部の主になりつつある。

その運動第三部は、東日スポーツ編集局の吹きだまりだ。運動第一部がプロ野球、第二部がサッカー、その他の担当が押しこめられるのが第三部である。人数は多いのだが、各人がそれぞれ勝手に仕事をしているために、連帯意識はまったくない。私もそうだ――ずっと三部暮らしで、特にウィンタースポーツの担当が長かった。新潟、長野、北海道……雪国の出身者は、自動的にウィンタースポーツの担当に回されてしまう傾向がある。私自身のスキーの腕は、「滑れる」程度なのだが。

「ちょっと電話待ちなんですよ」私はスマートフォンを掲げてみせた。竜神が折り返し電話してきて復帰を認めれば、それで原稿を書かねばならない。

「よく仕事するねえ」松崎が皮肉っぽく言った。

「ネタになるかもしれない電話なんです」

言うと、納得したように松崎がうなずいて去って行った。それで私は少しだけほっとした。三十を過ぎているのに酔い潰されるのは、みっともない。

呑み仲間を探して編集局内をうろつく彼の背中をちらりと見てから、私は立ち上がった。夕陽で赤く染まる窓辺に寄る。時々こうやって窓辺に立ち、ぼんやりと時間を潰すのが私の習慣だった。外はごちゃごちゃしたオフィス街で、目を楽しませてくれる物など何もないのに。

背後でスマートフォンが鳴った。慌てて振り返って飛びつく。竜神だ。

「もしもし?」

「ああ、遅くなって申し訳ない」

いつもの生真面目な挨拶。焦って額に汗を滲ませている姿が目に浮かぶ。

「今、話して大丈夫か？」

「ああ」

「お前、復帰するのか」

私はすぐに切り出した。途端に竜神が沈黙する。嫌な沈黙だった。彼は慎重な男だが、反応が鈍いわけではない。取材で何か訊ねて、答えが返ってこないことなどなかった。「そうですね」と前置きしている間に、ちゃんとした答えを頭の中で用意してしまうタイプなのだ。長い沈黙はあり得ない。

「どうなんだ？」焦れて催促する。

「どうかな」

自分で答えを求めておきながら、私は内心動転していた。「どうかな」。こんな中途半端な言葉を、竜神の口から聞いたことはない。

「どうかなって、お前自身のことじゃないか」私はさらに突っこんだ。

「いろいろあるんだ」

「関係者への挨拶回りとか？」

想像に任せて、私は質問を連ねた。彼は現役時代、多くの人間のサポートを受けていた。復帰する場合は、以前所属していたチームの世話になるしかないだろう。今や、スポーツは――特に竜神のように世界レベルの選手は、一人で活動できるものではないのだ。普段の練習、合宿、大会への遠征と、金と人手が必要になる。

「それも含めて、いろいろ」

「どうなんだよ、復帰するのかしないのか?」

「これは取り調べか?」竜神が反発するように言った。

「電話で話しにくいなら、今からそっちへ行くけど」

「ずいぶん急だな」

「それだけニュースバリューのある話なんだ。『ドラゴン復活』。俺に書かせろよ」

「ドラゴン、ねえ」

微妙な口ぶりだった。懐かしそうな、しかし嫌そうな……実は、彼が一般的に「ドラゴン」と呼ばれるようになったのは、海外での方が先である。実際私は、日本の新聞よりも先に、ヨーロッパの新聞が「Ｄｒａｇｏｎ」を使ったのをはっきり覚えていた。どうやら日本人ファンが、ツイッターで「ドラゴン」と呼んだのが、ヨーロッパでいち早く広がったらしい。日本のスポーツ紙も「ドラゴン」を使うようになった後で、竜神に直接訊ねてみたことがある。「そういう風に呼ばれるのはどんな感じだ?」と。

彼の答えは、苦笑混じりの「しょうがないね」だった。そういう苦笑は、高校時代から私には馴染みだった。何でも受容してしまうのが、彼のいいところでもあり悪いところでもある。

いずれにしても、今回の「復帰」はにわかには信じられなかった。「完全引退」。二年前には、あらゆる状況がそれを裏づけていたのに。怪我もあったし、やり切ったという彼の言葉も本音だと受け取っていた。

「とにかく、今からすぐ行くから」はっきり言わない竜神に痺れを切らして、私は宣言した。

「ええ?」竜神が間抜けな声を上げた。「今からって……」

「お前は北海道に住んでるわけじゃない。そこまで、東京から一時間だ」

「それは、越後湯沢までだろう?」竜神が冷静に指摘する。

「まあ……とにかく、越後湯沢から塩沢までだって二十分ぐらいだ」上越線は一時間に一本か二本しかないのだが、自腹で越後湯沢からタクシーを飛ばしてもいい。「今から行くから。逃げるなよ」

「逃げるも何も、俺の家はここだから。他に行くところ、ないじゃないか」

そう、彼は常に家にいる——本来は、中央にいるべき人間なのに。コーチなどのオファーを何故か全て断り、田舎に引っこんでしまったのだ。私が彼の評伝『ハードバーン』を諦めた理由の一つがこれである。引退後のヒーローの姿がペンションのオヤジ

——正確には手伝い——というのは、どうにも格好がつかない。ヒーローにはヒーローの、引退後の理想の姿があるべきだ。

宮田に「裏を取りに行く」と告げて、私は編集局を飛び出した。きっと何かが動き出す——竜神だけでなく、私についても。

2

午後七時前に東京駅を出る新幹線に飛び乗り、越後湯沢駅着が午後八時過ぎ。タクシーを摑まえようかとも思ったが、八時半ちょうどの長岡行きの上越線があったので、そちらを使うことにした。東日スポーツは経費の精算に厳しく、電車がある時間にタクシーを使っても、まず認められない。

それにしても——春の新潟はこんなに侘しいものだっただろうか、と驚く。駅にも列車にも人がいない。しかし考えてみれば、昔からこんな感じだった。朝と夕方だけは学生で賑わうのだが、それ以外の時間帯は極端に乗客が減るのだ。道路網が発達しているし、この辺で鉄道といえば新幹線のことである。

十数分、上越線に揺られて塩沢駅に到着する。間もなく九時……東京からは近いのに、やたらと遠い感じだった。そういえば最近、実家にも顔を出していない。こんなに遠いんじゃ仕方ないよな、と両親に対する不義理の理由を頭の中で正当化した。

外へ出ると、空気はひんやりしていた。五月とはいえ、東京とはだいぶ様子が違う。数度低いだけなのだろうが、吐く息が白く見えるのでは、と一瞬疑うほどだった。薄手のコートを着ても不自然ではない陽気である。

駅舎はまだ新しい。古民家風に改築されたばかりなのだが、サイズが小さいので、何となく自分も肩身が狭い感じがしてくる。それにしても、やはり侘しい……駅前から三国(みくに)街道へ向かう道路は細く曲がりくねって、いかにも田舎という感じである。タクシーは摑まるだろうか、と心配になってきた。確か昼間は、駅前にタクシーが何台か溜まっているはずだが、今は一台もいない。竜神の両親が経営しているペンションは、ずっと山の方——関越(かんえつ)自動車道を越えた先にあり、歩いて行くのは不可能ではないにしても時間がかかる。タクシー会社を探して電話しようか、と思ってスマートフォンを取り出した瞬間、ヘッドライトの灯りが闇を切り裂いた。顔を上げると、高い位置にあるヘッドライトともろに目が合う。車はすぐに停まり、ヘッドライトも消えた。ドアが開いて男が降りてくる——竜神。

その姿を見た瞬間、私は笑いそうになった。膝までの長さがあるデニムのエプロン姿だったのだ。しかも胸のところに、踊るようなフォントの白字で「山楽荘(さんらくそう)」と入っている。

「何だよ、そのエプロンは」挨拶を交わす前に、私は思わず訊ねてしまった。竜神が顔を赤くした――ような気がした。実際には街灯の灯り(あか)も乏しく、相手の顔も満足に見えないような状況なのに。

「何か変か?」

「お前、エプロンが似合わないなあ」

「分かってるよ」竜神が両手で顔を擦(こす)った。「だけど、これが制服みたいなものだから」

「制服って……こんな時間にまだ仕事してるのかよ」

「ペンションの仕事は、九時五時で済むわけじゃないから。遅い時間にお客さんの迎えだってあるし」

　私は思わず周囲を見回した。それを見て、竜神が軽やかな笑い声を上げる。

「何かおかしいか?」何だか馬鹿にされたような気分になって、私は訊ねた。

「今日は、お前がお客さんじゃないか」

「いや、俺は取材で来たんだ」誤魔化そうとしているのか、と私は一瞬むっとした。

「目的はともかく、わざわざここまで来てくれたんだし、お客さんみたいなものだよ」

「何でこの時間だって分かったんだ?」

「上越線、一時間に何本あると思ってるんだ?　お前のことだから、電話を切ったらすぐに新幹線に乗ると思ったたし、時間を読むのは簡単だった」

「そうか」何だかすっかり見透かされているようだ、と情けなくなる。

「じゃ、行こうか」竜神が助手席のドアを開けてくれた。

「いいのかよ」

「何が？」

「だから、これは取材なんだけど」

「俺は別に、取材を拒否してないけど」

私は思わず口をつぐんだ。どうにもこの男の本音が読めない——それは懐かしい感覚でもあった。六日町高校の同級生としても、選手と記者としても、どれだけたくさんの言葉を交わしてきたか。しかしこの男の本音は、いつも透明度の低い沼の底に隠れていて、どうしても一番深い部分は見えないのだ。だからだろうか、竜神のことを記事にすると、何だか薄っぺらい感じになってしまう。おそらく、日本の記者の中で一番この男と親しい自分でさえそう感じるほどで、他の記者はもっと苛ついているだろう。

まあ、いいか……私は自分を納得させようとした。本音は読めなくても、竜神が取材のきっかけをくれているのは間違いない。私は彼にうなずきかけて、助手席によじ上った——車高の高いランドクルーザー・プラドなので、どうしても階段を一段上がる感じになる。

私がシートベルトを締めるのを確認してから、竜神がエンジンをかけた。相変わらず慎重である。

「……で、どうだ？」

「どうって、何が？」竜神が訊き返した。

「ペンションの生活は」

「これはこれで大変なんだ。ちゃんと働いて金を稼ぐっていうのは、難しいものだね。引退してから、世の中の大変さがよく分かったよ。お前を尊敬するね」

「俺はただのサラリーマンだから。ヘマしたりサボったりしなければ、給料は自然に入ってくるんだ」

「そんなに簡単なことじゃないだろう。競争もあるし」

「スポーツ紙の競争なんて、大したものじゃないけどね」私は自虐的に言った。実際、スポーツ紙は一般紙とは違う。基本的には横並び——同じ選手、同じ試合を取材して、どういう視点で記事を作るか、どんな文章を書くかが問われる感じだ。

「飯は？」

「済ませた」

「新幹線で駅弁か？」

「時間がなかったから、しょうがないだろう」何だか非難されているようでかちんとくる……弁当や多種多様なファストフードで腹を塞ぐのは、私にとって普通の食生活なのだ。

「そうか……お前の分の飯、取ってあるけど」

「わざわざ？」私はちらりと、運転席の竜神を見た。

「わざわざも何も、客が泊まるんだから当然だろう」

「だから、俺は客じゃないよ」クソ、どうしても誤魔化すつもりか？

「部屋は用意してあるけど。今さら東京へ帰れないだろう？　それとも実家に泊まるか？」

「いや、それは……」私は思わず口ごもった。別に実家と折り合いが悪いわけではないが、両親と同居している兄夫婦には、子どもが三人もいるのだ。私が寝る部屋さえないのが実情である。

「遠慮しないでうちに泊まれよ」

「……分かった」

会話が途切れる。私はもう一度、竜神を見た。引退から二年。トレーナーにエプロンという格好なのではっきりとは分からないが、未だに筋肉質な体型を保っているようだ。顎のラインが昔と同じようにシャープなのは、体重が増えていない証拠である。短く刈り上げた髪型も、現役当時と変わっていない。三十二歳から三十四歳へ――わずか二年だが、現役を引退したアスリートが、あっという間に変貌してしまった実例を、私は何人も見ている。一番よくあるのは、急に太ってしまうパターンだ。現役時代と同じだけ食べて運動量が減れば、太るのは当然である。

「トレーニングしてるのか？」

「軽く。体調維持っていう感じだな」

「膝は？」

「日常生活を送る分には影響ないよ。だいたい、大した怪我じゃなかったんだ。散々書かれたけど、あれは大袈裟だったと思う」

「いや、だけど監督も重大な怪我だって……」

「監督が、俺のことを全部知ってたわけじゃないからね」

「そうか」

　車は緩い坂道に入り、エンジン音が少しだけ甲高くなった。このまま西へ進めば十日町の市街地へ出るのだが、それには山を一つ越えていかねばならない。この環境――周囲を山に囲まれ、娯楽はスキーだけという環境が、竜神という選手を作った。ある意味、これほど恵まれた環境はないと言っていい。

「それでお前は？　最近、何やってるんだ」

「遊軍だ。何でも屋。ウィンタースポーツの担当は外れてる」

「何でも屋は大変だな」

「大変じゃない仕事なんてないけど」一つの競技を集中して取材すると、シーズンを通して選手やチームに張りつくことになり、自分の時間がなくなる。プロ野球やJリーグの担当がまさにそうだ。遊軍にはそういう「拘束」はないが、どこへ出されても取材できるだけの経験と知識がなければならない。何でも屋には何でも屋の自負があるが、それを竜神に説明しても仕方あるまい。

それにしても、この街はこんなに暗かっただろうか……私は頰杖をついて、流れる暗闇を凝視した。私が生まれ育った塩沢町は、二〇〇五年に平成の大合併で南魚沼市になったが、だからといって街が賑やかになったわけではない。むしろ昔よりも闇が深い感じがする。子どもの頃は、もう少し明るい街だった印象があるのだが、それは冬のイメージが強いからかもしれない。私が小学校のころ……バブル経済の絶頂期は、スキーの全盛期と重なる。冬場の週末や長い休みともなれば、首都圏からのスキーヤーが車を連ねてやってきた。夜に東京を出て、明け方にスキー場に到着、駐車場で仮眠して朝から滑り出す、という強者も少なくなかったはずだ。それ故、昼だろうが夜だろうが幹線道路は車で埋まり、賑やかに思えたのかもしれない。鉄道を利用するスキー客も多く、冬だけは駅も人で溢れていた。

「さて……着いたぞ」

竜神がハンドルを回し、右折した。ペンションの正面の車回しにランドクルーザーを入れたが……見慣れぬ建物が目の前にある。

「おい……こんな感じだったっけ？」

「何が」さらりと言って、竜神がエンジンを切る。

「いや、前って山小屋みたいだったじゃないか」

「ああ、一年前に建て替えたんだ」

「これじゃ、ペンションじゃなくてプチホテルだよ」しかも、かなり高級な。

　車を降りて歩道まで下がり、建物全体を視界に入れる。以前は、それこそいわゆる山小屋風のペンションだった。竜神の父親は三十代で脱サラして、生まれ育ったこの街でペンションを始めたのだが、民家を安く買い上げて改装した、と聞いたことがある。オープンは八〇年代初め……「山小屋風」は、ペンションとしてはごく普通のスタイルだったはずだ。

　それが今は、真っ白なコンクリート製の建物に変わっている。あちこちに大きなガラス窓をあしらい、中に陽光がたっぷり入ってくるであろうことは簡単に想像できた。二階建てで、記憶にあるよりずっと広い敷地に建っていた。

「ずいぶん洒落てるな」腰に両手を当てたまま、建物を見上げながら私は言った。安さと人との触れ合いを求めて来る客向けというより、小金を持ったカップル向け、という感じである。いかにも高そうだ。

「俺は知らないけど、有名な建築家に頼んだらしいよ」

「これで何部屋？」

「十六部屋」

「昔は、五部屋ぐらいじゃなかったっけ」私は首を傾げた。

「そうだったな」

「敷地も拡げたのか？」

「隣の土地を買ったんだ。爺さんと婆さんが二人暮らしだったの、覚えてないか？」

「そうだったかな……」竜神の実家には何十回となく遊びに来ているのだが、隣家のことまでは記憶にない。

「婆さんが亡くなって、爺さんは一人暮らしが不安になったんだろうな。埼玉にいる息子さん夫婦のところへ身を寄せたんだよ。その時に土地を処分したんで、うちで買い取った」

「ずいぶん思い切ったな」日本人は土地にこだわる。ずっと生きたこの地で死ねないにしても、自分の土地を手渡すには、相当な思い切りが必要なはずだ。「それに、これだけの建物……かなり金がかかったんじゃないか」

「第四銀行に首根っこを押さえられてるよ」竜神が苦笑する。

「でも、そもそも金がなければ銀行は金を貸してくれない」

「それが、俺がいない間に相当儲けてたみたいなんだ。親父の知り合いのシェフが料理担当で入ってから、評判になってさ。いつの間にか、予約を取るのが難しい民宿になってた。で、さすがに山小屋でフレンチを出すのもおかしいだろうってことで、建て替えたんだよ」

「すごい話だな」正直、驚いた。料理に引っ張られて建物が建て替えられる――何だか逆のような気もしたが。

「そのシェフは訳ありなんだけど……腕は確かだよ。だからお前にも、食べてもらいたかったんだ」

「そうか……じゃあ、明日の朝飯を楽しみにしてる」

これでは取材にならない。竜神のペースに巻きこまれるなよ、と自分を叱咤しながら、私はペンション――ホテルに入った。中はまだ真新しく清潔で、小さなフロントがあるのもホテルっぽい。

「家族だけでやってるのか？」

「いや、今は他に二人ほど頼んでる」

「で、お前も従業員？」

「只飯を食える立場じゃないから」竜神がまた苦笑した。「取り敢えず、部屋に案内するよ」

れている。

「後でやっておく。疲れてるだろう？　温泉もあるから」

その誘いは魅力的だった。新幹線と上越線で二時間ほど揺られただけなのに、妙に疲れている。

「チェックインは必要ないのか？」

部屋に荷物——といっても取材道具の入ったバッグだけだ——を置くと、さっそく温泉に入って体を緩める。まだ新しい露天風呂は快適で、首から上の肌寒さがむしろ心地よかった。いつもはシャワーだけなのに、珍しく三十分も湯に浸かってしまった。取材なのに、こんなにのんびりしていていいのだろうかと、罪悪感を覚える。

しかし、体の芯から温まる感触は久しぶりだった。部屋に戻らず、ロビーに行くと——片隅に座り心地のよいソファと大きな書棚が置いてある——竜神が待っていた。

「軽く食べられないか？」竜神が口元に手を持っていった。

「ああ、まあ……」私は胃のあたりを摩った。風呂に入ったせいだろうか、かすかに空腹を感じる。「少しぐらいなら」

「だったらこっちへどうぞ。食堂がある」

「それより、親父さんとおふくろさんに挨拶しないと」

「もう引っこんでるよ」

「こんな時間に？」私は思わず腕時計を見た。十時近いが、まだベッドに入る時間とも思えない。

「朝が早いんだ。ペンションの頃から、ずっと毎日五時起きだったんだぜ」

「そうか」

うなずき、竜神の背中を追って食堂へ行った。こぢんまりとしているが清潔で、やはり白を中心にした什器で埋まっている。これだけ綺麗にしておくには掃除が大変だろうな、と感心した。竜神が床に掃除機をかけ、テーブルを磨いている姿は想像もできなかったが。もっともテーブル拭きは、スキー板にワックスをかける作業と似ていなくもない。

エプロンをつけたままの竜神が、料理を出してくれた。前菜を一皿にまとめたようで、結構な量がある。分厚いパテ・ド・カンパーニュ、数種類の野菜のピクルス、ラタトゥイユに……一つだけ分からないものがある。

「これは?」私は焼いたネギらしき料理を指さした。

「ああ、長ねぎのマリネ。新潟名産のやわ肌ねぎを使ってるんだ。美味いよ」

そうか、ネギが名産なのか……ふと、高校時代のことを思い出した。竜神の家に泊りに行って、ペンションの冷蔵庫を勝手に漁り、すき焼きを作って食べたことがある。あとで父親に雷を落とされたものだ。竜神は怒られながらにやついていたが、常に試合で緊張を強いられていた彼は、軽い馬鹿な行為でリラックスしようとしたのだろう。

竜神が赤ワインをグラスに注いだ。風呂上がりはビールだよな……と考えながらグラスを鼻に近づけ、香りを味わう。竜神も私の向かいに腰を下ろし、自分のグラスにワインを注いだ。ほんの一口。

「呑むようになったのか?」彼と酒を酌み交わした記憶はない。一緒に食事をしても、常にミネラルウォーターだった。実際現役時代は、「呑まない」と明言していた。

「お客さんにつき合わなくちゃいけない時もあるから。苦手なんだけどね」

「お前が酒を呑むイメージはないよな。客商売も大変だ」

「まあ……お疲れ」

竜神がグラスを掲げ、一口含む。口の中で回してから呑み下した。さっそく料理に手をつけてみる。確かに美味い……塩沢で、これだけ本格的な料理が食べられるとは。都内のフランス料理店で、この前菜から始まるコースを頼んだら、優に一万円は取られるだろう。

「これなら確かに、客は集まるよな」

「いいシェフなんだ」

「訳ありって……」

「ま、いろいろ」竜神が口を濁した。

言わないだろうな、と私は思った。どうやら複雑な事情がありそうだが、喋れば悪口になるのかもしれない。そして竜神は、絶対に人の悪口を言わない男なのだ。

「ホテルで働くのって、どんな感じなんだ？」

「拘束時間が長いのがきついね……朝七時の朝食前から、夜も十時過ぎまでは動いてる。それに、お客さんから連絡がくれば、夜中でもすぐに動かないといけないから」

「ここに住んでるのか？」

「裏手に家があるんだ。でも俺は、実質的にここに住んでるようなものだね。俺にとっては、ある意味慣れた世界なんだけど」

「ああ、そうだな」

合宿と遠征。竜神の競技生活に「自宅」は必要なかったと言っていい。実際、東京に住んでいたものの、一年のうち大部分は雪のある場所にいたのだから。北海道だったり、ヨーロッパだったり、夏場は南半球だったり……いずれにせよ、ホテル暮らしが長かったのは間違いない。

「綺麗にしてるんだろう」

「え？」

「お前のことだからさ。あの記事、覚えてないか？」

私はスマートフォンを取り出し、自分でデータベース化した記事を呼び出した。大事な記事はスキャンして取りこみ、いつでも紙面そのままに読めるようにしてある。しばらく前には、見るツールがパソコンからスマートフォンに変わった。

「ああ、これな。覚えてるよ」記事をちらりと見て竜神がうなずく。「しかしお前も、よくこんな企画、考えついたよな」

「暇ネタなんて、いい加減やり尽くしてるんだ。これも十年ぐらい前に出た記事で、俺はそれを焼き直しただけだ」

スーツケースの中身見せて下さい――タイトル通りの企画である。遠征の多いスポーツ選手のバッグの中を見せてもらい、愛用しているグッズの数々を紹介するものである。中には、とても写真を載せられないほどぐちゃぐちゃにしている選手もいたのだが、竜神の場合、あまりにも整然としていて驚いた。当時の彼はリモワ製の頑丈なスーツケースを愛用していたのだが、小さなサブバッグを上手く利用して、どこに何があるか、一目で分かるようにしていたのである。カメラマンは、「パズルみたいだな」と感想を漏らしたが、私にとっては馴染みの世界だ、とすぐに納得がいった。

高校生の頃訪れた彼の部屋は常に綺麗に掃除され、CDはアーティストの名前順、本も著者名順に整理されていた。もっとも本棚の大部分は『SLAM DUNK』で、同じコミックが好きだったのが、私たちが接近した大きな原因だった。

「まあ、あの企画は面白かったよ」

「別に順位づけしてなかったけど、俺の感覚ではお前が一位だった」

「そんなもので一位を貰っても嬉しくないけど」

　会話が途切れ、私は料理に集中した。クソ、すっかり竜神のペースに巻きこまれてしまった……とはいえ料理はどれもワインに合う味で、明日の朝食が楽しみになってくる。唯一不満なのは、私は赤ワインが好きではないということだ。これが白だったら何の文句もないが、さすがにそこまで注文はつけられない。

「これ、出張なんだよな」今さらながら、竜神が確認する。

「当たり前だよ。ちゃんと精算しないと……ということは、記事も書かなくちゃいけないんだ」

「そうか。そうだよな……」竜神が腕を組んだ。トレーナーを着ていても、上半身の筋肉がほとんど衰えていないのが分かる。クロスカントリーの選手は、下半身の粘りで滑るものだと思われがちだが、実は推進力を生むのは腕である。それ故、同じ距離競技のマラソンなどと比べれば、体操選手のような逆三角形の体型になる選手が多い。

「それで、どうするんだ」

　料理を食べ終え、私はナイフとフォークを揃えて皿に置いた。やりにくい……腹の底で何かがざわざわとうごめくようだった。

　取材相手との距離の取り方は難しいものだが、竜神は最難関である。高校時代の同級生、という意味では友だちだ。しかし一方で、日本スキー界のスーパースターでもあった男である。その落差はあまりにも激しく、どう接していいか、私はずっと迷っていた。中には、以前からの顔見知りに対しては、その関係を利用して堂々と近づいていく記者もいるのだが、私の感覚ではそういうやり方は何となく「卑怯」だった。竜神の方でも同じように考えていたようで、結局「ある時は記者、ある時は友人」という中途半端なつき合いになっていた。

今は違う。あくまで記者として接する。特ダネを書くのが、自分にとって一番大事なことだ。

「そうだな」竜神がワイングラスを目の前から遠ざけた。やはり中身はほとんど減っていない。「タイミングがあるんだ」

「タイミング？」

「まだ関係者にちゃんと挨拶していない」

「ということは――」

「ああ。復帰する」竜神が素早くうなずいて認めた。眼差し（まなざし）は真剣で、引き結んだ唇に堅い決意が読み取れる。「ただ、筋を通さなくちゃいけない相手が何人もいるんだ。そもそも、大学の方に話をしていないし」

「大学のチームで復帰するのか？」

「他にどんな手がある？」竜神は肩をすくめた。「今の俺には、金も人脈もない。今さら新しくスポンサーを募る余裕もないし」

日本のクロスカントリースキー選手を取り巻く環境は厳しい。冬のスポーツの中でもやはりマイナー競技の印象は強く、スポンサーがつきにくいのだ。選手は大学などで練習するか、あるいは自衛隊へ行くか……いずれにせよ、恵まれた練習環境とは言えない。竜神は現役時代、大学に籍を置いたままずっと競技生活を続けていたが、どこか居心地悪そうにしていた印象がある。ある時——最初のオリンピックのメダル前だ——どうしてそんなに肩身が狭そうにしているのだ、と訊ねたことがある。彼の答えは単純明快、「俺は稼いでいないから」だった。

しかし実際には、そんなことはないはずだった。大きな大会で、所属大学の名前が紹介されるのは、大学にとって何よりの宣伝になる。彼の活躍を宣伝費に換算すれば、億単位になるだろう。それが分かっていたから、私も竜神と大学の関係については何度も書いてきた。大学側がどれだけ竜神を大事にしているか、クロスカントリーをメジャーなスポーツにするために、どれほどの努力をしているか。露骨な提灯記事だが、こういうのを書いておけば、大学側も東日スポーツに好印象を持ち、その後の取材がやりやすくなる。

しかし竜神と母校の東体大との関係は、切れてしまった。しかも今は、微妙な緊張感があるのを私は知っている。大学としては、引退後も竜神にコーチとして残って欲しかったのに、彼が断ったからだ。彼は、日本クロスカントリースキー界の「顔」であり、コーチとしてのキャリアの第一歩は東体大で踏み出して欲しい――大学側としては当然の狙いで、引退表明後に真っ先に話を持ちこんだのだが、竜神はやんわりと拒絶した。

「大学には戻れそうなのか?」

「うん……人を通して話をしてもらってる。辞める時に、監督をちょっと怒らせたからね」

仲介役は北海道の人間だな、と口にしようとして私は口をつぐんだ。ネタ元を喋ってしまうと、様々な人に迷惑がかかる。こういう話は、多くの人間の事情が複雑に絡み合っているのだ。

「上手くいきそうなのか?」

「二、三日中に東体大に行く予定だ」

「つき合おうか」

「まさか」竜神が短く笑った。「お前は俺のマネージャーじゃないんだぜ」

「そうだけど、お前、交渉事は苦手じゃないか」

「こういう状況なら、必死で頭を下げるだけだよ」

「そうか」

私はグラスの底に少しだけ残った赤ワインを飲み干した。竜神がボトルを持ち上げてみせたが、首を横に振って断る。大して呑んでいないのだが、明日は二日酔いになりそうな予感がした。

「話を通さなくちゃいけない相手、結構いるよな」

「ああ」竜神が認めた。「東体大の監督、ＯＢ会、こっちのスキー連盟の人……片手じゃ足りないかな」

「とすると、実際に競技に復帰するまでには、かなり時間がかかりそうだな」

　今は五月。今年のシーズンインまでには半年あるが、いきなり本番のレースに出るわけにはいくまい。みっちり練習を積み、夏にはローラースキーの大会に出て勘を取り戻し、シーズンに備える——毎年繰り返してきたパターンを再開させるわけだが、竜神も二年前の竜神ではないだろう。簡単に元に戻るわけではないはずだ。「復帰する」と言うのは簡単だ。だが問題はその先。勝てるかどうか、私は懐疑的だった。

「今は、ちゃんとしたトレーニングはしてないんだろう？」体調維持、という彼の言葉を思い出していた。

「仕事の合間にやるだけだから、そんなに時間は取れないからね。それに……道具も揃えないと」

「残ってないのか？」私は目を見開いた。

「全部処分した」

「じゃあ、本当に完全に引退するつもりだったんだ……」

「そうだよ」竜神が寂しげに笑った。「それで復帰するんだから、人間なんて、いい加減だよな。自分でも、みっともないとは思ってる」

「そんなこと、ない」私はテーブルの上に身を乗り出した。「三十二歳で引退は、やっぱり早過ぎたんだよ。最近は選手の寿命も長くなってるんだから」

「確かに、二十七歳全盛期説は、もう古いよな。最近の感じだと、体力のピークは三十歳……というか、二十代後半から三十代の頭まで数年間続く、というのが定説だ。だけど、次のオリンピックでは三十六歳だぜ?」

「三十六歳でオリンピックを目指したっていいじゃないか。もっと自信を持てよ」

竜神がゆっくりと首を横に振った。自分のグラスにちらりと目をやり、私に視線を戻す。

「今年一年だけだ」

「じゃあ、目標は……何のために復帰するんだ?」

「天皇杯を考えてる。あそこで勝ちたいんだ」

私は反射的にうなずいた。毎年二月末、あるいは三月頭に行われる天皇杯は、国内最高峰の大会である。復帰の目標としては相応しいが……正直、物足りない感じもあった。竜神はオリンピックで二つの金メダルを獲得した男である。復帰するなら、堂々と「次のオリンピックを目指す」ぐらいのことは言って欲しかったのだが……こいつはそういう性格ではないのだ。万事控え目。大きな目標を打ち上げない謙虚さが、日本人の好みに合ったのだ。

「いけそうなのか？」

「それは分からない」竜神が苦笑した。「やってみないと何とも言えないな。今の俺には何もないんだから……残ってるのは、経験と記憶だけなんだ」

「だけど、どうして今さら復帰しようと思ったんだ？」私は根源的な疑問を口にした。

「やり残したことがあるって気づいたから」竜神が即座に答えを返した。

「何を？」

「それは――」口を開きかけた竜神が、すぐに黙りこんだ。ややあって、ゆっくりと喋り出す。先ほどよりも声のトーンが落ちていた。「おいおい、話すよ。今はまだ、自分の中でも気持ちの整理がついていない。上手く説明できそうにないんだ」

「適当に話してくれれば、俺の方でまとめるけど」スポーツ選手の支離滅裂な説明には慣れている。きちんと筋の通る話にするのが私の仕事だ。

「そういうの、嫌いなんだ」

そうだった、と思い出す。競技現場での取材は、一種の修羅場である。勝っても負けても選手は興奮しており、せっかくコメントをもらっても意味不明で役に立たないことが多い。しかし竜神は、いつもしっかりしたコメントを残した。自分の言葉で語ることを重視し、そのためにしばしば、考えこんでしまうほどだった。絶対に、脊髄(せきずい)反射でコメントはしないタイプである。もっと簡単に話してくれればいいのに、と言ったことがあるのだが、竜神は「勝手に話をまとめられると嫌だから」と答えた。

「じゃあ、待つ」言いながら、心の底で「チクショウ」と文句を吐いた。他紙に嗅ぎつけられる恐れは低いと思ったが、目の前に餌がぶら下がっているのに食いつけないのは辛(つら)い。私は基本的に気が短いのだ。キャッチ・アンド・リリースで、掴んだネタはすぐに書きたい。

「悪いな」

「あのさ」私はかすかな居心地悪さを感じながら言った。「今まで、俺がお前の復帰計画を書く予定で話してるよな」

「そうだな」

「つまり、書いていいんだな？」

「もう少しだけ待ってもらえれば。然(しか)るべき人に話を通したら、俺の方から連絡するよ」

一瞬考えてから、私は「分かった」と返事せざるを得なかった。死ぬほど焦っているが、竜神は特ダネをくれると約束してくれたも同然である。もちろん、彼以外の人間から情報が漏れてしまう可能性もある。いろいろな人に相談していくうちには、他社の記者の耳に入るかもしれないのだ。だがここは、竜神の気持ちを信じるしかないだろう。関係者全員に箝口令を敷くことは不可能だし——実際今回の話も北海道の人から漏れた——そんなことを気に病んでも仕方がない。これは、記者と取材相手の信頼関係の問題である。

「それと……もう一つあるんだ」私は切り出した。

「何だ？」竜神の口調は変わらなかった。面倒臭がっている様子はない。

「お前の評伝」

「ああ」

竜神がうなずく。本を書きたいという話は当然持ちかけていて、そのために私は、自分が知らない時代の竜神についての取材も進めていた。

「中途半端で放り出してあったんだ。こういうことになったら、あれを絶対に仕上げたいんだよ」

「それは、お前の都合次第だけど……」竜神の顔に困惑の表情が浮かぶ。

「何だか忘れ物をしたみたいなんだ」本気で執筆を再開するなら、これまでの取材メモに頼るだけではなく、改めて多くの人に話を聞かなければならないだろう。本の構成も考え直さなくてはいけない。そして今季、また竜神を追いかけ、彼が目標としている天皇杯の結果をクライマックスに持っていく――そこで彼が優勝すれば、これ以上はない結末になるだろう。私は頭の中で、早くも構成を考え始めていた。

「忙しいんだから、本なんか書いてる暇はないんじゃないか」

「でも、あの本は俺にとっては大事なんだ。完成させられなかったことは、本当に悔しかった」

「大袈裟だな……でも俺は、別にいいよ。お前が金儲けするのを邪魔するつもりはない」

「別に金儲けなんか、考えていない」少しむきになって私は反論した。実際、大した金にはならないのだ。そもそも日本では、スポーツノンフィクションはほとんど売れない。しかも東日スポーツでは、印税は必ず会社と執筆者の折半にするのが決まりである。取材で知り得た事実を元に本を書くのだから、会社に金が入るのは当然、という理屈だ。

「それはそっちの事情だから、いいけど」言って、竜神が黙りこむ。何か考えている様子だった。それを見て私は、彼の現役時代――最初の現役時代と言うべきだろうが――を思い出していた。試合後、ミックスゾーンでの取材で、彼は「そうですね」と第一声を発した後、黙りこんでしまうことが珍しくなかった。記者の問いかけに対して、いきなり無言は失礼だから、とにかく相槌だけは打ち、後はゆっくり答えをまとめる――律儀な奴だ、と毎度苦笑したものである。「まあ……俺の話も聞いてくれるんだろう?」

「当たり前じゃないか」思わず声を上げて笑ってしまった。こいつは、私が何の本を書くと思っているのだろう。竜神真人その人の本なのだ。「お前の本なんだから、何でも話してくれて構わない。ただ、シーズンに入ったら、話をしている時間もなくなるだろうな」

「ああ、そこは時間を上手く見つけて……よろしく頼むよ。俺にも言いたいことはあるから」

私は正直、たじろいだ。彼は決して話し好きではない。記者会見でも一対一の取材でも、彼の話を聞いて「面白い」と思ったことは一度もないぐらいだ。話すことは名声に伴う義務とでも考えていたようで、とにかく感情を露（あらわ）にせず、無難に話をまとめていた節がある。オリンピックとオリンピックの間、彼は間違いなく国民的ヒーローだったから、下手なことを言って揚げ足を取られるのを恐れてもいたのだろう。あまりにも慎重過ぎると思ったが、とにかくそういう男なのだ。

それが今、自分から「よろしく頼むよ」と言い出した。

部屋に戻り、ベッドに寝転がって彼の真意を想像しようとする。分からなかった。元々彼は、目立たず静かに自分の競技に専念したいと願っていたタイプである。しかし六年前のオリンピックで、クロスカントリーで日本人初の金メダルを獲得してからは、自分の役回り——国民的ヒーロー——を意識してこなしていた節がある。そういう状況でも天狗にならず、あるいは自分の練習やレースを邪魔するマスコミを邪険に扱うこともなく、淡々と英雄像を演じてきた感じがある。

基本的には、クソ真面目な男が自分の役割を果たしつつ、クロスカントリーに没頭し続けただけの話——私は単純に解釈していた。実際、竜神は高校時代からそういう男だったのだ。徹底した優等生。教師の信頼も厚く、勉強も頑張っていた。何となく、優等生過ぎて近寄り難い雰囲気を醸し出していたぐらいである。私はそこへ平然と近づいて、馬鹿話で彼を喜ばせていたのだが。当時の竜神は、弄りやすい相手だった。あまりに真面目なのでちょっかいを出したくなるというか……竜神も、弄られるのを楽しんでいたようだ。

この二年間に何かあったのだろうか。引退して自由な時間が増えれば、いろいろなことを考えるだろう。私にすれば、「人格が変わった」としか言いようのない変化だったが。あれだけ自分をアピールすることを嫌った人間が「言いたいことがある」とは……。

そこは取材だ。言いたいことがあるなら聞けばいい。人の話を聞くのが記者の仕事なのだから。

3

翌朝、私はようやく竜神の両親に挨拶した。父親の正彦、母親の葉子ともに六十二歳。さすがに少し老けた感じはあるが、二人ともまだ元気一杯だった。ペンションからホテルに衣替えし、やる気満々といった感じである。

観光シーズンでもない平日なので、朝食の時間帯も食堂は空いていた。私の前に料理を並べると、正彦が大きなマグカップを片手に向かいの席に座る。食べながらだと話がしづらいのだが、仕方がない。竜神本人が見当たらないのをいいことに、私は彼の復帰話について訊ねた。

「本人次第だからね。我々がどうこう言えることじゃない」正彦があっさりと答える。

「それでいいんですか？」私は思わず突っこんだ。

「いいも何も」正彦が苦笑した。「いい大人が自分で決めたことだから、親が何か言うのはむしろ変だろう。こっちは見守るだけだよ」

「変な話ですけど、金はあるんですか」

「一応、あいつにも給料は出してたんだぞ。こんなところで住み込みみたいにして働いてたから、金を使う暇もなかっただろう。それなりに貯まっているはずだ」

それではワンシーズンの活動資金にとても足りないはずだが……私は無言でうなずいた。金の話は大事なのだが、あまり厳しく聞き続けても、互いに居心地が悪くなる。

私はしばらく、食事に専念した。夢の朝食と言えた——焦げ目が一切ない、色の濃いオムレツ。つけ合わせのベーコンの焼け具合も完璧だった。サラダには複雑な香辛料が利いたドレッシングがまとわりつき、パンも手作りらしい。どっしりしたカンパーニュの薄切りで、嚙み締めると旨味がじわじわと滲み出てくる。

「シェフ、何か訳ありの人なんですか」竜神が言っていたのを思い出す。

「ああ、まあ……」正彦が後ろを振り向いた。そちらにある厨房(ちゅうぼう)にまで聞こえてしまうのでは、と心配している様子だった。右手の小指を立ててみせ、すぐに引っこめる。

「昔からの知り合いなんだけど、女問題でね……離婚して、奥さんに身ぐるみ剝がされて、ここへ流れてきたんだ。元々、東京のフランス料理店でシェフをやってたんだけど、そこも馘(くび)になってね。それで仕方なく……」

「お父さんが拾ってあげた」

「言い方は悪いけど、そういうことだ」正彦がうなずく。「もっとも、彼のおかげでうちは建て替えられたんだけど」

「ある意味、凄(すご)い話ですよね」

「料理一つでホテルが建つ」正彦が人差し指を立てた。「人間、特技があれば何とかなるもんだ。彼もこの辺の暮らしがすっかり気に入ってるし、よかったよ。ウィン―ウィンってやつじゃないか？」

相変わらず、息子とは正反対の話好きな人だ、と私は苦笑した。高校時代、ここへ遊びに来ると、竜神ではなく父親の方が多く喋っていたのを思い出す。こういう社交的な人でないと、ペンションを経営しようとは思わないだろうが……両親ともそういう性癖なのに、息子に受け継がれていないのは不思議だ。

「あいつがいなくなって、ここは大丈夫なんですか？」

「それは問題ないと思うけどね。他に人を雇えばいいし」

「怪我は……」

「膝？　完全に治ってるはずだよ。ここの温泉が効いたのかもしれない。君も、そういう話を記事で書いてくれると、うちの宣伝にもなるんだけどね」

私はまた苦笑しつつうなずいた。何とも露骨な言い方……昔から、ひどくあけすけな人なのだ。

「竜神のホテルだって看板でも掲げれば、それだけでもクロスカントリーのファンが集まるんじゃないですか。それが商売ってものでしょう」

「クロカンのファンが、日本にどれだけいると思う？」正彦が皮肉に唇を歪めた。

「いや、クロカンファンっていうより、真人個人のファンですよ」実際、彼個人の「おっかけ」もいたのだ。最初の金メダルを取った後、彼が国内の大会に出る時は──優先していたのは海外の大会だが——クロカンの会場に女性の姿が目立ったものである。それまでは、ほとんど関係者ぐらいしか注目していなかったのに。竜神自身は、そういう女性ファンとどう接するか、引退まで戸惑っていた。「手を振っておけば十分かな？それとも握手ぐらいはした方がいい？」と真顔で私に相談してきたこともある。

「引退してまで追いかけられるようなことはないんだよ。実際、あいつが現役だった頃は、ここへ泊まりに来てくれるファンの人もたくさんいたけど、引退してからはさっぱりだからね。マスコミに取り上げられることもなくなったから……今の日本では、マスコミやネットで話題にならない人は、存在していないも同然じゃないかな」

極論だが……当たっていないこともない。だいたい竜神自身が、表に出ることを拒絶——いや、やんわりと拒否して田舎に引っこんでしまったせいもある。

「あいつが復帰したら、また追いかけます」

「それが君の仕事だからね」

「本も書くつもりなんですよ」

「ああ、前にもそんなこと言ってたね……あれ、どうなったの？」正彦が身を乗り出した。息子の本となれば、やはり気になるのだろう。

「タイミングを逸してしまって、今のところはお蔵入り状態です。でも、復活させますよ」

「ま、大いにおやりなさいよ。三十代は、一番夢中に仕事ができる時期だから」

「それで、ですね」私は本題を切り出した。「本については、お父さんにも協力してもらえませんか？」

「俺？　俺は関係ないだろう」

「伝記は、子ども時代の話から掘り起こすものです。だから、お父さんに話を聞かないと……スキーを始めたのもお父さんの影響ですよね？」

「影響というか、この辺で暮らしていてスキーをやらないのはもったいなさ過ぎる。まあ、俺の場合、東京から撤退する時に、スキーがやりたかったから田舎に戻って来たんだけどね」

「その辺の事情から始めて、是非聞かせて下さい」

「今かい？」正彦がにやりと笑った。「昔の話は、長いよ」

やけに乗り気だったが、この父親は、昔から前のめりで息子を苦笑させていたのだ、と思い出す。中学、高校時代は大会の度に顔を出して声援を張り上げ――クロスカントリーの会場には応援や観客が少ないからひどく目立つ――竜神を辟易（へきえき）させていたものである。さすがに大学に進んでからは、それもなくなったが。海外での試合も増えたので、おいそれとは追っかけができなくなったのである。それでも二度のオリンピックでは、ペンションを完全休業して現地に応援に駆けつけた。

「改めてお願いすることにします。真人が復帰を正式に表明してからの方がいいと思いますから……また連絡させてもらっていいですか？」

「俺は歓迎するけど、余計なことを言うと息子が怒るからね」正彦が肩をすくめた。

「あいつの遠慮がちな性格にも困るよ。世界で戦った人間なんだから、もっと堂々と胸を張って、自分の言葉で喋ればいいのに」

「そのことなんですけど……あいつ、ちょっと変わりませんか？」私は素早く周囲を見回した。依然として竜神の姿は見当たらない。

「そうかね？　そう思った？」

「現役の頃に比べて少し積極的になったというか、話したがっているというか」

「どうだろうね」正彦が首を傾げる。「毎日顔を合わせていると、むしろ変化には気づかないものだから。君が変わったと思うなら、そうなんじゃないかな」

何とも頼りない話だが、家族というのはこういうものかもしれない。その時、葉子がすっと近づいてきて、正彦の隣に座った。私は同じ疑問を母親にもぶつけてみた。

「それは……分からないわねえ」葉子も首を傾げる。先ほどの正彦とそっくりな仕草だった。二人はあまり似ていない――むしろ対照的なタイプなのだが、長い間一緒に暮らしていると、夫婦は仕草まで似てしまうのだろうか。正彦はほっそりとした筋肉質で、よく陽に焼けている。一方の葉子は小柄で少し太め。ただし不健康に太っている感じではない。髪を濃い茶色に染め、若々しい雰囲気を演出していた。

「例えば、彼女ができたとか?」

「それは、どうかねえ」正彦が言って、葉子と顔を見合わせた。「そんな話は聞いてないな」

「そんなことがあれば、さすがに分かると思うけど」葉子も同調した。「でも、この年になって彼女ができたからと言って、人間が変わるとも思えないわね」

「そうですかね……何歳になっても、男は女で変わると思いますけど」

「そういう君はどうなんだ」正彦が突っこんできた。「そろそろ身を固めてもいいんじゃないか? それとも、まだ仕事が忙しい?」

「ええ、まあ……」私は適当に誤魔化し、早々に自室に退散することにした。どうもこの夫婦は、人の事情に首を突っこみ過ぎる。客との気さくな会話が売り——ペンションの経営者は、こんな風にお節介になるのだろうか。立ち上がった私に、正彦がなおも畳みかける。

「だいたい君らは、高校生の頃から二人でつるんでばかりで……たまには女の子を連れこむとか、そういうことをするのが普通じゃないのか」

「親が言う台詞じゃないですよ」私は思わず苦笑した。

「健全な男子なら、女の子に興味を持って当然じゃないか。いったい、何が楽しくて男二人でつるんでたのかね」

「何でしょうね。あいつといると楽だったのは間違いないですけど」実際、そうとしか言いようがないのだ。

ようやく解放されて、部屋に戻った。しばらくスマートフォンで今日のニュースをチェックしてから、デスクの宮田の携帯に電話を入れてみる。彼は既に出社していた。

「で？　記事になりそうか？」開口一番、訊ねる。

「本人は復帰を認めました」

「だったら、今日の紙面を空けておくけど」

四段と言っていたが、実際にはどれほどの扱いを考えているのだろう。もしかしたら今日は、ニュースが少ない日なのかもしれない——しかし私は、すぐには書けないと言って事情を説明した。

「なるほど。相変わらず律儀な男なんだな」宮田はすぐに納得した。

「そうなんですよ。関係者全員が知る前に新聞に書かれたら困る、ということで……ただ、根回しが終わった時点でうちにだけ教えてもらえると思います。当然、特ダネでいけますよ」

「だったら、無理しないで待つか」

強引に「書け」と言われなかったのでほっとする。実際今は、プロ野球シーズンなので紙面にはそれほど空きがない。いくら「国民的ヒーロー」の復活宣言でも、原稿が浮いてしまいそうだ。書くなら一面で書きたいし、そのためのタイミングを狙いたい。

「取り敢えず今日、できるだけ話を聞いてから戻ります。それと、本なんですが……」

「本？」

「前のオリンピックの後で書こうとした竜神本ですよ。あれをもう一回、きちんとやりたいと思います」

「できるのかね？」宮田は疑わしげだった。前回、何となく執筆がフェードアウトしてしまったことは、彼も知っている。

「当たり前です。やれますよ。でも取り敢えず宮田さんには知っておいてもらわないと」

「……まあ、分かった。普段の仕事をきちんとこなした上でやってくれ」

電話を切り、ベッドに寝転がる。普段の不健康な生活のせいか、途端に眠気が襲ってきた。同じ高校の同級生、だけど卒業から十六年経って、すっかり違う道を歩くようになったよな……とぼんやりと考えているうちに、ノックの音で起こされた。慌てて跳ね起き、ドアを開けると、ジャージにTシャツ姿の竜神が立っていた。

「どうした」

「ちょっと歩かないか」

「歩く？」

竜神が、ストックを四本、掲げてみせた。

「何だよ、それ。今は雪なんかどこにもないぞ」まさか、五月末まで滑れるかぐらスキー場にでも行くつもりだろうか。

「ノルディックウォーキングのストック」

「ノルディックウォーキング？」言葉は聞いたことがあるが、実態は知らなかった。

「ノルディック」という名前がつけば、北欧生まれの冬の物……というイメージがあるのだが、それが「歩く」と結びつかない。

「ストックを使って歩くんだ。昔から、オフシーズンの軽いトレーニングはこれだった」

「そうだっけ？」私は、竜神の普段の練習や合宿も散々取材してきた。しかし、こんな道具を使って歩いているのを見たことはない。

「もちろん中心はローラースキーなんだけど……ノルディックウォーキングは、負荷がそれほど高くないからね。でも今の俺は、このレベルから始めないと駄目なんだ」

「で？」

「つき合えよ」竜神が満面の笑みを浮かべる。「お前も、体、鈍ってるだろう。少し鍛えないと」

「それは、まあ……」スポーツ紙の記者が不健康というのも皮肉な話だが、何しろ時間が不規則だから仕方がない。夜中の締め切りが全ての基準。そこから逆算すると、人間らしい生活は送れるはずもない。

「着替えも用意するからさ。一人で歩くのは馬鹿馬鹿しいんだ」

しょうがない、つき合うか……私は立ち上がった。記者は観察すること、それに人の話を聞くことが仕事の基本だが、時には自分で経験した方がよく分かる場合もある。

何より、竜神に頼りにされているようで、何となく嬉しかった。

ストックを使って歩く。

ジイさんが杖を頼りに歩くようなものだろうと考えて、どうしてそれが練習になるのだと私は懐疑的だったのだが、それは完全に思い違いだった。まず、ポールのきちんとした使い方から習得しなければならなかったのだ。

「そうそう……体の後ろ側に置いて、押すようにして。リリースしてキャッチ……地面を押した直後に放すんだ。後は自然に戻ってくるから」

「いや、ちょっと待て……」

理屈は分かる。竜神がやってみせるのを確認して、動きの基本は理解できた。しかしそれを、自分でやる段になると、話がまた違う。すぐにこれは、下半身ではなく上半身のトレーニングだと分かった。ポールは、歩きながら体の後ろ側で突く。その勢いで体を押し出すわけで、これは実際のクロスカントリーの動きと非常に近かった。もちろん、基本的には「歩いている」ので、腕の力だけに頼るわけではないのだが、それでも思ったよりも上半身全体の力が必要だった。特に上りでは、腕に負担がかかる。

「だいたい分かったかな」

少し首を傾げながら竜神が言った。私は両の手首を順番に擦った。ポールにはリストバンドがついているのだが、腕の動きが不自然なのか、擦れた痛みがある。

「じゃあ、とにかく行ってみようか。ポイントは、普通に歩くよりも歩幅を広く取るように意識することだ。スピードも上げて……腕の動きに気をつけて」

言うなり、竜神はさっさと歩き出した。ホテルの前から、県道八十二号線——十日町へ至る山道だ——を西へ。慌ててその背中を追いながら、私は嫌な予感に囚われ始めた。この道は途中まで急な上りが続く。確かにいい有酸素運動にはなりそうだが、ついていけるだろうか。

五月の空は抜けるように青く、昨夜の寒さと打って変わって、午前中なのに汗ばむほど気温が上がっている。Tシャツ一枚が快適な陽気だったが、下はジャージだ。いずれこれが邪魔になってくるだろう。

背後から竜神の動きを見ていると、やはりクロスカントリーとは違う、とすぐに分かる。何よりスピードが出ていない。クロスカントリーの場合、上りでも歩く以上のスピードは出るものだ。しかし竜神が、意識してきちんと全身を使っているのは分かる。Tシャツの下で筋肉がうねるように動き、下半身もリズムに乗って動いている。それに比べて、私の無様さと言ったら……何とかポールを後ろに突き出し、体を前に進めようとするのだが、ともするとそのリズムが崩れて、ポールを使うのを忘れてしまう。右手と右足が一緒に出たり——途中からは、単なる競歩になってしまった。竜神の方は、軽やかな音で規則的なリズムを刻んでいるというのに。

あまり考えるな、と自分に言い聞かせる。取り敢えず、緑の中を歩いているだけでも気分はいいじゃないか。東京では、こういう爽快感は味わえない。

標高が上がるにつれ、緑が濃くなる。道路の両側から森が迫ってきて、頭上に覆い被さりそうな勢いだ。田舎の道路は、普段ほとんど人が歩いていないので、歩道部分がない場所もあるのだが、そもそも車も少ないので危険は感じない。

何となく記憶にある光景が続く。そうそう、この急カーブ……百八十度曲がるカーブが二つ連続する。免許を取って、家の車でここを初めて運転した時、道路から飛び出しそうになって冷や汗をかいたものだ。

それにしても、上りがきつい。首筋と額が汗で濡れ、思わず右手を上げて手の甲で額を拭った。それでまたポールを突くリズムが崩れてしまい、竜神の背中が小さくなっていく。彼は時々ちらりと振り返って私を確認したが、ペースを落として合わせてくれる気はないようだった。まったく、世界レベルのアスリートに、東日スポーツの記者がついていけるわけがない……頭の中でぶつぶつと文句を言いながらも、私は必死で竜神に食い下がった。次第に、手の感覚が分かってくる。ストックの先端はゴムなのだが、それが長くアスファルトに接地していると、ぐっと体を前に出せるようになる。

ほどなく、左側に池——湖というには小さい——が見えてくる。そういえばこの池、名前は何というのだろう。結構大きいから名前がついていてもおかしくないのだが、私はついぞ聞いたことがなかった。しばらく雨が降っていないせいか、水面は下がっている。そして田んぼ……魚沼特有の棚田は、ここでも見える。

喉が渇いてきた……あっという間に時間が経ってしまったように感じたが、どれぐらい距離を稼いだのだろう。緩いカーブ、緩い上り……民家はほとんど見かけない。左カーブになっている坂を上がり切り、ふと左に目を転じると、塩沢の町並みが見えた。こんな高いところまで上がって来たのかと意識すると、急に疲れが出る。喉の渇きもひどい。普段煙草を吸うわけではないのに、呼吸が苦しく、心臓は胸郭を激しく叩き続けていた。

左側がコンクリートの法面(のりめん)になっている左カーブを上がって行くと、建物がいくつか見えてきた。ああ、この辺は——シャトー塩沢スキー場だと思い出す。民宿が何軒か固まっていたはずだ。ほどなく、ささやかなリフトが視界に入る。きつい斜面は、今は緑の草で覆われ、どこかで鳥が啼いている。ここへ滑りに来たこともあったな……何しろ冬場は他にやることがなかったから。結局、スキーに熱中しなかったのは、一向に上手くならなかったからである。どうやら私は、ボディバランスに致命的な欠点があるようなのだ。

　ずいぶん先に行ってしまった竜神が、道端で立って待っていた。傍らには自販機。両手にペットボトルを持っているのを見て、私は最後の力を振り絞って急いだ。呼吸が苦しくなり、汗が目に染みる——ようやく竜神のもとに辿り着いて、受け取ったミネラルウォーターを一気に半分ほど飲むと、もやがかかったようだった頭の中がすっきりする。

「スポーツはいいな」

　言うと、竜神が声を上げて笑った。

「これぐらいでスポーツって言われたら困るんだけど」

「だけど、ずいぶん歩いただろう」

「うちからここまで、二キロぐらいかな?」

「それだけ?」私は眉を顰めた。感覚としては、五キロを一度も休まずジョギングしてきた感じなのだが。

「往復で四キロ。俺はこれを毎日三往復するけどね」

仕事が忙しいと言っていたのに……どうやってそれだけの時間を捻出していたのだろうか。

「十分、トレーニングになってるじゃないか」

「いや、まだまだ」竜神が首を振った。「これじゃ、体を慣らすまでもいかない」

「そうか……」確かに彼は、汗一つかいていない。

「飲んだら戻ろう。そこから先までつき合えとは言わないからさ」

「それは確かに、無理だな」私は弱音を吐いた。両腕に、早くも筋肉痛が宿っている。明日の朝は苦しむことになりそうだ。

「まあ……何となく、こんなことをやってるって分かって欲しくてね」

「本当の練習は、ローラースキーを履かないと始まらないだろうけど」

「そうだね。持久力をつけて、あとは筋トレも相当追いこんでやらないといけない」

「体は萎んでないと思うけどねえ」

「どうも、インナーマッスルが弱ってる感じがするんだ」竜神が平らな腹を撫でた。

「それは、見ただけじゃ分からないな」

「だからいろいろ計測して、計画的にトレーニングして……それは一人では無理なんだよ」

「きちんとしたトレーニングの計画は、大学に頼るしかないか」

「ああ」

竜神が真顔でうなずいた。すぐにミネラルウォーターを飲み干し、体の向きを変える。足元はスニーカーなのに、まるでスキー板を履いているような動きだった。もしかしたら、イメージトレーニングかもしれない。

「とにかく、大学には申し訳なくてね……」

「でも、別に喧嘩別れしたわけじゃないだろう？　多少気まずくても、遠慮する必要はないんじゃないか」

「一度辞めたのを、二年で撤回してまたやりますっていうのは……なかなか言いづらいよ。辞める時に監督は結構怒ってたし、微妙な緊張感があるんだ」

「分かるけどさ、サラリーマンじゃないんだから」

少し神経質になり過ぎではないか、と私は不思議に思った。狙いはともあれ——そしてどんな結果がついてくるかはともかく——これは英雄の帰還なのだ。大学側が渋っていたら、私の方で援護射撃をしてもいい。記事にすれば、大学の他にもスポンサーが名乗りを上げるかもしれない。ただ……年間の活動費を考えると気が遠くなる。合宿、遠征、コーチやワックスマンを頼めば、人件費も膨れ上がる。竜神一人を競技に集中させるためだけに、多くのスタッフが必要になるのだ。

しかし竜神は、口ぶりとは裏腹に何も心配していないようだった。大学側に対する義理をしきりに口にし、心配しているような口調で話すのだが、本当はそういう問題は、大したことではないと思っているのではないか。

目の輝きが違う。

彼の目は、眼下に広がる塩沢の市街地を見下ろしているようで、実はそのはるか先にある何かを見通そうとしているはずだ。

それが何なのか——竜神は本音を語っていない。それを探り出すのが自分の仕事だ、と私は決意を固めた。

「頼むぜ」私は思わず声をかけていた。「俺の本のためにも頑張ってくれよ」

苦笑しながら竜神がうなずいた。こうなったら、絶対に見事に復活してもらわないと困る。敗者の物語など、書きたくないのだ。

4

会見も、マスコミ向けのプレスリリースもなし。

竜神の現役復帰は、私の思惑通りに、東日スポーツの記事のみによって伝えられることになる——なるはずだ。五月二十三日、月曜日夜。プロ野球の試合がない日を狙ってぶつけたので、堂々の一面である。私はゲラをチェックしながら、勝利感を味わっていた。久々に完璧な特ダネである。もちろん最終的には、明日の朝刊全紙をチェックしないと分からないが、情報漏れはないはずだ。

記事そのものは、九十行近い。本記、本人との一問一答、過去のデータ……たっぷり書きこんだ。オリンピックの表彰台で金メダルを掲げる写真もでかでかと掲載し――それでも竜神復帰という大ニュースの意義を伝え切れたかどうかは分からない。

「上手く一面を分捕ったな」宮田が声をかけてきた。

「当たり前ですよ、俺が書いた記事なんですから」新聞社では、声の大きな人間が勝つ。どんどんアピールし、「大きく載せろ」と声高に叫んでいないと、記事は中面の片隅に押しこめられてしまうのだ。

「しかし大学の方、よくOKしたな」宮田はこのニュースに関して、まだ懐疑的な様子だった。

「メダリストの復帰ですから、当然ですよ」

「また広告塔として利用しようっていうわけか」

「それはそうでしょう」しかし……私は最近、広告塔という考え方に疑問を抱くようになっていた。スポーツでの活躍で大学の知名度を上げることは可能だろうし、それがきっかけになって選手を獲得するのも容易になる。志のある高校生なら、強いチームでプレーしたいと願うものだから。だが、一般の受験生が選手の頑張りに感動して、その大学を目指すだろうか。世の中は、スポーツに興味を持っている人ばかりではないのだ。だいたい、少子化で受験生も減る一方で、スポーツ強化がイコール受験生確保に結びつくとはどうしても思えない。もちろん、代理店などは「広告効果にすればいくら」と数字を弾き出すのだが、最近は何となく疑わしく見てしまう。

「まあ、大学の思惑は大学の思惑として、ちゃんとサポートしてくれるなら、竜神にとってもいいことじゃないか」

「ま、そうですね」上手くいくといいのだが、と私は祈るような気持ちになった。二年間の空白が、人間関係にどんな影響を与えるかは分からない。

改めてゲラを読み直した。

〝ドラゴン〟竜神現役復帰

今シーズン　天皇杯優勝目指す

日本人として唯一、スキー・クロスカントリーでオリンピック二大会連続金メダルを獲得した竜神真人（34）（元・東体大）が現役復帰することになった。今シーズンの天皇杯（来年3月、札幌）での優勝を目指す。

竜神は、前回冬季オリンピックの男子50キロフリーに膝の故障を押して出場し、二大会連続で金メダルを獲得。その直後、現役引退を表明した。

今回の復帰について、竜神は「やり残したことがある」と説明。当面、2年後のオリンピックへの出場などは念頭におかず、今シーズンの国内の大会に専念する予定だ。

引退直前に所属していた東体大に籍を置き、同大の波留道夫監督の指導を受ける予定。既に自主トレを開始しており、シーズンに向けて、夏のローラースキー大会への出場を続ける。

もう一度頂点に立ちたい　竜神

竜神は本紙の独占取材に対し、「ブランクを言い訳にせず、勝ちに行きたい」と力強く語った。

——復帰に関して不安はないか。

「2年間の空白があるが、その間もトレーニングは続けていたので、いつでもハードな練習に復帰できる自信はある。あとは試合勘を取り戻したい」

——年齢的な問題は。

「既にピークは過ぎたと思うが、トレーニング次第で全盛期並みの体力は取り戻せると思う」

——試合に臨む自信は。

「まだイメージが取り戻せていないので、そこはこれから。ただ、テクニックや精神的な問題については、年を取ってからの方が有利になることもある。クロスカントリーは、体力的に有利な人間だけが勝つ競技ではない」

——周囲の声は。

「基本的に自分の問題なので、わがままを通させてもらっている。波留監督始め、東体大のメンバーには迷惑をかけるが、その分を勝って恩返ししたい」

竜神真人（34）

新潟県塩沢町（現・南魚沼市）出身。六日町高校から東体大を経て、明正食品、東体大職員、現在は家業手伝い。20代半ばから頭角を現し始め、冬季オリンピックでは二大会連続で金メダルを獲得した。ワールドカップでは通算4勝。総合ポイントではシーズン2位が最高。1メートル82センチ、82キロ。独身。

可もなく不可もなく……一番困るのは、復帰の本当の動機が分からないことだ。「やり残したことがある」——様々な憶測を生む言葉だ。メダルなのか、タイムなのか、誰かライバルとの勝負なのか。竜神には、国内外に多くのライバルがいた。その中には、今も現役で頑張っている選手がいる。彼らとの再度の対決を夢見て、ということかもしれない。いかにも一流のアスリートらしい理由だ。

ただし、本当にそうかどうかは分からない。竜神は内心をはっきりと口に出す人間ではないのだ。海外の選手に言わせると、その「読めない」部分が脅威でもあるというのだが、それは記者である私にとっても同様である。なかなか本音を読ませない選手は、難しい取材相手だ。

さあ、明日は大騒ぎだぞ、と私は頭の中で竜神に呼びかけた。スーパースターの復帰は、やはり大きなニュースなのだ。各紙は間違いなく追いかけてくるし、朝のワイドショーでは記事が取り上げられ、ネットでも話題が沸騰するだろう。取材が殺到し、面倒なことになるのは分かり切っていたが、逃げ回って答えずに済む問題でもない。取材窓口を東体大一本に絞るように、と私は竜神にアドバイスしていた。東体大側も、その手のマスコミ対応に慣れているわけではないが、個人で全部引き受けるのではなく、組織に任せてしまった方が楽なのは間違いない。

もっとも監督の波留は、仏頂面を浮かべるだろうが。あの監督は、基本的に面倒臭いことが嫌いなのだ。

しかも波留には、もう一つ面倒な事態が待っている。

私の取材。私は他の記者とは違う。しつこさでは誰にも負けない自信があった。それが波留を辟易させるのは分かっていたのだが、竜神が本当に復帰できるかどうか、最終的なキーになるのはこの男である。粘っこい取材を覚悟しておいて下さいよ、と私は思った。

5

波留道夫は、いろいろと誤解を受けやすいタイプである。基本的に無愛想なので、初対面の記者の受けは良くない。一度心を許した相手に対しては気安く喋るのだが、そういう相手は滅多にいない。ひょろりとした長身に、頬がこけているように見えるほど痩せた顔。皺ひとつなく、どんな季節でもいい具合に焼けている。スキンヘッドにしているため、一見したところ年齢不詳で、何となく近寄り難い雰囲気を漂わせている。実際には四十五歳、指導者として脂の乗り切った年齢であり、実績も十分だ。何しろ、竜神をメダリストに育てた人物なのだから。

スキー部の合宿所で会った瞬間、私はすぐに、彼が非常に不機嫌なのに気づいた——私は彼が心を許した数少ない記者の一人だと自負していたのだが、竜神の引退でその関係はリセットされてしまったのかもしれない。実際、取材する機会もなかったし。

「どうなんですか、竜神の復帰は」気にしても仕方がない。私は図々しく質問をぶつけた。

「どうもこうも、本人の希望だからね」

「何か気に食わないみたいですけど」私はずばりと切りこんだ。

「そりゃあ、俺だってプレッシャーを受けることはある」

私は目を眇め、彼の表情から本音を読み取ろうとした。どうにも分からない。スキンヘッドというのは、表情を曖昧にしてしまうものか……しかしすぐに、言葉の裏を読むことに成功した。たぶん、彼よりずっと立場が上の人間——大学の経営陣か、あるいはスキー連盟の関係者から「竜神を頼む」と言われたのだろう。仕方なく竜神を預かったとしたら、不機嫌になるのも分かる。

しかし彼は、「気に食わない」とは認めないだろう。竜神の復帰は、概ね好意を持って受け止められている。私の記事を後追いした他のマスコミも前向きなトーンで書いていたし、ネット上の意見でもマイナスの声はほとんど聞こえない。あるポータルサイトが「竜神の復帰に賛成か反対か」でアンケートを取ったところ、実に九十五パーセントが「賛成」の意見だった。ああいうものは、よく考えず、反射的に投票ボタンを押してしまうものだから、むしろ本音が表れやすいはずだ。

「体力テスト、やったんですよね」

「やったよ」波留がデスクから一枚のペーパーを取り上げた。ちらりと視線を落としてから顔を上げたが、不機嫌な表情に変わりはない。

「もしかしたら、だいぶ数値が落ちてるんですか」

「二年間、本格的なトレーニングから離れていた人間が、以前と同じ数値を出せるわけがない。そんなのは、運動生理学以前の問題であって、ここであれこれ議論することじゃないよ」波留が早口でまくしたてる。

「私は別に、議論を吹っかけたわけじゃないですけど」

「いや、だから」苛立ちを抑えるように、波留が口をつぐんだ。

「数字はどんな具合なんですか」

「それは企業秘密だよ」

「大学は企業じゃないでしょう」

「私立大学は企業……って、あんたも相変わらず無理矢理だね」ようやく波留の顔に、はっきりとした苦笑が浮かんだ。

「どうも……性分なので」私は軽く頭を下げた。ここで引き下がる記者もいるだろうが、私はそういうタイプではない。知りたいことは必ず聞き出す。「別に、記事にするつもりはないですから」今すぐは——こんなことをいちいち取材相手に説明する必要はない。

「そんなこと言って、あっさり書いちゃう人間が多いんだよな」

「私は一度も、そんなことはしてませんよ。他の不真面目な記者と一緒にされたら困ります」

「新聞記者の性癖なんて、皆同じじゃないのかね」

「選手一人一人が違うぐらいには違いますよ」私は、少しむきになっているのを意識した。

「屁理屈っぽいなあ」

「私は純粋に、竜神が成功するかどうか、心配しているだけなんです。昔からの友人として、現役時代に一番近くで見てきた記者として」ついでに言えば、伝記を書いて名誉欲を満たそうとしている人間として。「だから、現段階でどれだけできるか、是非知りたいんです」

「最大酸素摂取量が七十だな」

さらりと波留が言ったその数値が、すぐ頭の中でぴんと響いた。持久力を示す数値の一つである最大酸素摂取量を示す数値はいろいろあるが、よく使われるのは毎分リットルである。一分間でどれだけの酸素を消費できるか。陸上の一流の長距離選手で、この数値は七十から八十になる。それを考えれば十分合格点の数字だが、現役時代の竜神は、マックスで八十七を記録していた。

「トレッドミルですか？」

「ああ。二十メートルシャトルランでは、レベル十八だった」

　二十メートル間隔で引かれたラインの間をひたすら往復するシャトルランも、持久力を計測するのによく使われる方法だ。次第に走るスピードを上げていくので、後半になるとへとへとになるのだが、全盛期の竜神はレベル二十に達していたはずである。確か、往復二百二十五回。

「折り返し二百回ですね？」

「正確には百九十八回」

「微妙に落ちているわけですか……」

「筋肉量もな。あのね、あんたも専門記者なら分かると思うけど、筋肉が五キロ落ちたのを元に戻すのは大変だよ。今は、あの時とは状況が違うし」

「どんな風に違うんですか」

「あの時と同じようにはできない、ということだ。金メダルを取ってからの四年間は、特に特別だったからな。あんなことは、二度とできないかもしれない」

　私は無言でうなずいた。特にクロスカントリーの場合は難しい……持久力の競技だと思われがちなのだが、実際には大変な筋力を要する。腕——上半身のパワーが推進力を生むから、基本的には体が大きい方が有利である。しかし、筋肉をつけ過ぎると、その分体重が重くなり、持久力の点ではマイナスになる。クロスカントリーの選手は全員が、そのバランスを取るのに苦労しているのだ。しかも正解はないのが難しいところである。

筋肉量、体脂肪率、持久力——全ての数値で、どこを理想にすればいいか、諸説紛々なのだ。結局最後は、選手の感覚に任されがちである。竜神の場合、全ての数値が高度なバランスを取っていたのだが、今はそれも崩れているだろう。

「それで、現状はどうなってるんですか」

「取り敢えず、練習メニューを送った」

「大学生に混じって練習はさせないんですか？」仲間外れかよ、と私は幼稚なことを考えた。

「いや。今の段階だと、一緒に練習してもあいつがきつい思いをするだけだから。まず、地元で基礎トレーニングを積んでからだな」

「大学生のレベルについていけないんですか？」私は目を見開いた。だとしたら、復帰計画など夢のまた夢で、私の本はボツになってしまうかもしれない。

「そうなる可能性もある。だからまず、自主トレである程度力をつけてもらわないとな。夏には合宿で絞って、ローラースキーの大会で調整する」

「それは、現役時代とほぼ同じスケジュールですよね」

「そうなるね。ただし、高地合宿はパスだろうな。夏場の南半球の合宿も無理だ。そこまで予算はない」

私は、白紙のメモ帳に視線を落とした。数字などはメモしておきたいところだが、目の前でメモを取られたり、インタビューを録音されたりするのを嫌がる相手もいる。波留がまさにそういうタイプだ。数字のことはひとまず忘れ、一番懸念している話題に話を変えた。

「膝の怪我、どうなんですか」

「あんたはどう思う?」

「治ったとは聞いていますけど、私は専門家じゃないので」

「グリーン」だと思う。青信号。本人も怪我は完全に癒えたと言っていたし、少なくとも一緒にノルディックウォーキングをした限りでは、まったく不安は感じられなかった。実際にスキーを履いて滑るとなると、また別だろうが、少なくとも膝痛に悩まされている様子はなかった。

「今は完全に治ってるはずだよ」

「医者のお墨付きがあるんですか?」

「もちろん。難しい怪我だったけど、静養で治ったんだ。結局、激しい運動をしないのが、一番の治療法だったんだろうな——あるんだよ、そういうことが。怪我で引退したのに、やめた途端に治ったりしてね」

「分かります」

「プレッシャーがなくなったからだろうな。精神的な要因は大きいんじゃないか」

「そもそもどうして、復帰する気になったんでしょうね」いよいよ本題だ。デリケートな問題であり、さすがに私も緊張する。

「あんた、その件については取材したんでしょう?」波留が警戒するように言った。

「しましたよ」

「だったら俺に聞く必要はないはずだけど」

「やり残したことがあるっていう話ですよね?　でもそれ、ちゃんと喋っているようで、何も喋ってないじゃないですか。問題は、その『やり残したこと』が何なのか、なんだから」

「俺も知らないよ」

「聞いてないんですか?」

私は、記者の限界を知っている。スポーツ紙の記者は、もしかしたら一般紙の記者よりもずっと、取材対象に近いかもしれない。四六時中くっついて取材しているうちに、「広報係」のような役回りになってしまうこともある。ジャーナリスト本来の役割から考えるとどうかとも思うが、スポーツ界を盛り上げていくのも記者の大事な役目なのだ。ふんぞり返って批判ばかりしていればいい、というものではない。

「聞いてないね」

「聞こうとしなかったんですか?　一番大事なところだと思いますけど」

「聞かなきゃいけないって法もないだろう」波留が不機嫌に鼻を鳴らした。「モチベーションについては、本人が納得していればいいんだよ。周りの人間に漏らしたり、相談したりするのは、逆に本人の覚悟が固まっていない証拠だ。あいつは考えがしっかりしてるから、周りに話す必要なんてないんだろう。そもそも、説明もしにくいことだろうし」

「そんなものですかね」まくしたてるような口調は、いつもの波留のそれだ。都合が悪い時に、特にその傾向は顕著になる。「でも、あいつとはちゃんと話してるんでしょう?」

「まあまあ」

「まあまあ?」

「そんなにゆっくり話してる時間はなかった、ということです」

急に丁寧な口調になり、しかしぴしりと波留は言った。どうやらこの話題を、もう打ち切りたいらしい。何かおかしいな……私の中のセンサーが、信号音を発していた。どうも、竜神は歓迎されていない様子である。あいつも様々な手練手管を使って大学への復帰を果たしたのだろうが、波留はやはりそれを快く思っていないのかもしれない。様々な要因が考えられる。①復帰しても勝てる保証はないから、現役時代の栄光を汚して欲しくない②上からいきなり話が降ってきたので、自分が飛ばされた感じになって気に食わない③そもそも他の選手の面倒を見るのに忙しく、手が回らない——等々。

無愛想に見えながら、本音では選手を大事に思い、勝たせたいと願っている——波留はそういう男なのだが、今は絶対に竜神を復活させたいと思っているようには見えなかった。

「竜神の復帰に反対なんですか」私は率直に訊ねてみた。

「俺は何も言ってないよ」

「言ってなくても、雰囲気で何となく分かるんですけど」

「雰囲気で記事を書いちゃいけないな」

「だから、今日の話は記事にするつもりはないです」繰り返したが、波留は納得していない様子だった。何となく気に食わない……薄い不機嫌は、ずっと続いているようだった。

「まあ、それならいいけど……」

「竜神、勝てると思いますか」

私は話題を巻き戻した。選手の実力、それに競技についてなら喋りやすいと思ったから。

「そんなのは、蓋を開けてみないと分からないよ」

その一言を聞いて、私は波留の悲観的な本音を読み取った。波留は非常に論理的に考える監督だが、選手に関して第三者に喋る時は、ひたすら持ち上げる傾向にある。自分の不用意な発言が、回り回って選手の耳に入るかも分からない、とでも思っているのだろう。確かに、監督のマイナス評価を新聞で読むほど、嫌なことはない。言いたいことがあるなら直接言って欲しい……と選手が不信感を募らせる結果にもなるだろう。ただしいい話なら、読んだ本人も悪い気はしないものだ。そもそも「褒めて育てる」が波留の方針のはずだし。竜神の現役時代にも、何度となくこの監督に取材しているが、レースの見通しについては「絶対勝てる」「今回が最高のコンディション」「竜神の精神力は並大抵じゃない」と最大限持ち上げるコメントしか貰えなかった。本音だったのか、「褒めて育てる」方針から出た言葉だったかは分からないが、とにかくマイナスの発言は一度もなかったはずだ。

それが今、急に曖昧な言葉遣いになっている。

もしかしたらこれは、壮大なファンタジーではないのか、と私は不安になった。一度引退した選手が現役復帰を目指すケースは過去にもあったが、成功は極めて難しい。私も、先走りし過ぎたのかもしれない。しかし竜神には、人を興奮させる何か——「やってくれるのではないか」と奇跡を期待させるような何かがあるのだ。

彼には「ドラゴン」という通り名の他に、もう一つのキャッチフレーズがある。「逆転の竜神」。五十キロも滑って、トップ争いが秒差になることはほとんどないのだが、竜神の場合、オリンピックで金メダルを獲得した二回のレースは、最終的に残り数百メートルでレースの結果を決めたのだ。他のレースでも同様の傾向があった。出だしは決してよくなく、中盤はひたすら粘ってトップ集団に食いつき、抜群の持久力を生かして最後の最後で逆転する——こういう展開は、クロスカントリーの素人でも分かりやすい。もちろん、意識してそういう作戦を立てているわけではなかっただろうが、彼のレース運びは常に感動を呼ぶのだ。

しかし、実際のレースと競技人生は違う。

今回彼は、一度棄権してしまったレースに、周回遅れで再度参加するようなものである。竜神のレース運びを観た人間からすれば、今回も奇跡が起きるのではと期待してしまうのだが、奇跡はそう何度も起こらない。

本人のやる気と裏腹に、来年の冬の終わりにはがっかりした結果を抱えることになるのではないか、と私は心配になった。もちろん勝って欲しいが、勝てなかったらどうするのだろう。金メダリストが恥をかいて終わるだけではないのか。

もしかしたら波留の懸念も、私と同じかもしれない。一番身近で観察してきた人間だけに、綺麗な想い出を残したまま身を引いて欲しい、と願っていたのではないだろうか。彼は本音では、竜神を自分の後継者に、と考えていたはずである——実際、呑みながらそんな話を聞いたこともあった。それが叶わなかったことだけが後悔だろうが、選手としての竜神は、文句のつけようがない存在だっただろう。

それがどうして、復帰する？　栄光を手にした選手が、わざわざそれを汚すような真似をするのが、波留には理解できないのではないだろうか。

「とにかく俺は、淡々とやるだけだ。だいたい竜神には、コーチングは必要ないんだから」言い訳するように波留が言った。

「そうですか？」

「そうだよ。二十五歳以降のあいつには、コーチは必要なかった。元々真面目で、何でも自分で考える男が、一気に花開いた後は……俺たちにできるのは、外から観察して、おかしいところがないか教えるぐらいだった。俺は、あいつを安心させるためだけにいたようなものだね。精神安定剤だ」

「今回も、ですか」

「どうかな」

自信のない口調。それが続いているうちに、私も本当に心配になってきた。竜神には恥をかいて欲しくない。あいつは私たち皆のヒーローだし、強かった記憶はそのまま、残しておくべきではないのか。

「やっぱり言っておこうか」

波留の言葉に、私は顔を上げた。波留の顔には苦痛の表情が浮かんでいる。

「俺は、今回の復帰は無理だと思う。あの頃と同じことは、二度とできないんだ」

「同じことって、何ですか？」私は食いついた。もう、当時の練習ペースは取り戻せないということか？　それとも気持ちが折れている？

「いや、まあ、それは……」波留が口を濁す。

「はっきりしませんね」私はわざと苛立った表情を浮かべた。「言えないようなことなんですか？」

「大した話じゃないんだ」

そう言われるとかえって気になる。しかし波留は、その後の話をのらりくらりで誤魔化した。そのペースに入った波留の口を割らせるのは容易ではない。以前からの取材で、私はそれをよく知っていた。


東体大から最寄り駅への帰り道――歩いて十五分ほどかかる――に、私は北海道の望月に電話を入れた。

「ああ、杉本さん。どうも」望月の口調は快活だった。竜神復帰は、元々望月が道内のスキー関係者から拾ってきたネタである。自分の情報を私に横取りされた、と憤慨してもおかしくないはずなのに、そんな気配は微塵も感じさせなかった。記者には珍しい呑気な男なのか、あるいは竜神が私の「獲物」だということで遠慮しているのか。後者であって欲しい、と願った。そうでないと、この男とは腹を割った話し合いができない。

「ちょっと聞きたいんだけど」

「何ですか」途端に望月が警戒心を露にした。この男は、とにかく気が小さいのが弱点である。人に何を言われるか、どんな仕事を振られるかを異常に気にしている。

「竜神のことなんだけどさ」

「ええ」用心深さはまだ消えなかった。

「北海道のスキー関係者は、今回の復帰をどう見てるんだ?」

「どうって言われても……」

「例えば事務局の連中とか」

「ああ……懐疑的、っていう感じですかね」遠慮がちに望月が答えた。

「どういう意味で」

「いや、だから、二年のブランクの後の復帰は考えられないっていう意味ですよ。もちろん、竜神さんの悪口を言う人はいないですけどね」

それはそうだろう。竜神は、一種、神格化された存在なのだ。実際、二度目の金メダルの後には、国民栄誉賞の授与も検討されたぐらいである。内閣交代のどたばたがなければ、間違いなく栄誉賞を受け取っていただろう。

「勝てないって見てるのか」

「それは何とも言えません。だってこっちの人は、誰も現在の竜神さんを見てないんですから」

「そりゃそうだな」完全に田舎へ引っこんでしまった竜神は、各地のスキー関係者との交流も断っていたはずだ。

「だから、急に復帰って言われても、判断しようがないっていうことですよ。でも、竜神さんなら何とかするかもしれないっていう声もあります」ようやく望月の口調が軽快になってきた。「あれだけの実績がある人ですからね。あの……正直に言っていいですか？　個人的な見解ですけど」

「何だ」何も遠慮することはないのに、と私は思った。

「今シーズンは駄目かもしれないと思います。でも、この一年を助走期間にしたら、来年は完全復活できるんじゃないですかね。そうしたら、次のオリンピックも見えてくると思うんですけど」

「あいつはオリンピックは考えてないよ」

「マジですか」望月が怪訝そうな声を上げた。「確かに新聞にはそう書いてありましたけど……杉本さんが書いたんですけど、あれ、本当なんですか？　竜神さんは、慎重になってるだけじゃないんですか」

「そうかもしれない」

「天皇杯が目標って、竜神さんにしたらずいぶん低いターゲットですよね」

「そんなことはないだろう。そこへ向かって必死になってる選手はたくさんいるんだぞ」

「そうかもしれませんけど、あの竜神さんですよ？　どうせなら、オリンピックで三つ目の金メダル、ぐらいは目標にぶちあげてもいいのに」

「あいつは絶対そんなことは言わないよ。過去二回のオリンピックでも、メダルが目標とは言ってない。慎重なんだ」

いや……慎重ではなく臆病なのかもしれない。どんな結果が出るかは、レースが終わってみないと分からないのだから、迂闊なことは言いたくない。大きな目標をぶちあげて、無様な結果に終わったら恥をかくのは自分なのだから——自分たちマスコミも悪いのだ、と私は思った。私たちは、見出しになりやすい、派手なコメントを欲しがる。「やってみないと分からない」よりも「勝ちに行きます」「メダルを目指します」の方が、読者も単純に喜ぶではないか。

しかし竜神は、そういうコメントをしない。

そんな慎重な男が、どうして復帰を選んだ？　まさに勝てる保証などどこにもないのに。

そもそもこの復帰劇は、どこか不自然なのだと、私は改めて思い知った。

第二部

苦闘

『ハードバーン』

第二章　英雄の誕生

竜神真人は、一九八二年四月五日、東京都渋谷区で生まれた。

彼の競技人生を語るには、まず父親・正彦の人生を遡らなければならない。

一九五二年、新潟県塩沢町（現・南魚沼市）で生まれた正彦は、高校時代からアルペンスキーの選手として鳴らした。大学でも有望株として、将来のオリンピック出場を期待されたほどだったが、三年生の時にレースで転倒、右膝前十字靱帯断裂の重傷を負い、選手生命を断たれた。この怪我は今も後遺症として残っており、正彦は歩く時に軽く右足を引きずる。

大学卒業後は一般企業に就職。結婚して、渋谷区内にある社宅で暮らしている時に、竜神が生まれた。

転機が訪れたのは、竜神が二歳だった一九八四年だった。正彦の父親が急逝し、急きょ田舎へ戻ることになったのだ。家業は農業だったが、それを継ぐ意思はなく、正彦はペンション経営に乗り出した。

正彦はペンション「山楽荘」を妻の葉子とともに経営し始めたが、「スキーの虫」を抑えることはできなかった。冬場はスキー宿になるのが新潟県のペンションの常だが、正彦はそれだけに飽き足らず、近くのスキー場でインストラクターの仕事を始めたのだ。

「冬場は、日中はほとんどスキー場で、ペンションの切り盛りは私一人でやっていました」と、苦笑しながら葉子が振り返る。

「だって、すぐ近くにスキー場があって、滑りたいっていう人がたくさんいるんだから。教えてあげないと悪いよね」というのが正彦の言い分である。「八〇年代から九〇年代はスキーもブームだったし」

竜神が初めてスキー板を履いたのは三歳の時だった。もちろん最初は、父親の勧めである。というよりも、強引にスキー場に連れていかれた。

三歳当時の竜神は、その年頃の子どもの平均よりも体が小さく、病気がちだった。父親としては、本格的にスキーをやらせたいというよりも、まず体力をつけさせる狙いだったという。

肝心の竜神自身は、初めて滑った時のことをまったく覚えていない。

「スキー場に行った記憶さえないんです」と笑う。事実、当時の写真やビデオを観ても、まったく思い出せないのだという。

しかし父親は、まったく別の感想を持っていた。

「いけると思った」正彦が振り返る。「最初から滑れていて、すぐにターンも覚えてしまった。こういうのは天性のもので、教えてどうにかなるものではないんだけど、あいつには才能があったということだね。教えがいのある子どもでもあった」

以来、「体の弱い子ども」は姿を消した。冬の間は毎日のようにスキー場に通い、夏も元気に外で遊ぶようになり、体もすくすく成長した。

新潟県、特に雪深い魚沼の子どもにとって、スキーは生活の一部である。さすがに「学校へスキーで通った」のは昔話になっているが、一年のうち四か月近くが雪で埋もれる魚沼では、スキーを履いている時期が長く、自然に滑ることに親しむようになる。

小学校二年生になると、地元のクロスカントリースキーのジュニアクラブに入る。アルペンという選択肢もあったのだが、何故クロカンを選んだのか。

「何となく。合っていると感じたから」というのが竜神の説明である。

父親の正彦はどう見ていたのか。

「何もきついクロカンで苦労しなくても、と思ってましたよ」アルペンで、栄光の座へあと一歩のところまで近づいた正彦にしてみれば、クロカンは地味できついだけ、という印象だった。「アルペンは、スピード感が最大の魅力。テクニック重視の回転でも、そのスピード感は他の競技では味わえない。圧倒的に面白いと思いますけどねえ」

「それが問題だったかもしれない」と竜神は分析する。「スピードが苦手なんですよ。今でもそう。車を運転する時も必ず法定速度内で走って……高速道路に乗る時には今でも緊張しますね。飛行機も苦手だし」と笑う。

もちろんそれまでにも、クロカンの真似事をしたことはあった。新潟では昔から手軽な山スキーが盛んだが、竜神も小学校に上がる前から、父親と一緒に何度も山スキーを楽しんでいた。正彦に言わせれば「軽いピクニック」なのだが、この時の体験が、子ども心に強烈な印象を残したようだ。

「何か……自然の中を滑るのが楽しくて。もちろんゲレンデも自然の中にあるんだけど、作られたものでしょう？　そうじゃなくて、手つかずの自然の中を滑っていると、自分がその一部になったような気がして……変な子どもだったかもしれませんね」と竜神は往時を振り返る。

竜神が入ったクラブには、中学三年生までの子どもたちが参加していたが、竜神はすぐに馴染んだようだ。しかも瞬く間に才能を発揮し始める。

初めてレースに出たのは三年生の時、中越地区のジュニアクロスカントリー大会だったが、この四年生以下男子の部（二キロクラシカル）で、上級生を差し置いていきなり優勝する。翌年も連覇、さらに五年生（三キロクラシカル）以降も、クラブを卒業する中学三年生まで、連続優勝を果たした。既に、地元の同年代では敵なしの存在だったわけである。

当時、竜神を指導したクラブの監督、平澤貢が振り返る。

「とにかく心肺能力が高かった。とても小学生とは思えないほどで、高学年になると、スピードでも中学生に負けないぐらいになりました」

いち早く竜神の才能を見抜いた平澤は、体力作りのために、学生時代の後輩である三上亮介に竜神を託すことにした。

ただし、クロカンではなく、水泳で。

I

「今でも、ちょっとむかついてるんですけどね」

三上はそう打ち明け、引き攣った笑みを浮かべた。冗談だろうと私は思ったのだが、顔を見た瞬間に、今でも本気で怒っているのだと悟った。

長岡市のスイミングスクール――プールの脇で取材というのもおかしな感じだが、三上は「狭い事務所で落ち着かない気分で話すのは嫌だから」と言い張った。確かに、ここなら開放感はある。ガラス面積の大きな建物には陽光が増幅されたように降り注いで、暑いぐらいだった。

今年五十二歳になる三上は、がっしりした体型をまだ維持していた。長年水の中で暮らし、まるで別種の人類に進化してしまったようである。極端な逆三角形の体型は、半袖の白いポロシャツのせいでさらに強調されていた。髪は半ば白くなっているのだが、体型のせいでまだ若々しく見える。

「本気で喧嘩したんですか」

「積極的な前向きの話し合い、ということにしておきましょうか」三上が苦笑する。

「竜神が競泳でオリンピックを目指せると、本気で思っていたんですか？」

「だってね」三上が椅子の手すりを摑んで身を乗り出した。「六年生の時に、千五百の自由形で十七分十五秒の記録を出してるんですよ」

「それは、どれだけすごい記録なんですか」

「え？」三上が大きな目をさらに大きく見開いた。「スポーツ紙の記者さんが、そういう記録をご存じない？」

「専門がウィンタースポーツなので」少しばかりむっとして、私は言い返した。

「今の学童記録が、十六分四十二秒九一です。二十年前に十七分十五秒っていうのは、すごい記録だったんですよ。私が本格的にあいつに競泳をやらせたいって思った理由は、それで分かるでしょう?」

「あいつが競泳が得意なんて、知らなかったんですよ」

「本当に?」三上が目を眇める。「高校の同級生だって言ってませんでしたっけ?」

「その頃には、もうクロカン一本に絞りこんでいたんです。泳いでいるのを見たのは、体育の授業ぐらいですね」

「返す返すも惜しいことをした……」三上が腕組みをした。太い筋肉が盛り上がる。

「あのまま競泳を続けていれば、オリンピックでメダルの一つや二つ……日本は、競泳の育成の方が、ウィンタースポーツよりもはるかに進んでいるんだから」

「でもあいつは、金メダルを二つも取ってますよ」

反論すると、三上が下唇を突き出した。この人たちの縄張り意識は何というか……違うジャンルのスポーツでも、もっと協力し合えないだろうか、と私はいつも思う。特に子どもの頃は、様々なスポーツを体験した方がいい。実際、東日スポーツではかつて、「スポーツの多様化」キャンペーンを打ったことがある。その時私はアメリカに長期出張し、「夏は野球、冬はアメフト」「サッカーとアイスホッケーの両立」などが珍しくない状況を取材して紹介した。もう七年ほど前のことだが、その時に取材した高校生が、後に大リーグとNFLからドラフト指名を受けた事実を知り、複雑な思いを抱いたのを覚えている。複数のスポーツの並立は可能なのだ……日本でも、「夏に自転車、冬にスケート」というパターンはあったが、それはトップレベルのアスリートの話であり、子どもたちは幼い頃から一つのスポーツに縛られがちだ。

「とにかく、競泳をやらせたかったんですよ、私は」三上が力説した。

「小学生の高学年ぐらいで、将来が分かるものですか？」

「人の実力を見抜く点にかけては、私はプロですよ」三上が気色ばんだ。「あいつがここへ来たのは五年生になった時だったけど、とにかく物が違った」

私はうなずきながら、三上の経歴を頭の中で転がした。長岡出身の三上は、高校で平澤の一年後輩に当たる。東体大でも先輩後輩の関係。平澤はスキー、三上は競泳と専門は違ったが、同郷のよしみで、大学で再会してから仲が良くなったらしい。卒業後は二人とも地元へ戻り、それぞれ塩沢町役場、長岡市役所の教育委員会に籍を置き、市民スポーツを担当した。平澤はボランティアで地元の子どもたちにスキーを教え、三上はその後、スイミングスクールのコーチに転身したのだが……指導者として本格的に一歩を踏み出し始めた頃、それぞれ竜神に出会ったことになる。

才能溢れる小学生の取り合い、か。何となく馬鹿馬鹿しい感じがしたが、本人たちにすれば真剣だっただろう。いい選手を発掘して手柄を立てたいという気持ちと、純粋にスポーツマンとして後輩を育てたいという気持ち。この二人にアメリカ的な発想があれば、竜神は二つの競技で活躍していたのではないか……というのは私の妄想だろう。クロカンも競泳も、先へ進めば進むほど、特化した専門的なトレーニングが必要になる。

「実は、平澤さんと摑み合いになったことがあってね」三上が唐突に打ち明けた。

「そうなんですか?」私は思わず目を見開いた。何が「積極的な前向きの話し合い」だ。

「そんなに大変なことじゃないけど」三上が苦笑した。「でも、一時はかなり険悪な雰囲気になって、一年ぐらい口もきかなかったね」

「それは、いつ頃ですか?」

「竜神が中学校に上がる時。小学生から中学生になる時は、いろいろと変化があるでしょう? こっちとしては、競泳に残ってもらう最後のチャンスだったんだけどねえ」

「……平澤さんが勝ったんですね」

「結局、高校、大学の先輩には頭が上がらなかった、ということですよ」三上が顔を擦った。「まあ、結果的にはそれでよかった、と思うべきかもしれないけど……まだ割り切れないな」

「でも、金メダルを二つも取って、結果を残したんですよ」私はまた二つの金メダルを強調した。唖然(あぜん)としながら——この男はどこまで執念深いのだろう。ふた昔も前の敗北が、未だに頭に残っているのか……。

「競泳とクロカンでは、裾野の広さが違う。競技人口が多ければ多いほど、有利なんですよ。試合も多くあるし、育成のノウハウも豊富だ。ライバルが多ければ、精神的にも成長できるし、注目の度合いも違うでしょう。何と言っても、こっちは『水泳ニッポン』なんだから。結局、平澤さんにいいように使われて、期待を持たされただけでしたよ。持久力をつけるには、水泳が一番だっていうのは分かるんだけど」

その言い分には、私もうなずかざるを得なかった。もしも竜神が、クロカンではなく競泳の道に進んでいたら……二十世紀の終わり頃から、日本の競泳界はレベルがぐっと上がった。オリンピックのメダル数をカウントすればすぐに分かることだが、世界レベルで戦える状態がずっと続いているのである。確かに竜神は、そちらでオリンピックのレベルに届いていたかもしれない。もっと多くのメダルを獲得していた可能性もある。

「しかし、どうしていきなり復帰する気になったのかねえ」三上が首を傾げた。

「それを知りたいから、私もあちこちで取材してるんですよ」

「で、何か分かったんですか」

「残念ながら。考えてみると、竜神は友だちが少ないタイプかもしれません」

「ああ……なるほどねえ」

納得したように三上がうなずいた。

「思い当たる節、あります？」私はようやくICレコーダーを取り出した。伝記の取材のためにも、ここは正確を期さなければならない。「あいつの伝記を書くんです。ちゃんと記録したいので、録音させてもらってもいいですよね？」

「まあ、いいですよ。二十年も前の話、どこまで覚えてるか分からないけど」

「当時の竜神は、どんな子どもだったんですか？」

「引っ込み思案でね。今もそうじゃない？　インタビューの映像とか観てると、昔のまって感じですよ。慎重というか、奥ゆかしいっていうかね」

「ああ……そうですね。当時、ここまで通って来るのは大変だったんじゃないですか」

「親父さんが送って来たり、上越線で一人で来たり……上越線だと、ここまで一時間ぐらいかかるんだよね」

「そうですね」

「夕方ここへ来て、五時からのクラスで一時間半泳いで、その後は一時間の自主練習ですよ。高学年とは言っても、小学生が毎日二時間半も練習するのはきついよね。行き来するだけでも大変なんだし……特に電車で来てる時は、時間に追われててね。上越線の本数も少ないから、いつも駅まで走ってた。家に戻って九時過ぎで、それから夕飯を食べてってなると、毎日くたくただよね。当然、他の子どもたちとは遊んでる暇もない」

「厳しいですよねえ」塾通いで大変な子どもたちもいるが、それとは別種の忙しさだっただろう。

「ここへ通ってたのは二年だったけど、惜しかったな。中学校へ上がっても続けるように、ご両親に頭を下げに行ったんだけど、上手くいかなかった」

「親父さんが元々スキーの選手ですからね。やっぱり競泳よりクロカンだったんじゃないですか」

「そこで説得できなかったのが、俺の弱さだよなあ。平澤さんにも負けたし。ご両親と平澤さんは、結託してたんだ」悪事を暴くような口調で言って、三上が髪をかき上げた。

「本当に、今でも残念です」

この愚痴を、彼は死ぬまで引っ張っていくのではないだろうか。酒を呑みながらでなくてよかった、と心底ほっとした。こういう話は、酒が入ると際限なくなる。私は、当時の竜神の様子に話題を引き戻した。

「いつもぎりぎりで来て、慌てて帰る毎日だったんですね」

「平日はね。土日は試合が多くて、それはそれで大変だった」

「ここで誰か、親しい人は？」

「上手く友だちの輪に入っていけないこともあるでしょう」三上が慎重に言った。「あいつ以外の子どもたちは、全部この辺の人間だったし。他の子どもたちにすれば、田舎からいきなり来た奴が……って気持ちもあったと思いますよ。そういう時に、何とか他の子どもたちに溶けこもうとする子と、反発する子がいるんだけど、竜神の場合はどちらでもなかったな。仕方なく、自分の境遇を受け止めてる感じで。やることがあるから、他のことまでは手が回らない感じだったんじゃないかな」

「何だか、子どもの頃から達観してたんですね」

「そういう感じだから、他の子もちょっかいを出せなくてね。嫌な話だけど、そういうところからいじめが始まったりするんですよ。でも竜神の場合、いじめとかを超越してる感じだった。それで試合ではきっちり結果を出すんだから、他の子は何も言えなくなってしまうわけでね」

「要するに、他の子たちを圧倒してたんですね」

「当時私が教えてた中では、図抜けた選手でしたよ。結局、結果が全てだから。まあ、あいつは昔から優等生的なところがあったから、他の子どもたちにちょっかいを出されたとしても、上手く乗り切ったとは思うけどね。当時竜神と一緒に泳いでた連中は、その後のあいつの活躍を観て、自分のことのように喜んでたからね。知り合いがスーパースターになれば、何だか自分も誇らしく思えてくるでしょう？　何人かは、この前のオリンピックの時に、現地まで応援に行ってましたよ」

「竜神本人は、そのことを知ってたんですか？　というより、当時のスクールの子たちと、ずっと交流があったんですか？」

「いや、知らなかったんじゃないかな。昔の仲間たちの一方的な片思いだったと思う。連中、竜神が金メダルを取った時に、俺のところまで電話してきて、泣いて喜んできましたけどね」

「その人、紹介してもらえませんか？」私は改めてメモ帳を構えた。

遠藤礼二（えんどうれいじ）は、競泳経験者という経歴をまったく感じさせない体型だった。身長百七十センチぐらい……はともかくとして、縦横がほぼ同じサイズである。実家の米穀店で働いているのだが、それは「家業を継ぐ」ためではなく「米好き」だからではないかと私は皮肉に考えた。

「応援？　行きましたよ。寒いのには慣れてるけど、日本とは違った寒さでびっくりしました」遠藤が丸い目をさらに大きく見開く。

「確かにあれは、ちょっと違いますよね」私も同じ試合を記者席で観ていたのだが、二時間ほどの競技時間は、寒さとの戦いだった。ああいう時、日本から持ちこんだ携帯用カイロが大活躍するのだが、私は気前よく外国の記者たちに配ってしまい——外国人の目には驚異のテクノロジーに映るようだ——自分は寒さで震えていた。ただし、レース最後の数分で異常に興奮した結果、竜神がゴールした時には体全体に汗が滲んだほどだったが。

「竜神とは、連絡は取ってなかったんですか？」

「全然」遠藤があっさり答える。

「今も？」

「ないですね。俺らとは別の世界の人なんで。今やスーパースターですからね」

私はまたうなずき、彼の感想に同意した。これは否定しようもない事実である。

「最初に彼と会った時は、どんな感じでしたか？」

「何か、ずいぶん遠慮してる奴が来たなって……俺たち、ほとんどが顔見知りだったんですよ」

「皆、長岡の人たちですよね？」

「何年も一緒にスクールに通ってた奴もいたし。そこに急に、知らない奴が入って来たら、警戒するでしょう」

「仲間外れにしたとか？」

「いやいや、そういうわけじゃないです」遠藤が顔の前で思い切り手を振った。スーパースターを仲間外れにしたなどと言ったら、天罰が下るとでも思っているのかもしれない。「子どもって、世界が狭いでしょう？　自分の小学校以外の子が来たりすると、こいつ何だって思うのが普通ですよね」

「まあ、そうでしょうね」

「でもあいつ、時間がなかったから。俺たち、練習が終わると買い食いしたりだべったりして時間を潰してたんだけど、あいつは電車で塩沢まで帰らないといけなかったから……だらだらつき合ってる暇はなかったんだと思いますよ」

「じゃあ、ほとんど話す機会もなかった？」

「試合の時ぐらいですね。試合では、待ち時間が結構あるから、そういう時にいろいろ喋って……だけどあいつは、積極的に輪に入って来る感じじゃなかったですね。何か聞かれれば答えるみたいな」

「殻に閉じこもってた？」

「そうかもしれません。いや、別にそれが悪いわけじゃないけど」遠藤が慌てて言った。「あいつ、俺らと違ってマジだったし」

「そうなんですか？」

「あいつの記録、クラブでは長い間破られなかったんですよ。あのスイミングクラブは、オリンピック選手を育てようっていうレベルじゃないですけどね」

「なるほど……じゃあ、彼一人が抜きん出た感じだった？」

「そうです」うなずいて遠藤が認める。「こっちはちょっと複雑な心境でしたけどね。だって、あいつの本職はクロカンでしょう？　夏場のトレーニングとして水泳をやってただけの人間に敵（かな）わないっていうのは、ちょっとダメージですよね。まあ、簡単に友だちにはなれない感じかな」

さもありなん、と私は思った。そもそもあいつは、友だちを選ぶタイプだ。高校の時には既に部活動のレベルを超えて競技中心の生活をしていたから、どうしても普通の高校生のような友だちづき合いができなかったのだ。だから自分の時間と世界を邪魔せず、そういう状況にも不満を抱かない相手――私のような――を慎重に選んでつき合っていた節がある。本人はそんなことは認めないだろうが、つき合っている友人の立場からすると分かるものだ。

「まあ、しょうがないです」遠藤が肩をすくめた。「物が違うんで……スポーツ万能の人間はいるもんですね」

「いや、でも球技は苦手でしたよ」

「それは知らなかったな」遠藤が目を見開いた。「オリンピックレベルの選手だと、何をやらせてもこなせそうな感じがするけど」

思い出すと、私の顔は意識せずとも歪んでしまう……思い出し笑いだ。例えば、高校の体育の授業でのサッカー。絶妙のセンタリング――ゴロだったが――にドンピシャのタイミングで間に合った竜神は、見事に空振りした。足に当てることさえできないのか、と唖然としたものである。ついでに言えば、足も速いわけではなかった。五十メートルのタイムで竜神を上回っていたのは、私の密かな誇りである。

「それにしても、オリンピックの応援にまで行くのは凄いですよね」

「あの、俺、小学校で水泳はやめたんですよ」バツが悪そうに遠藤が言った。

「そうなんですか？」

「記録が伸びなくて。で、中学校の部活でサッカーを始めて、そっちの方に夢中になっちゃって。高校でもサッカー部だったんですけど、マジでスポーツをやってたのはそこまでですね。何か、限界って分かるじゃないですか」

「ええ」

「その後は家を継いで、だらだらやってるんですけど、前々回のオリンピックでのあいつを観て……ぼろ泣きしちゃいましてね」

「ああ」私は深くうなずいた。最初のオリンピックで獲得した金メダルは、最後の最後まで苦しみ抜いた結果だった。トップで最後のストレートに入って来たものの、二位のノルウェーの選手に猛烈に追い上げられ、辛うじて逃げ切った勝利だったのである。それでメダルにケチがつくわけではないが、レース後の竜神は珍しく不機嫌だった。ミックスゾーンでの取材でも、「不完全燃焼でした」と何度も繰り返したものである。後で確認したら、「追い上げられるような展開には慣れていない」と打ち明けた。要するに、やはり「逆転の竜神」である。逃げ切り、というのは彼本来のレース展開ではないのだ。

「短い期間だったけど、自分たちと一緒にやっていた男が世界の舞台で戦ってる。それにクロカンは、日本がそんなに強くない競技でしょう？　そこで頑張ってる姿を観たら、ジンときますよね」

「分かります」

「だから仲間内で、四年後には絶対に応援に行こうって決めて。全員きっちり仕事の予定を調整して、ツアーですよ。生で観られて本当によかった。真面目な話、あの日はホテルに戻っても泣きっ放しで……男四人で変な感じでしたね」

「連絡ぐらいすればよかったんじゃないですか。あいつだって、スイミングスクールの仲間のことだったら覚えてるはずでしょう」

「いやあ、それはちょっと……」苦笑しながら遠藤がキャップを被り直した。「だって、メダルを取ってからのあいつ、凄かったじゃないですか。まさにスーパースターですよね。俺らが声なんかかけて、迷惑かけたら申し訳ないし」

「あいつは、そんなことで迷惑するような人間じゃないですよ。だいたい私も、普通につき合ってましたし」

「でも、選手と記者でしょう？　高校の同級生というより、取材する人とされる人の関係っていうか」

「ああ、まあ」微妙な関係だとは認めざるを得ない。友情と仕事は両立しないのではないか、と私は常々思っている。竜神は「友人」から「取材対象」になったが、「取材対いる。

象」が「友人」になったことはまったくない。一線を引いておくべきでは、とも思っている。

「俺たちにとっては、遠い人ですよ。あの後……二度目の金メダルの後、引退表明したでしょう？　あの時も、一緒に応援に行った連中と酒呑んで、一晩中泣き明かしたんですよね。何だか、あいつを見てると泣けてくるんですよ。頑張ってるのが、すごくよく伝わってくるじゃないですか」

私は無言でうなずいた。確かに竜神の走りは、感動を呼ぶ。必死さ、命を賭けている感じさえ伝わってきて、どんなに鈍い人間でも心を揺さぶられるのだ。

「その後も連絡は取ってないんですか？」

「ずっと遠慮してました。あれだけ頑張ったんだから、後は静かに過ごしたいと思ってもおかしくないでしょう。そういうのを邪魔したくなかったし」

「復帰についてはどう思います？」

「それは、よく分からないけど……一度引退したのに戻ろうとするのは、それだけで大変な精神力だと思いますよ。だって、このままなら伝説の男として残りますよね？　でも復帰したら、負けるかもしれない。それを承知で復帰しようっていうんだから、常人には理解できないですよね。何で、復帰する気になったんですかね」

「本人もはっきり言わないんですよ」各社とも後追い記事を書いてきたが、動機についいてはやはり曖昧だった。竜神は「やり残したことがある」というコメントを貫いていたが、私たちが知りたいのはその「やり残したこと」が何か、である。竜神は相変わらず本音を語っていない。私の取材力不足もあるのだが、やはり気になった。

そこを探り出さないと、伝記も中途半端に終わりそうな気がする。竜神の復帰に関しては、私自身の取材力も試されるのだ。

2

「たまに連絡、取ってたよ」

「たまにって、どれぐらいの頻度で？」

「特に決まってたわけじゃないけど」

向井直紀(むかいなおき)が、煙草を灰皿に押しつけた。ノーネクタイのスーツ姿で、髪はワックスでまとめている。薄い顎髭(あごひげ)は似合っているようないないような……私には判断できなかった。

「少なくともここ何か月かは、電話はしてないな……メールもなかった」向井がスマートフォンを取り出して確認する。

「そうか。お前も忙しいんだろう？」

「まあな」

　向井が心持ち胸を張った。実際忙しいのだろう。ＩＴ系企業の営業マンである彼を摑まえるのは大変だった。何度もメールと電話でやり取りし、ようやく会えることになったのは、六月最初の金曜日。それも午後八時半から一時間だけ、という指定だった。時間を稼ぐために、彼の会社のすぐ近くにあるスポーツバーで落ち合うことで、何とか三十分の延長を勝ち取った。こっちも仕事なんだが、とむかついたが仕方がない。

　それにしてもスポーツバーというのは、何とも取材がしにくい場所だ。周囲ではざわめきや笑い声が絶えず、ＩＣレコーダーはノイズばかり拾ってしまいそうな感じがする。しかもよりによって今日は、サッカー日本代表の試合中継があり、終盤にかけて盛り上がっているところだった。大画面のテレビは観なければ存在しないも同然だが、店内のあちこちにあるスピーカーから、大音量で実況が流れてくるのには参った。私たちは小さな丸テーブルを挟んで座ったのだが、向井の声を聞き取るためには、料理が載ったテーブルに身を乗り出さねばならなかった。

　スマートフォンを背広の内ポケットに落としこみ、向井がグラスを傾けた。中身はウーロン茶。彼はこの会合を、まともな夕食を摂るチャンスだとも考えたようで、狭いテーブルは皿で埋まっている。鶏の唐揚げ、ポテトフライ、ベトナム風春巻に青パパイヤのサラダ。こんなつまみのようなものをいくら食べても、腹は膨らまないだろうが、立ち食い蕎麦や弁当よりはましなのかもしれない。

「最後に話したの、いつだか覚えてるか？」

「去年の暮れぐらいだったかな」向井が首を傾げる。

「何の話で？」

「いや、別に内容っていうほどの内容はなかったんだけど……向こうから電話がかかってきたんだ。俺からは何となくかけにくいんだよな」

「で、何の話をした？」私はしつこく繰り返した。

「そんな大した話じゃないよ。近況報告みたいな感じだったけど……あいつ、何だかそわそわしてたな」

「そうなのか？」私は目を細めた。「竜神」と「そわそわ」を同じ文脈で使ってはいけない気がする。あいつに似合う言葉は「静かなる男」だ。慎重、かつ遠慮がちだが、落ち着きを失うことはない。

「忙しいはずなんだよな、あいつの実家。ホテルに改装したの、知ってるか？」

「ああ。この前、泊まってきた」

「えらく恰好(かっこう)いいホテルになったけど、今も冬はスキー客中心なんだ。だから、年末にのんびり電話してる暇はなかったはずなんだけど……あれかね、スキーシーズンになると、今でも体がうずうずするとか？」

「どうなんだろう。俺はそんな話をしたことがないから分からないけど」今度は私が首を傾げた。

「そうそう、滑りに来ないかって誘われたんだ。だけど、俺も忙しくてね。去年の秋にマネージャーになってから、仕事が二倍に増えてさ」

さらりと自分の出世を口にした。結局自慢なんだろう、と私は心の中で鼻を鳴らした。新聞社というのは特殊な世界で、肩書がついてデスクに座っているのが偉いわけではなく、ずっと現場で取材していたいと願う人間も少なくない。

「最近、滑ってないのか」

「全然」向井が肩をすくめた。「滑りたいけど、そんな暇はないよ。新潟も近いようでそんなに近くないからな。実家にも三年は帰ってない」

「確かに、遠いよな」滅多に実家に帰らない私も、「面倒だ」という気持ちを抱いている。実際に電車に乗っている時間は一時間半ほどにしても、心理的な距離ははるかに遠いのだ。「だけどお前、その割に体型が崩れてないな」

「毎朝走ってる。一時間のジョギングの時間を確保するのに必死だよ」

「毎朝って……今日もまだこれから仕事だろう？」私は左腕を持ち上げて時計を覗きこんだ。

「そうなんだよ」向井がげんなりした表情を浮かべた。「戻って終電近くまで打ち合わせして、家に帰ると一時過ぎかな。それで朝六時起きでジョギングして……朝が早いのは、まあ、いいんだけどさ。子どもが生まれたばかりだから、どうせ泣き声で起こされるし」

「子どものためにも、体調は整えておかないとな」

「そうなんだよ。体が資本だからさ」向井が右腕をぐっと折り曲げてみせたが、さすがに往時の迫力はなかった。

六日町高校スキー部主将——向井本人は、アルペンの選手だったが、当時の竜神を最もよく知る人間と言っていい。今も連絡を取り合っているのではないかという想像は当たっていたのだが、今のところ有力な情報はない。

「……で？　そわそわしてるって、どんな感じだったんだ？」

「それは、言葉の端々からそんな風に感じただけで……具体的にどうって聞かれると困るけど」

「今年のOB会は？」スキー部のOB会は毎年正月に開かれているが、竜神は出席していたのだろうか。現役時代はシーズンのただ中だったから、顔を出す余裕はなかったはずである。

「あいつは出たんじゃないかな。少なくとも電話した時には、出るって言ってた」

「珍しいな」

「珍しいね」認めて、向井がウーロン茶を一口啜る。「現役時代のあいつが来たら、大騒ぎになっただろうね。あいつは常識人だから、遠慮したんだと思う」

「ああ、そうかも」私はうなずいた。「メダリスト凱旋」——その様子は私も現地で取材した。普段は人気のない塩沢の駅前がお祭り騒ぎになったのをはっきり覚えている。もう少し賑やかな六日町や越後湯沢で凱旋パレードをしたら、どんな騒ぎになったか想像もできない。特に二度目の金メダルの時は……凱旋パレードの他に、県民栄誉賞、市民スポーツ栄誉賞の授賞式などが重なり、竜神には引退後のゆったりした時間を過ごす暇もなかったはずだ。

「うずうずしてたっていうのは、その時からもう、現役復帰を考えていたのかな」

「そうじゃないかな」向井が曖昧に同意した。「俺も言ったんだけどな。引退はもったいないから、もう一度やればいいじゃないかって。あいつが復帰するなら、歓迎しない人間はいないだろう?」

「で、あいつの反応は?」向井の言葉に背中を押されたとでもいうのだろうか。

「やる気はなかったと思うんだ」向井が首を横に振った。「一年ぐらい前かな……電話で話した時に『復帰しろよ』って言ったら、『恥はかきたくないから』ってすぐに断言したからね。俺としては、もう一度チャレンジして、三大会連続で金メダルを狙えばいいじゃないかって思ったんだけど」

「そう簡単なものじゃないんだろうな」

選手寿命は確かに長くなっているが、さすがに三十歳を過ぎての向上はそれほど期待できない。無様な結果を予想して「恥はかきたくない」と考えるのは、極めて自然だろう。ぼろぼろになるまで続けるだけが美学ではないのだ。それ故、何故復帰する気になったのかが分からない。

ふと、頭の中にずっと渦巻いていた疑問を口にした。

「あいつ、現役時代の最後の頃、どうだった?」

「どうだったって、何が」怪訝そうな表情を浮かべ、向井がウーロン茶を啜る。

「何か、特殊なトレーニングでもやってたんじゃないか? やたら金がかかることとか、体力的に大変なこととか」波留の言葉が引っかかっている。「あの頃と同じことは、二度とできないんだ」。いったい、どれほど特別なことだったのだろう。

「いや、細かいトレーニングの話は、俺は知らないよ」

「お前は専門家なんだからさ」

「いや、聞いてないから」向井がうんざりしたような表情を浮かべた。「本人に直接聞けばいいじゃないか」

「そうなんだけど、今は取材は自粛してるから」結局、彼が「やり残したこと」も未だに謎である。私は、喉に巨大な棘が引っかかって、物が呑みこめないような感じがしていた。竜神の周りには、いくつもの秘密が点在している。

「秘密主義なところがあるからね、あいつは。でもお前も、しつこさでは誰にも負けないじゃないか。押しては引いてで、何度も聞いてみればいいのに」

「それでも分からないから、お前に話を聞きに来たんだよ。高校時代に、一番近くにいただろう？」

「それはお前じゃないのか」向井が指摘した。「いつもつるんでたじゃないか。全然性格も違うのに、不思議だったよなあ」

　性格も立場も違うからこそ、一緒にいて楽だったのだ。私が同じクロカンの選手だったら、逆に距離を置いていたかもしれない。竜神にすれば、私は彼の成績についてあれこれ聞かない楽な相手だっただろうし、私は嘘をつかない彼の性格が好きだった。もっとも、二人でつるんでいたと言っても、何をしていたというわけでもないのだが……私は帰宅部だったが、竜神は練習や遠征で忙しかった。学校ではよく話して、一緒に弁当を食べたり、互いの家を頻繁に行き来していたのだが、強烈に記憶に残るような想い出はない。だが今となっては、彼が私の人生を決めてくれたと思っている。身近に高いレベルのアスリートがいたからこそ、私はスポーツを「観る」楽しさを見出したのだ。それがスポーツ記者への第一歩だったと思う。

申し訳ないし」

「でも仲はいいんだから、しつこく聞いたっていいじゃないか」

「あいつと約束してね……今は、取材は遠慮してるんだ。トレーニングの邪魔をしたら
「それで、周りの人間に取材してるのか」納得したように向井が言った。

「ああ。本も書きたいし」今ではむしろ、そちらがメーンだ。

「普段の仕事に加えて本まで書いてたら、大変じゃないか」

私は無言でうなずいた。大変なのは分かっている。竜神の伝記を完成させるには、原稿用紙にしてあと数百枚、書き足さなければならない。普段私たちが書く記事は、どんなに長くても原稿用紙で四～五枚分である。数百枚というのは、まさに気が遠くなるような数字だ。それでも、取材を再開して、少しずつ書いてはいるが。

「本を出すのは、そんなに重要なことなのか？」

「俺にとっては重要だな」

「どうして」

「逆取材はやめてくれよ」私は苦笑して、ビールを一口啜った。バーで二人ともソフトドリンクというのは気が引けて私はビールを頼んだのだが、やはり取材しながらでは酒は楽しめない。手をつけずにいるうちに、すっかり気が抜けてしまっていた。

「いや、何でそんなにこだわるのかな、と思って」

自分の中では説明がついている——一種の名誉欲だ。

東日スポーツの記者になって十二年。様々な取材をこなしてきたが、既に何となく先が見えてしまっている。この先何年かは現場で取材するのだろうが、四十歳前後には取材現場を離れて、記者の指揮を執るデスクになるだろう。その先はずっと、人の原稿を見ながら生きていく——そういうのが我慢ならなかった。それに、新聞社という組織の中で取材する限界も感じ始めている。今は遊軍という立場で、自分の好きなことを取材できる機会が多いが、こういうのはいつまでも続かないだろう。いずれ独立して、本当に興味のある素材だけを取材する——本は、そのための一里塚になるのでは、と考えていた。もちろん、本を一冊出したところですぐに独立できるわけではないが、自分の履歴書に書き加えられる大事な一行になるはずだ。

「一度書き始めたものは完成させないと、気分が悪いから」私は誰に対しても言っている公式見解を披露した。物事を完遂するのは、人間としていかにも当たり前の行為だ、というように。「それより、あいつが現役復帰する理由、何か思い当たらないか？」

「もやもやしていた気持ちが、やっと固まったんじゃないのかな」さらりと言って、向井が新しい煙草に火を点けた。顔を合わせてから一時間ほどで、既に四本目の煙草だ。

「じゃあ、本人はずっと現役に未練があったと思ってるんだ？」

「俺は大学でやめたんだけどさ、引退した後の気持ちって、分かるか？」

私は彼の顔を凝視した。想像はできる。実際に多くの選手から気持ちも聞いていた。しかし、百人に聞いたとしても、全員に共通する「気持ち」があるとは思えない。

「俺だって、相当きつい練習を重ねてきたんだぜ」

「分かる」向井自身、インカレのアルペン競技では何度も上位入賞してきた。それでも世界には届かず、国際大会への出場経験はない。

「やめて半年ぐらいは、もうあんなきつい練習をしなくてもいいんだって思って、気が抜けてた。だいたい、引退してすぐに就職だったから、スキーのことなんか考えてる暇はなかったしね」

私は無言でうなずいた。本気の競技人生を送りながら、合間に就活もして、スキーとはまったく関係のない企業に就職したのだから、その頑張りには素直に頭が下がる。

「でもさ、毎日仕事に追われていても、急に昔を思い出すことがあるんだ。絶対無理なんだけど、今だったらあの頃以上にきつい練習ができるんじゃないかって。ついでに、実社会で揉まれて精神的にも強くなってるはずだとか……妄想なんだけどさ」

「竜神も同じように考えていた？」

「その可能性はあるんじゃないかな。当然、ほっとした時間が一段落したら、まだやれるっていう気持ちになった——それだけじゃないかな。だいたい、あのレベルの選手なんて、頭の中は案外単純なものだよ」

「そうか？」

「そう」向井はうなずく。「上に行けば行くほど、勝つか負けるかだけを純粋に考えればよくなるんだから。他の面倒なことは、周りの人間が世話してくれる。それがトップアスリートの特権じゃないかな。俺はそこまでの選手じゃなかったけどな……雑念が入りこんで大変だったんだよ」

「確かにお前は、雑念だらけだった」高校時代のことを思い出して、私は思わず苦笑した。「スキー部主将として、硬派にいかなくちゃいけないのに、よくデート現場を目撃されてたよな」

「それは——」反論しかけて、向井が口をつぐむ。耳がかすかに赤くなっていたが、すぐににやりと余裕のある笑みを浮かべた。「人間の優先事項は、人それぞれだろうが」

「お前の場合は、スキーじゃなくて女だったわけだ」その時の「女」こそが今の奥さんというわけだ。

「そうは言わないけど、スキー馬鹿で終わるつもりはなかったからね。馬鹿になれたら、今頃はもっと違う人生があったかもしれないけど……それより、監督には話を聞いたか？」

「いや、これから。明日会うんだ」

「そうなのか？」向井が目を見開く。

「東京へ出て来るんだってさ」

「そうなんだ。珍しいな」

「知り合いの結婚式だそうだ」

「そうか……竜神は、監督とは連絡を取り合ってたんじゃないかな。監督が、あいつをコーチに招きたがってたから」

「でも、断った」東体大と同じように。「それだけ、スキーから離れる決意が固かったんだろうな――引退直後は」

「それは、あいつの我がままだと思うよ」向井が急に真顔になった。

「どうして？」

「あいつには、世界で戦える技術があっただろう？　それを後輩に伝えないのは、もったいないよ。あいつが引退してから、クロカンブームは一気に下火になったじゃないか。確かに竜神はスーパースターで、あいつが現役だった頃の盛り上がりは凄かったよな？　でも今は、クロカンのことなんか皆忘れてる。次のオリンピックでも、盛り上がらないだろうな……あいつには、広告塔の役割もあったはずなんだ。コーチとしてでも、あいつがメディアに出続ければ、盛り上がりは続いていたはずなのに」

「でもあいつは、相当無理してたんだ」

「そうか？」向井が首を捻（ひね）る。

「元々、目立つことが好きな人間じゃなかった。それが金メダルを取ってから、取材だ、テレビ出演だで引っ張り回されて、かなりきつかったと思う」そうなった責任の一端は、彼をスーパースターに仕立て上げた私にもあるのだが。

「ああ……それは分かる」向井が真顔でうなずいた。「竜神は、基本的にクソがつくほど真面目なんだよな。何か役割を課せられたら、全力でそれをこなそうとする。あいつが、生徒会の役員に担ぎ出されそうだったの、知ってるか？」

「いや、初耳だ」遠征などで忙しかった竜神を生徒会役員に……あり得ない発想だ。

「優等生だったからな、あいつは。クラスの中で、自然に推す声が上がったらしいんだ。スキーで忙しいのは承知の上で、だよ？　俺はその時、話を潰しに回ったからね」

「マジで？」

「もちろん」向井が繰り返した。「馬鹿なことするなって、スキー部の連中と脅しに行ったんだ。優先順位が違うだろうっていう話だよ」

「何だか滅茶苦茶な話だな、それ」

「だけど、あいつのことだから、推されたら受けたと思う。選挙になっても、学校の有名人だから勝てたんじゃないか？　生徒会長になってたかもしれない。そうなったら、メダルもなかったかもな」

「じゃあ、俺からもありがとうって言っておくよ」

「ああ、感謝してくれ」向井が破顔一笑した。「最近、人に感謝されることなんて、ほとんどないから。でも、とにかくあいつはそういう性格なんだよ。人から頼まれると、断れない。俺にはあいつが、スーパースターの役割を必死で演じていたようにしか見えなかったね」

3

竜神のスキー人生に大きな影響を与えた人間の一人が、高校時代の監督、村上忠敏だ。当時、三十代半ば。自身もクロカンの選手として国体に出場経験があったから、指導者としてはまさにうってつけの存在だった。私は高校時代にはまったく接点がなかったのだが、竜神から散々話を聞かされていたせいで、旧知の間柄のように感じていた。竜神に言わせれば、理想的なコーチだったらしい。非常に論理的で、いちいち数字を挙げて指導する。それ故、きつい練習にもしっかりした裏づけを感じられ、自分を追いこむことができた、という。竜神は心酔していた、と言ってもいいだろう。

村上は、一言で言えば精悍な男だった。真っ黒に雪焼けした顔に、贅肉の一切ない体型で、既に五十代になっているのに、若々しい雰囲気を振りまいている。ただし、スーツにネクタイ姿が似合わない。どこか借り物という感じで、やはりジャージ姿かスキーウエアが一番だろう、と想像した。

村上とは、土曜日の午後三時半、如水会館のバーで落ち合った。昼過ぎから行われた結婚式が終わった直後だった。アルコールが少し入った村上が「酔い覚ましだ」と言ってコーヒーを頼んだので、私もそれに倣った。土曜日の昼間――今日は会社に行く予定はないが、酒を呑んでいい時間帯でもない。

コーヒーが運ばれてくるのを待つ間に、村上はネクタイを外した。ブラックスーツでネクタイなしだと、ひどくちぐはぐな格好に見える。両手で顔を擦ると、大きな笑みを浮かべた。

「君のことは覚えてるよ」

「そうですか?」

「覚えてるというか、電話で話した後、思い出した」

「ろくな話じゃないでしょう」

「そうそう……でも、取り敢えず礼を言うよ」

「何でですか?」

「竜神を悪い道に引っ張りこまなくて。君、麻雀が見つかって停学になったよな」

一瞬で耳が熱くなった。あれは若気の至りというか……放課後、卓球部の部室に潜りこんで麻雀をやっていたのを見つかり、四人が停学処分を受けたのだ。ちなみに卓球部員は一人もいなかったのだから、ひどい話である。遠征から帰って来た竜神に打ち明けると、彼は大笑いして、「お前はネタの宝庫だね」と喜んだ。私と彼の関係を象徴するような話かもしれない。私がちょっと馬鹿なことをすると、竜神はひどく喜んだ。それでリラックスしていたのだろう。

「今時珍しいなと思ってね。昔は——俺が若い頃は、麻雀は学生の基本的な嗜みみたいなものだったけど、とっくの昔に流行らなくなってたからな。校則だから処分は必要だったけど、先生方は皆苦笑いしてたんだよ」

「若かったですね」あれでさすがに反省したのだ、と自分でも思う。その後雀卓は一度も囲んでいない。そもそも好きなわけでもなかったのだ。

「いやいや……まあ、とにかく、お互いに知らない仲じゃない、ということだよ」運ばれてきたコーヒーを一口。小さく溜息を零してから、また顔を擦る。

「今日は誰の結婚式だったんですか？」

「教え子。卒業してから一橋大に進んでね。優秀な子だった」

「東京で就職したんですか？」

「そう。奥さんは会社の同僚だそうだ」それから村上はしばらく、式を挙げたばかりの教え子の話を延々と続けた。少しばかり話がくどい。こういう人だったのかな、と私は警戒した。この調子だと、いつまで経っても本題に入れない。

「帰りの新幹線は何時なんですか」婉曲的に、時間を無駄にしていると教えた。

「実は、取ってないんだ」村上が腕時計を見た。「この季節の上越新幹線は、そんなに混んでないからね。自由席ならいつでも取れる」

「じゃあ、時間はありますね」私は念押しした。

「大丈夫だ」村上がコーヒーにミルクだけを加え、また一口啜った。酔いは急速に引いている感じである。もちろん、教え子の結婚式で泥酔するまで呑むこともないだろうが。

「竜神の復活を追いかけています。伝記も書こうと思っています」

「なるほど」

「復帰の理由がはっきりしないんです……監督は、最近あいつと連絡は取り合っていませんでしたか？」

「たまにね」

「復帰について、何か相談はありませんでしたか」

「あったよ」村上があっさりと認めた。「半年ぐらい前かな……電話で話したんだけど、今復帰したらやれますか、と聞いてきた」

「自信がなかったんでしょうか」私は訊ねた。

「どうかなあ」村上がカップに手を伸ばす。しかし摑むのを躊躇って手を引っこめた後、背筋を真っ直ぐ伸ばした。竜神のことを話すのに、コーヒーを飲みながらでは失礼だ、とでも思っているように。「電話があった時点で、引退してから一年半が経ってたわけだろう？　怪我でもないのに、それだけ長い期間競技から離れていたのは、あいつの人生では初めてだったわけだよ。自信がないのも当然だと思ったけど……あいつらしくはなかったね」

「と言いますと？」

「俺が知ってるあいつは、自信たっぷりの男だった」

「そうですか？」私は首を捻った。会見、あるいは普段話している時でも、竜神という と遠慮がち、控え目な男という印象が強い。一見達成不可能な目標をぶちあげることで、自分を鼓舞しようとするタイプの選手もいるが、竜神はその対極にいた。勝ったレースで彼から聞いたコメントで一番多かったのは、「何とか上手くいった」ではないだろうか。自分の実力ではなく、運も含めて勝てたと強調している感じだった。

「そうだよ」村上の言葉は自信に溢れていた。

「そうは思えないんですけどね」私は思わず反論した。

「記者さんと現場の人間は違う。俺らはレースの直前まで選手と顔を合わせてるわけだから……あいつは、スタートが近づくにつれて、どんどん顔が輝き始めるんだよ。これからレースが始まるのが嬉しくて仕方がないって感じでね。普通、どんな選手でもレース前には不安な表情を見せる。そうじゃなければ、気合いが入り過ぎて怖い顔になる。

でもあいつは違った——よほど自分に自信がないと、あんな風にはならないね」

私たちマスコミの人間は、観ることがなかった表情だろう。既に「戦闘準備完了」のところしか観ていなかったのだから。

「そういう意味で、あいつが復帰を心配しているのは意外だった」村上が言った。

「先生は、やれると思ってるんですか」

「それは、あいつがどこまでやろうとしているかによる。例えば、またオリンピックでメダルを目指したいのか、天皇杯に勝って国内のチャンピオンとして認められればいいのか、あるいは指導者に転身するためのウォームアップなのか。俺としては、三番目が一番ありがたいけどね」

村上は饒舌だった。酒の影響ではなく、それだけ竜神に対する思い入れが強いのだ、と私には分かっていた。

「指導者ですか……あいつ、全部断りましたよね」全面否定したわけではないのだ、と私は思い出した。自分で書いた記事の一節が頭の中で蘇る。「これからは競技と離れて静かに暮らしたい。将来は指導者として現場に戻ることがあるかもしれないが、それはずっと先のこと」。やる気がないわけではないが、「その時」は今ではない、ということだ。しかしその一言が、伝記を挫折させたとも言える。この宣言で、彼は田舎に引きこもり、一切の取材を断ってしまったのだから。長年彼の番記者として過ごし、誰よりも多くの記事を——当然全て好意的な記事だ——を書きまくってきた私も、例外ではなかった。彼は全てのマスコミをシャットアウトしたのだ。昔からの友だちと考えれば、電話ぐらいしてもよかったのかもしれないが、私は自分でも線引きの基準を摑めずにいた。

「俺は、結構粘ったんだよ」村上が残念そうな表情を浮かべる。「一か月ぐらい、何度も電話したり会ったりして、口説き落とそうとしたんだけど、駄目だった。あいつも、一度決めたら絶対に変えないからね」

「依怙地ですよね」

「頑固というかね」村上がぐっと身を乗り出して同意した。顔には苦笑が浮かんでいる。

「そういう頑固さがないと、世界で戦えないのかもしれないけど」

「どうして復帰する気になったんでしょうね」私は、一番知りたい疑問に話を引き戻した。

「本当に知らないの？」村上が眉を顰めた。

「知らないです。ですから、こうして先生にお会いしているわけで」

「君の記事は読んだよ。やり残したことがあるっていうのは、微妙な表現だよね。まあ、普通は三つ目のメダルがどうしても欲しいからとか、あるライバルに勝ちたいからだろうって想像するけど、それはリアリティがないと思うな」

「そうですか？」

「じゃあ君は、竜神が二年後のオリンピックに出場して、金メダルを取れると思うか？」村上がぐっと身を乗り出す。

「それは……」予想外に強い村上の口調に、私は思わず一瞬黙りこんだ。「常識の線で考えれば、あり得ない話ですよね」

「だろう？　だからもっと、内発的な動機なんだと思う。新聞の見出しにはならないような話だよ」

「ご存じなんですね？」断定口調に気づき、私は思わず突っこんだ。「先生は、何かお聞きになっているんですね」

「いや」低い声で否定して、村上が身を引いた。まずいことを口走ってしまった、と後悔しているのだろう。しきりに耳を引っ張りながら、言葉を探している様子だった。

「ご存じですよね」私は言葉を変えて繰り返し突っこんだ。

「まあ……知ってても言えないこともあるよな」

「それは分かりますけど、俺は何も、竜神の悪口を書こうとしているわけじゃないんです。あいつが復帰するのは、クロカン界にとってもいいことだし、ファンも諸手を挙げて賛成してます。伝記だって、あいつの公認なんです。書く許可は貰ってるんだから」

「だったら、あいつに直接取材すればいいんじゃないかな」村上の口調が少し弱くなった。

「何度か話は聞いていますけど、はっきり言わないから困っているんです」

「あいつが自分で言わない限り、俺の口からは言えないな」

「どうしてですか？　おかしな理由があるわけじゃないでしょう」

「ないよ」村上があっさり言い切った。「ないけど、ある意味プライベートな問題にかかわることだから。他人がぺらぺら喋っていいとは思えない」

プライベート？　家族に何かあったのだろうか。しかし先日両親に会った限りでは、特に問題がありそうな感じではなかった。二人とも元気だし、仕事も順調。復帰に関しては「本人の自由で」と態度も一貫していた。とすると、例えば女絡みだろうか。現役当時、竜神はつき合っている女はいなかったはずだが、引退後に交際を始めて、彼女のために復帰しようと考えたとか……。

「女じゃないよ」村上が、私の心を読んだように言った。「極めて残念なことだが、あいつはまだ独り身だ。さっさと結婚すべきだと思うけどね」

「そうですよね」自分も独身だということを棚に上げて、私は村上に同調した。「いい話、いくらでもあったんじゃないですか？　何しろオリンピックの金メダリストなんだから」

「実は俺も、紹介したことがあった」村上が打ち明けた。

「そうなんですか？」

うなずきながら、村上が苦笑を浮かべる。

「コーチの話を持っていった時に、お土産として……お土産なんて言ったら失礼だけどね。俺の教え子で、十日町で高校の先生をやっている娘がいるんだよ。今二十八歳でちょっと年下だけど、それぐらいの年齢差は誤差の範囲だろう？」

「六歳差ぐらい、普通ですよね」

「そう、そうだよな」村上がまた、身を乗り出した。「背が高くてすらりとした美人でね。本人も高校時代にスキー部で活躍して、国体にも出場した。性格もいいし、申し分ない相手だったんだよなあ」

「でも、あいつは断ったんですね」

渋面を浮かべて、村上がうなずく。今でも釈然としていないのは明らかだった。

「何でかねえ。そもそも結婚に興味がない人間もいるかもしれないけど、意外だった。だってあいつは今、家の手伝いをしてるわけだろう？　そういう状況なら、そろそろ身を固めて落ち着いて……と考えるのが自然だと思うんだよな」

「昔から、そんなに女性に興味があるタイプじゃなかったですけどね」

この辺りも私と正反対である。私は気になる女の子がいると、すぐに声をかけた。テレビを観ていて、好きなタレントが出てくると身を乗り出してしまうのだが、竜神はいつも関心なさそうにしていた。「この娘可愛いだろう」と言っても、「ああ、まあ」などと誤魔化して……結局、クロカンに集中し過ぎていて、他のことに興味が湧かなかったのではないか。高校三年生の時には、何度かデートした相手がいたのだが、結局本格的な交際にはならなかった。あの娘は今、どうしているのだろう。

「そうか……もしかしたら、その話を持っていった時には、もう現役復帰を考えていたのかもしれない」

「でもそれ、引退直後の話ですよね？」

「ああ、そうだった」村上が急に真剣な表情になった。すぐに破顔一笑して、ようやくコーヒーに手を伸ばす。顔の前でカップを浮かせたまま、話し続けた。「まあ、こういう話だと、本人にその気がないのに無理に突っこむわけにはいかないから、中途半端に終わったんだけど……そうだね。その時はまだ、現役復帰は考えていなかったと思う。そんな話はまったく出なかった」

「つまり、決心したのは最近なんですね」

「おそらくね。それこそ半年前ぐらいから、気持ちが揺らぎ始めたんじゃないかな」

「ということは、半年前に何かあったんでしょうか」念押ししながら、私は頭の中でカレンダーをひっくり返し始めた。半年前と言えば、十二月の頭。スキーシーズンの始まりである。去年のシーズン、何か特別な出来事があっただろうか……私は既にウィンタースポーツの担当を外れていたせいか、記憶がない。

「何かあったかもしれないね」村上は相変わらず思わせぶりな態度だった。

「知ってるなら教えて下さいよ」素人臭い頼み方だなと思いながら、私はつい懇願した。

「復帰の動機は、一番大事な話なんですよ」

「それは本人から確認するんだね」村上がぴしりと腿を叩いた。話の終わりを宣言するようだった。

「話すとは思えないんですけど」だから周りの人間に当たっているのに……私は軽い苛立ちを感じた。

「君も記者なら、そこは頑張ったらどうなんだ」

からかわれているのかと思ってむっとしたが、村上は真顔だった。ようやくコーヒーを一口飲み、カップをソーサーに戻す。かちゃりという小さな音が、私の耳にはやけに大きく聞こえた。

最後に、もう一つ頭に引っかかっている質問を口にせざるを得なかった。波留が口にした「あの頃と同じことは、二度とできないんだ」。竜神はいったい何をしていたのだろう……。

この質問に対しては、村上はまったく要領を得なかった。やはり竜神に近い立場の人間――それこそ波留を揺さぶるか、竜神本人に話を聞くしかないだろう。復帰に直接関係ある話とは思えないが、気になったら無視はできない。つくづく面倒な性格だ、と自分でも思う。

4

用事もないのに、私は本社に上がった。土曜日と言えば世間はほぼ休みだが、スポーツ新聞はむしろ忙しい。デーゲームで行われるプロ野球、サッカーもあるので、編集局全体が平日より早い時間からざわついている。しかし遊軍席付近は静かだったので、これ幸いとばかりに私はスクラップブックを引っ張り出し、自分のデスクに積み上げた。主な記事はデジタル化して記録してあるのだが、じっくりと読み返すにはやはり新聞の方がいい。

俺も古臭い人間だな、と皮肉に考えながら、自動販売機で紙コップのコーヒーを買ってきた。酒を呑んだわけではないのに、何故か酔っ払って感覚が麻痺(まひ)したような感じである。

まず目を通したのは、最初の金メダルを獲得した、六年前のオリンピックの記事だった。一面トップ。ゴールする瞬間の竜神の写真をメーンに使い、それに表彰台でメダルを掲げる姿を組み合わせている。どちらの写真でも、竜神の顔に笑顔はなかった。あんな逃げ切り方は俺のレースじゃない――ミックスゾーンでの取材で聞いた「不完全燃焼」という言葉が脳裏に蘇る。

しかしゴールした時には、とてもそんな風には見えなかった。残り百メートルは、まさに陸上の百メートルのラスト十メートルのような競り合いだったのだ。竜神とノルウェーのヨハンセンの激しい競り合い。二人はオリンピック直前のワールドカップでも優勝争いを繰り広げていて、この時は二位でゴールに迫った竜神が最後は追いこめず、わずか二秒差で優勝を逃した。

記事を読んでいると、当時の状況がまざまざと蘇る。時間がなく、しかも興奮した状況で書き殴った記事なのだが、それ故に試合の熱気をそのまま伝えられたのは間違いない。

歴史に残る激闘だった。50キロを滑り抜いた二人のタイム差は、わずかに1秒。ほんの二週間前に、ワールドカップで「2秒差」に涙を呑んだ竜神が、その時の裏返しのような栄冠に輝いた。

ホームストレッチに差しかかり、最後の直線。ノルウェーのヨハンセンは余力を残しているように見え、ラスト200メートルでさらにスピードを上げてきた。ぎりぎりで竜神を抜いてトップに立つ。竜神はそこで初めて、金メダルが危うくなっていることに気づく。

しかしそこからが、竜神の真骨頂だった。

わずかに残ったエネルギーを、一気に燃やし尽くすようなスケーティング。もはや力など残っていないはずなのに、それまで以上に腕の振りが大きく、力強くなる。ゴールまでの１００メートルに迫ったところで、ヨハンセンに追いつく。ヨハンセンの顔に驚愕の表情が浮かんだが、ヨハンセンにもワールドカップで竜神を抑えて勝った意地がある。二人のスケーティングのリズムがぴたりと合い、50メートルほどを、まるで息を合わせて並走するような格好になった。

しかしラスト10メートル、竜神が前に出た。一気にストライドが広がったような滑りに、ヨハンセンはついてこられない。セーフティリードで竜神の金メダル確定かと思われた瞬間、ヨハンセンは足元から滑りこんだ。クロスカントリーの場合、足が先にゴールラインを通過した方が勝ちなので、10センチでも先に足を伸ばそうという執念である。

だが、間に合わなかった。ほぼ同タイムと見られたが、ヨハンセンの後ろのスキー板が引っかかり、スピードが落ちてしまったのだ。そのまま滑り切った竜神が、オリンピックのクロスカントリー競技で、日本人として初のメダル、しかも金メダルを獲得した。

「不完全燃焼のレースでした」。試合後の会見で、竜神は悔しそうに言い切った。「油断したわけではないが、もう少し余裕を持ってゴールできたと思う。中盤でもっと我慢できれば、さらにいいタイムが出せたはずだ」と悔しさを露にした。

竜神にとっては、楽しいレースではなかった。快挙にも興奮することなく、既にその目は次を見据えている。日本人初のオリンピック・クロカンメダリストは、二大会連続の金メダルを目指す。

これは、現地で私が書いた「本記」だ。別面にまとめられた関連記事は、国内にいた記者が、関係者のコメントなどを元に構築したものである。

見出しは「スーパースター誕生だ 竜神、日本初金メダル」。

スーパースターの誕生だ——冬季五輪クロスカントリー男子50キロクラシカルで、竜神真人（27）が日本人初のメダルを獲得したことに、国内でも歓喜の輪が広がった。これまで長年〝マイナー競技〟扱いされてきたクロカンだが、「これで底辺拡大も期待できる」と関係者の喜びは大きい。

竜神の出身大学、東体大の波留道夫監督は、大学でレースを見守ったが、「いかにも竜神らしい、粘り強いレース展開だった。あの精神力は、今の日本人選手にはない。学生たちにも見習わせたい」とコメント。

また、かつて竜神と国内のレースで死闘を繰り広げ、現在は現役を引退している長島聡（ながしまさとし）さん（元・明正食品）は「自分が現役で競っていた時より、二段階ぐらいレベルが上がった感じがする。次のオリンピックでも金メダルが期待できるのでは」と語った。

竜神の地元、新潟県南魚沼市では、出身中学の体育館に生徒や町の人たち約四百人が集まって、大画面テレビでの中継を見ながら声援を送った。

中学校の同級生、自営業渡部愛子さん（27）は「まさか、同級生がオリンピックで金メダルを取れるとは思えなかった」と涙ぐんだ。同じく同級生の会社員、藤原泰司さん（27）は「戻って来たら胴上げしてやりたい。一刻も早く会いたい」と興奮して話した。

南魚沼市の富所守市長は「まさに塩沢の誇り。市民栄誉賞の授賞を検討したい」と胸を張った。

浮かれたコメントの数々――しかしこれは、その後に日本列島を走った熱狂の始まりに過ぎなかった。
このオリンピックでは、他の日本人選手の成績が振るわなかったせいもあるだろう、マスコミは唯一の金メダリストだった竜神をヒーローに祭り上げた。まずは、帰国してからの成田空港での会見。私はまだオリンピックの取材をしていて間に合わなかったのだが、同僚の記者が記事を書いてくれた。

冬季オリンピック・クロスカントリー男子50キロクラシカルで日本人初の金メダルを

獲得した竜神真人（27）が15日帰国し、成田空港で会見に応じた。

ファン400人（警察発表）の出迎えを受けた竜神は、黄色い歓声に驚いた表情。しかしすぐに緊張は解けたようで、出迎えたファン一人一人に丁寧に頭を下げ、花束などを受け取っていた。

その後の会見では、「思い残すことが多いレースだった」と振り返り、金メダルでも満足していない、と明言。「自分にとって理想のレースを戦って、しかもメダルが取れるようでなくてはいけない」と語った。当然現役続行の構えで、「次のオリンピックでは、一つでも上のレベルを目指したい」と抱負を語った。

一問一答は次の通り。

――レース直後から、不満足だと言っていたが。

「自分の思うような展開にならなかった。あのレースは、本来の自分のスタイルではなかった」

――クロスカントリーで日本人初のオリンピック金メダリストになったことについてはどう思うか。

「それは素直に喜びたい。しかし、これに甘んじることなく、さらに上を目指したい」

――日本でまず何をしたいか。

「少し体を休めたら、ワールドカップの残りのゲームに臨む。まだシーズンは終わっていないので」

　──ワールドカップの目標は。

「今年は一回勝てたが、何とかもう一度表彰台に上がりたい。シーズンはまだ続くので、もうひと踏ん張りだと思っている」

　──ファンの皆さんに一言。

「クロカンは素晴らしい競技です。今回のレースは満足できる内容ではなかったですが、これを観て、少しでも多くの人がクロカンに興味を持ってもらえると嬉しいです」


　クソつまらないコメントだよな……と思わず苦笑してしまう。ただ、メディアには好意的に受け止められた。特にテレビ……あいつがテレビか、と少しばかり不思議に思ったものだが、本人が直接出演しなくとも、飽き飽きするほど取り上げられた。

　理由はもちろん、あいつがイケメンだからだ。

　馬鹿馬鹿しいとは思うが、テレビは何より「見栄え」を大事にする。実際、日焼けした精悍な竜神の顔は、テレビの画面によく映えた。誰かが「昭和のイケメン」と言っていたが、それは絶妙なニュアンスで彼の本質を言い当てていたと思う。

　日本のメディアの恐ろしいところは、反対意見を全て無視したまま、一気に「潮流」を作ってしまうことだ。この当時、私は他の新聞、週刊誌にもよく目を通し、テレビ番組もチェックしていたのだが、全てのメディアが竜神を英雄に仕立て上げようと必死になっていたことは明らかだった。

「笑わなかったのがいい」というタイトルで週刊誌に書いたコラムニストがいた。別のスクラップを探すと、その記事はすぐに見つかった。

最近の選手は、負けても『楽しめました』だ。本人が楽しければいいのか。最高の舞台で勝利を追求する権利を得るために、多くの助力を得ているにもかかわらず、それが分かっていない選手が多いのではないか。

竜神は違った。金メダルは大変立派な結果である。マイナー競技で、日本人の競技人口が少ないということは、切磋琢磨するチャンスが少ないことを意味する。そういう状況でオリンピックで金メダルを取れば、天狗になったり、舞い上がって頓珍漢なコメントを発したりしてもおかしくない。奇行に走って、観ている人をうんざりさせたかもしれない。

しかし竜神の態度は、アスリート以前に人間として極めて立派だった。自分の成績に満足することなく、レースが終わった瞬間に次の目標を口にするのは難しいことだ。四年間は長い。しっかり結果を出した直後に、さらなる四年間の厳しい練習に耐える、と宣言したも同然である、これはなかなかできないことだ。

何より面構えがいい。

竜神を通俗なハンサムと評するのは簡単だが、それだけではないのだ。勝利への強い意志、今まで積み上げてきた練習が支えた自信、しかし自分を客観的に、厳しく観察できる能力。それらの複雑な内面が表情に滲み出て、強い表情を作っている。最近の日本人にはすっかり見られなくなった顔つきで、往時の侍はまさにこんなイメージだったのではないか。

私が女だったら、すぐにでも結婚したい。

この人は……週刊誌に長くコラム連載を持っているのだが、最後の一行で読者をずっこけさせる悪い癖がある。改めて読んでも苦笑してしまった。

一段目のブースターがオリンピック直後の騒ぎだとしたら、二段目は相次いだCMだった。竜神はオリンピック直後にシンボルアスリートに選ばれ、以降、CM出演の依頼が殺到したのだ。中でも印象的だったのはスポーツドリンクのCMで、このCMによって売り上げが十パーセント伸びた、と会社側は後に発表している。いくつものバージョンが作られたが、一番印象的だったのは最初のものだろう。ゴール直前の姿を大写しに捉え、次のカットでは両腕を突き上げるゴールシーン。「冬の英雄になろう」のコピーが秀逸だった。ペットボトルから一気にスポーツドリンクを飲み干す竜神の顔がクローズアップされて終了。

私は、当時の取材メモを開いた。基本的に雑な人間だが、こういうことの整理だけはきちんとやっている。メモ帳は日付別で保存し、いつでも必要な時期の物を取り出せるよう、デスクの引き出しに保存している。癖字で、自分でも読みにくいのは難点だが。

この頃の竜神には、自分が世間に注目されることへの戸惑いがまだあったようだ。

オリンピックから二か月後、シーズンオフに入って初めて取材した時のメモを見返す。竜神はワールドカップの遠征から戻ったばかりだった。

「取材の多さにびっくりした。基本的にテレビは断ってもらってるけど、活字だけでも大変。トレーニングの時間が取れない」

さもありなん、である。新聞や週刊誌、専門誌はもちろんのこと、女性誌からのオファーまであった。要は写真を大きくフィーチャーしたかったのだろうが、当の竜神にはそんな事情が分かるはずもない。一日に五件、六件と取材が入ることもしばしばだった。所属していた東体大が間に入って調整したのだが、日中のトレーニングの邪魔にならないように、午後八時ないし九時からの取材というのも珍しくなかったようである。基本的に早寝早起きの竜神は、ひどく眠たそうにしていた。

とりわけオファーが多かったのは、ファッション誌だった。竜神に競技用のウエア以外の服を着せようという試みは、多くの編集者が考えたようで、アプローチは絶えなかった。さすがに大学側も競技に関係ないと断るようにしていたのだが、ある編集者が、東体大のOBだというコネを使ってついに竜神をファッション誌に登場させてしまった。珍しいスーツ姿、カジュアルなTシャツにジーンズ、果てはタキシード。イケメンで体格がいいから全部似合ってしまうのだが、竜神はただ、戸惑いを感じるだけのようだった。当時、私が話を聞く度に、取材の件が話題になった。

「自分が載った誌面は、全部チェックしきれない。ゲラチェックを言ってくる雑誌もあるけど、目を通している暇もない。ずいぶん間違いもあったけど、しょうがないと思っている」

「CMの話は、協会の勧めもあって受けたけど、あんなに反響が大きいとは思わなかった。街を歩いていても声をかけられたりサインをねだられたりで、普通に食事や買い物もできなくなった」

メモの字面だけを見ると、困惑、迷惑しているようにも思える。しかし当時の竜神の態度を思い出すと、淡々と事実関係を報告するような口調だった。昔馴染みの私に対しては、愚痴を零してもおかしくない状況だったのに。

「外出する時は、いつも東体大の後輩に一緒にいてもらって、申し訳ないと思う」

「東京にいるから騒ぎが大きくなるので、塩沢に引っこもうとも考えている。田舎なら、少しは静かな環境で練習できるだろうし、周りに迷惑もかけない」

その相談を受けて私は、「やめておけ」とアドバイスした。塩沢は東京からそれほど離れていない。英雄の姿を一目見ようと、東京から大挙してファンが押しかけてくる可能性もある。そうなったら、田舎の人たちは大混乱するのではないか……。

「取り敢えず、普通に練習できればいいんだ。静かな環境が欲しい」

その言い分は、その年のシーズン入りの時には、明らかに変わっていた。

「クロカンの普及のためには、やれることはやりたい」

「上の人だって、俺の後の選手を育てるために必死なんだ」

春から夏にかけ、竜神は何度かメディアに登場した。好評を博したＣＭ絡みで、新しい商品の発表会に呼ばれて、短いながらも囲み会見に応じる。スポーツ番組へも何度か出演。トークショーも行い、大勢の前に生身の体を晒したこともある。一度私もトークショーの取材に行ったのだが、二百人入るホテルの会場が一杯で、異様な熱気に包まれていたのを覚えている。あの記事も、どこかにスクラップしてあるはずだ。

「波留監督は、クロカンの隆盛を一番に考えている」

「できるだけ多くの子どもたちに会いたい。子どものうちからクロカンに興味を持ってもらえれば、底辺の拡大につながる」

この頃からだろうか、竜神はクロカン界全体を見据えた発言を頻繁にするようになってきた。そういう真摯な態度がさらに好感を呼んだのは間違いなく、竜神は珍しく「ネットで叩かれない有名人」になった。もちろんネットの発言全てをチェックすることなどできないが、少なくとも私は、ネット上で彼の悪口を見た記憶がない。

ちょっとおかしいな、と思った。「底辺の拡大」を言うなら、コーチの仕事をするのが一番いいはずだ。どこでコーチをしようが、五輪のメダリストが教えるなら、有望な選手が自然に集まる。特定のチームに縛られたくないなら、彼の父親がやったように、自分でスクールを開けばよかった。しかし実際には、引退後の竜神はクロカンから完全に距離を置いている。

私は新しいメモ帳を広げ、水性ボールペンを走らせた。
・現役時代：最初注目に戸惑い。その後底辺拡大に熱心。自ら広告塔を務めることも厭わなかった。
・引退時は「今はその時期ではない」とコーチの誘いを断った。
・突然の現役復帰。やり残したこととは？
大きく心境の変化をまとめると、こんな具合だろうか。三段階に変化したと言えるのだが、それぞれのつながりがはっきりしない。考えてみれば私は、竜神の本音にまったく迫れていなかったのだ。引退時にも、もっと突っこんで取材しておくべきだったと悔いる。

とにかく、取材を進めないと。いずれ竜神本人からも「取材ＯＫ」の合図が出ると思うが、それまでにできるだけ外堀を固めておきたい。だいたい、スポーツ選手の伝記は、本人のコメントで埋まった都合のいい展開になりがちなのだが、私は関係者の発言をなるべく多く集めたかった。第三者が見た竜神、というのもあるわけで、そこからあの男の本当の姿を浮かび上がらせたい。

ふと気づいて、スマートフォンの電話帳を呼び出した。長島聡の携帯電話の番号がまだ登録してある。長島さんか……としばらく手の中で携帯電話を弄んだ。

長島は竜神より八歳年上で、竜神が台頭するまでは、日本クロカン界の第一人者だった。竜神が金メダルを取ったオリンピックで代表に選ばれず、それを機に引退を表明したが、今はどこにいるのだろう……実業団の明正食品は北海道にあり、現役当時の長島はずっと北海道で暮らしていたのだが、元々は東京の生まれである。引退した後は、確か実家に戻って家業を継いでいたはずだが……当然、もう何年も話していないし、向こうが自分を覚えているとは思えなかったが、今こそ話してみたい。

竜神は一時は長島の背中を追い、大学卒業後には明正食品に籍を置いていたこともある。しかし明正食品は業績不振からスキー部のリストラを敢行し、竜神も一年で辞めざるを得なくなった。その後に母校を頼って、大学職員として練習に参加することになった……次第に記憶が蘇ってきた。チームが解散した後、長島は一年ほどチームに所属せずに浪人生活を送っていたのだが、地元の後押しとカンパもあってクラブチームは再興し、元の所属に復帰した。その辺の事情を、先輩記者が連載記事にして書いていたのだが……探せばすぐに見つかるだろう。

長島には一、二回直接会って取材したことがある。気さくな男で、携帯電話の番号もすぐに教えてくれた。その番号を呼び出し、通話ボタンを押す。竜神が師匠と慕っていた男だから、何か事情を知っているかもしれない。

だが、携帯電話の番号は既に使われていなかった。それはそうだよな……最後に電話で話したのもずいぶん前だし、引退してからは一度も会っていない。仕事——人生が大きく変わったのだから、電話を替えていてもおかしくはないのだ。

しかし、妙に気になる。気になったら調べずにいられないのは私の性分だ。

もう一度携帯の電話帳を見直す。何か手がかりは……あった。明正食品スキー部前監督の携帯電話の番号がある。北海道駐在の時に何度も取材した相手だが、数年前に、高齢を理由に引退している。土曜の夜、電話に出てくれるだろうか……。

出た。聞き覚えのあるしわがれ声。

「東日スポーツの杉本です」

「杉本……ああ」

しつこい咳払い。病気だろうか、と少し心配になった。

「ご無沙汰してます。北海道にいる時に何回か、明正食品の取材をさせていただきました」

「ああ……覚えてますよ」

「いきなり電話してすみません。今、話していて大丈夫ですか」

耳に響くような咳払い。その後は、驚くほど声は明瞭になった。そう、指導者としての彼は、声の大きさが特徴だったのだと思い出す。大きなバリトンの声は、選手がどんなに遠くにいても聞こえるほどだった。

「失礼。ちょっと痰が絡んでいた」

「風邪ですか？」

「年を取ると痰が出やすくなるんだよ……で？　引退したジジイに何の用事ですか」

「竜神選手の復帰について取材しているんですが、長島さんに話を聞きたいんです」

「どうして」突然、監督の声が鋭くなった。

「いや……竜神は、長島さんを慕って明正食品に入ったじゃないですか。長島さんなら、竜神の復帰の理由をちゃんと知っているんじゃないかと思って」

「無理だ」

「無理って……どういうことですか」

彼の次の一言で、村上が言っていた「プライベートな問題にかかわること」が何だったのか、理解できた。

「死人に話は聞けないよ」

5

マイナー競技の悲しさは、こういうところにも表れるのか。私はがっくりして、その日はもう、取材を続ける気力を失った。かといって、帰る気にもなれない。編集局でぶらぶらと時間を潰し、同僚たちと無駄話をして、何とか気持ちを落ち着かせようと努める。

無理だった。ざわついた編集局の雰囲気こそが、私にとっての日常なのだが、今夜ばかりはざわめきが苛立ちを加速させる。もう、いい加減にしよう。荷物をまとめ――パソコン、カメラを持ち歩いているので常に大荷物――会社を出ると、雨である。迂闊だった。今日は傘を持ってきていない。仕方なく、会社のすぐ近くにあるレストランに避難した。ビルの一階に入っているレストランはそれほど綺麗でもなく、かなり古いのに、夜は普段使いにできるほど安くない。実はこの辺でも老舗(しにせ)の洋食屋なのだ。雨宿りのついでに夕飯を食べていこう。

土曜の夜なので、店内はがらがらだった。同じ老舗の洋食屋と言っても、銀座の「みかわや」や日本橋の「たいめいけん」のようにデートや接待でも使える店とは雰囲気が違う。あくまで近隣のサラリーマンのための店なのだ。

しかし、夜のメニューはやはり老舗なりに高い。取り敢えずビールを頼んでから、財布の中身と相談して注文を検討した。生姜焼きが千二百円。オムライスが千円、ポークカツが千三百円と、やはりどれも微妙に高い。ビールと合わせて二千円コースか、と溜息が出てくる。独身で、給料は全部自分のために使えるとはいえ、スポーツ紙の記者の稼ぎはそれほどよくない。何かつまみが欲しいのだが、それは我慢してポークカツとライスを頼む。味噌汁が欲しいところだが、それがないのが洋食屋たる所以か……メニューにコーンポタージュを見つけたが、七百円は懐に優しくない。

ビールを大事に呑みながら、料理を待つ。その間、備えつけのスポーツ紙――ライバル紙だった――を読むともなく眺めた。竜神関係の記事は特に載っていない。他紙は真面目に取材しているのだろうか、と訝る。

やがて料理が運ばれてきて、取り敢えず食べることに専念した。さすがに老舗だけあって、カツは美味い。肉はそれほど分厚いわけではないが、むしろ適度な薄さのせいで香ばしさが際立つ。当然、トンカツ専門店のような甘ったるいソースはなく、ぴりっとしたウスターソースだけなので、それを少しずつかけながら、ナイフとフォークで食べていく。つけ合わせのポテトサラダが驚くほど美味かったのは収穫だった。

まあ……食べれば落ち着くもんだよな、と思った。実際、食べ終えてビールを飲み干すと、気分の落ちこみはすっかり消えていた。あとは作戦を考えないと……ちらりと壁の時計を見ると、八時である。そうか、長島の家はここから三十分もかからないのだと思い出す。思い切って家を訪ね、家族から事情を聞いてみようか。だが、長島が亡くなってからまだ半年である。家族の傷を抉るようなことをするのは、想像するだけできつかった。社会部の連中は、こういう取材をすることがあるのだろうが、ずっとスポーツ関係の取材しかしてこなかった自分には、耐えられそうにない。

しかし……何故表沙汰にならなかったのだろう。確かに最近は、亡くなっても家族だけで葬儀を済ませ、公表しないケースも珍しくない。しかし長島は、竜神以前の日本の代表的なクロスカントリー選手だったのだ。亡くなったことが分かれば、当然新聞には死亡記事が載る、いや、載せなければいけないわけで、家族もそれぐらいは気を遣って欲しかった――私は軽い憤りを感じた。長島に最後のお別れを言いたかった人は、たくさんいたはずである。

ところが明正食品の前監督も、詳しい事情は知らなかった。実際、彼も長島の死を知ったのは、三か月ほど前だったのだ。たまたま長島に用事があって電話して、衝撃の事実を知らされたという。亡くなったのは、電話をした三か月前だったそうだが、家族は墓参りを遠慮するよう頼んだ。理由は明かさなかったというが……緩い押し問答の末、結局最後は墓の場所を教えてくれたという。

その場所はメモしてある。明日、墓に行ってみるか……墓参りしたところでどうなるものでもないだろうが、私の頭の中では、センサーが激しく警報を発していた。長島が亡くなったのは半年前。まさに竜神が復帰を考え始めた時期である。もしかしたら、長島の死が、竜神に復帰を決意させたのか？

頭の中で勝手に原稿ができ上がっていく。

竜神が復帰を決意したのは、「師匠」である長島の死がきっかけだった。

竜神は、東体大卒業後、長島を慕って、北海道の明正食品に入社した。明正食品スキー部は、会社の業績不振で一時休部状態になり、その間、竜神は東体大職員として東京へ戻ってしまったのだが、師弟関係は生涯続いた。

駄目だ……この原稿は穴だらけだ。二人の「師弟関係」について、私はきちんと取材したことがないし、竜神が明正食品を辞めざるを得なかった時の混乱についても、もっと情報を集めなくてはいけない。そう考えると、評伝というのは本当に大変だ……本人の言い分だけで書くなら何ということはないかもしれないが、できるだけ客観的にしようとすれば、多くの人間の証言が必要になる。誰か、手伝ってくれる人が欲しいな、と真剣に考え始めた。

しかし当面は、一人でやるしかあるまい。これはあくまで私の取材なのだから。

翌朝、私は朝一番で、長島が眠る墓地を訪ねた。新宿にある寺の一角で、何だか急に居心地が悪くなった。思えば墓参りなど、ほとんどしたことがない。線香をあげ、花を供え、両手を合わせてみる。頻繁に墓参りに来る人がいるようで、墓石は綺麗だったし、まだ新しい花も供えられていた。

立ち上がると、もうここですることはなくなってしまった。墓が喋るわけでもなく、住職に話を聞いても事情は分からないだろう。朝方まで雨が残り、湿気が多い曇天なので鬱陶しい。長居したくはなかった。

長島が引退してから、既に六年以上か……私がウィンタースポーツの担当になるのとほとんど入れ替わりで、取材したのは一回か二回だったと思う。あれだけの選手だったのに引退会見もなく、所属の明正食品スキー部からプレスリリースが回ってきただけだった。それで私は、日本におけるウィンタースポーツのマイナーさを改めて思い知ったのだった。

私たちはひどいことをしてきたのかもしれない、と悔いる。長島がトップを張っていた時代、日本のクロカンは世界と競えるレベルではなかった。いや、それは今も同じことで……竜神一人が突出していただけかもしれないが、いずれにせよ竜神の前にクロカン界を引っ張っていたのは長島である。世代交代の波に呑まれる格好で、五輪の代表に選ばれずに引退したのだが、確か私はその記事を、十行程度で片づけたと思う。世間の目は——私たちの目は竜神に向いており、敗れて舞台を去る男に注目している余裕はなかった……ひどい話ではないか。一時代を作った選手に対しては、それなりの誠意を持って対応すべきだったのに。

俺たちはいつもそうだよな、とふと思う。流行の話題だけを追いかけ、すぐに忘れてしまう。だからこそ、竜神の伝記はきちんとまとめなければならないのだ、と決意を新たにする。いつまでも、こんな中途半端な仕事を続けていられない。ただ目の前の出来事だけを見ているスポーツ紙の記者ではなく、独立して、長期的に一つの素材を追いかけるジャーナリストになるのだ。

天を仰ぐ。空が低いな……どんよりとした曇り空は、梅雨の訪れを予感させる。

とにかく、長島の家を訪ねてみるか。私は既に嫌な予感に襲われていた。そもそも、最も深い関係にあったはずの監督でさえ何も知らなかったことが、事態の異様さを想像させる。どんな状況が待っているか分からないが、まずは話を聞いてみないと。

墓と墓の間の狭い通路を歩き始めた瞬間、声をかけられ顔を上げた。

「杉本」

竜神が、驚いた表情を浮かべて立っていた。スーツにネクタイ姿。それでも分かるほど、体がひと回り大きくなっていた。きちんとトレーニングしているな、と分かったが、私は言葉をなくしていた。何でお前がここにいるんだ？

絶対に長島の家に行ってはいけない——竜神はまず釘を刺した。

「どうして」

当然私は訊ねたが、竜神は「墓の前では話せない」と言うだけだった。しかしその目を見れば、秘密を抱えこんだままでいるつもりがないのは明らかだった。話すつもりはあるのか……。

「お茶でも飲まないか」と誘ってきたのは竜神の方だった。私は当然それに乗った。しばらく取材できないつもりでいたのに、偶然にも会えたのだから、すぐにサヨナラ、というわけにはいかない。

竜神は、この街をよく知っている様子だった。現役時代、東京にいる時には世田谷に住んでいて、新宿には縁がなかったはずだったが……と不思議に思う。しかしまったく迷うことなく歩き、駅の近くまで出ると、一軒の喫茶店に入った。チェーン店で、日曜日の午前中とあって客は少ない。カウンターで、大学生らしい若い男が、面倒臭そうにトーストを齧っているだけだった。私たちは店の一番奥、トイレに近いテーブルに陣取った。

「墓参りに来たんじゃないのか？　線香とか、あげなくていいのかよ」私は切り出した。逃げ出すように墓地を出てきた竜神の態度が気になる。

「ああ……後で一人で行くから」

「墓参りぐらい、俺と一緒でもいいんじゃないか」

「そういうの、苦手なんだ」

意味が分からない……私は首を横に振った。一緒に来たわけではないが、別々に墓参りすることに意味があるとは思えない。

「長島さんが亡くなったこと、お前はいつ知ったんだ？」

「亡くなった直後だよ。去年の十一月七日」

「公表されてなかったと思うけど」

「そうだな」こともなげに竜神が言った。

「あれだけの選手が亡くなって、こっちはお悔やみの記事も書けなかったんだぜ？　何で公表しなかったんだろう」

「ご家族の希望だったんだ」

「それって……」頭の中を駆け巡った嫌な想像が蘇る。「まさか、自殺……」

「違う、違う」竜神が勢いよく首を横に振る。その目は真剣で、怒りさえ感じさせた。

「いや、別に悪い意味じゃなくて、あくまで仮説というか……」私はつい言い訳してしまった。

「分かってる。最近は家族葬をする人も多いけど、普通は亡くなってしばらくしたら、公表するよね。新聞記事で言えば——」竜神が、指で宙に文字を描くような動きを見せた。「葬儀は家族で済ませた、とか。後日お別れの会を開く、とか」

「確かにそういう記事はよくあるけど、少なくとも関係者へは知らせるのが普通だよ。それで、葬儀への参列を断ればいいだけなんだから。その手のパターンはよくある」

「長島さん、病気だったんだ」

竜神がぽつりと言ったので、私は素早くうなずいた。しかしすぐに、首を横に振る。病気と言っても、長島は亡くなった時、まだ四十二……四十一歳だ。あまりにも早過ぎる。

「癌だったんだけど、若いから進行が速くて……すい臓がんっていうのは、怖いぞ。自覚症状が出た時には、もう手遅れだそうだから」

私はうなずいたが、顔が引き攣っているのを自分でも意識した。すい臓がんではないが、すい炎で苦しんでいる人間が、私が知っているだけで会社に二人いる。共通点は、二人とも大酒呑みということだ。長島はどうだったのだろう。

「すい臓の病気は、生活習慣と関係あるって聞くけど」

「長島さんは、酒も煙草もやらなかった。現役を引退してからも食生活に気を遣ってたし、忙しいのに週二回はジムに通って体調も整えてた」

「それでも病気になったのか……」私は暗い気分を抱えこんだ。他人事ではない。

「病気だから仕方ないのかもしれないけど、辛いな」竜神の顔が暗くなる。「俺も、全然知らなかったんだ」

「連絡は取り合ってなかったのか？」

「大事なポイントでは……あの人は俺の師匠だから。大きな試合の前には必ずアドバイスを貰ったりしてたよ。でもそれも、俺が引退してからはなくなった。最後に会ったのは、引退した直後だ——挨拶に行ったんだ。最後に話したのは、亡くなる一年ぐらい前だったかな。電話で話したんだけど、長島さんも仕事が忙しくてね。ゆっくり話はできなかった」

「実家の商売を継いだんだよな？」

「ああ。元々酒屋だったんだけど、親父さんがコンビニにしたんだよ。あれだって大変なんだぜ？」

「分かってるよ」私は学生時代、コンビニエンスストアで半年ほどバイトしていたことがある。夜勤が中心だったが、とにかく体力的にきつかった。オーナーはもっと大変だろう。誰かに店を任せて上りだけを手に入れる、というわけにはいかないのだ。自分も店に出るし、バイトもよく穴を空けるので、そのカバーで常に待機していなければならない。体も心も疲れるだろう。

「親父さんはもう七十歳を超えていて、自分では店を仕切れない。当然、長島さんがほとんど一人で切り盛りして……疲れただろうな」

「それが病気の原因なんだろうか」

「分からない」竜神が力なく首を振った。「分からないけど、すごく疲れていたのは間違いない」

竜神は、長島が亡くなった後の事情をとつとつと語った。竜神に、長島の家族から連絡が入ったのは、亡くなって四日後の十一月七日。既に荼毘に付されていた。慌てて上京しようとしたら、長島の妻に止められたという。それが長島の遺志だったから。自分の死を家族以外に知られたくない。静かに消えていきたい——竜神に知らせたのは、長島の妻の独断だったという。

竜神は、「あの人らしいかもしれない」とぽつりと言った。目立つことが嫌いな一方、弱い自分を他人に見せるのはもっと嫌いだったから。レースで負けた時、思うような滑りができなかった時、レース後にふらりと姿を消してしまうことも珍しくなかった。そういうことが何度かあった後、竜神は直接長島に訊ねたことがあったという——何をしているんですか、と。長島の答えは「負けたみっともない姿は人に見せたくない」だった。

「長島さんなりの美学だったんだろうな。俺は、勝っても負けても結果は結果だって受け止めたけど、長島さんは違った。負けた自分は惨めだと思っていたんじゃないかな。そういうのは人それぞれだから、俺には否定できない」

私の知る長島とはイメージが違う。もっと気さくで、気負わない感じの人だったはずだが……余計な力が抜けているというか。引退して人柄も変わったのかもしれない。

「病気は……簡単には勝てない相手だよな」竜神が力なく言った。

「ああ」

「長島さんにとっては、完敗、だったんだろうな。だから、自分が死んだことを人に知られたくなかった」

「分からないでもないけど……お別れしたい人はたくさんいたんじゃないか？　昨日、明正食品の監督と話をしたけど、むっとしてたよ。自分にさえ知らせてくれなかったって」

「それも分かるけど、亡くなった人の遺志を守るのも大事じゃないかな」

「だったら、何でお前には連絡がいったんだ」連絡相手を選別する行為が正しいのかどうか……よく分からない。死にゆく人の我がままは許されるとは思うが、実際にはどうなのだろう。私にすれば、長島は「社会的」な存在だ。すなわち、追悼記事を書くべき対象である。誰にも告げずに消えてしまっていい人間ではない。

「俺は……近かったから。家族に近い立場だったと思う」

「でも、ひどい話だぜ」思わず言ってしまった。

「そうかもしれない」竜神がうなずく。アイスコーヒーに手を伸ばし、グラスを握ったが、飲もうとしなかった。「だけど、自分が死にかけていると分かった時、人はいろいろなことを考えるんじゃないかな。普段の思考パターンとは違ってくるだろうし」

「……ああ」それは認めざるを得ない。

「今は、残された家族も大変なんだ。奥さんが店を切り盛りしてるけど、なかなか上手くいかないみたいでね」

「そうか」コンビニを経営していれば安泰というわけでもないだろう。様々な条件で、売り上げは大きく変わってくるはずだ。

「だから俺、復帰するんだ」

「え？」

突然打ち明けられ、私は思わず彼の顔をまじまじと見た。「やり残したことがある」からではないのか？　それが長島の死とどうつながってくるのだろう。

「長島さん、思い切り生きられなかったと思うんだ。まだ四十一歳だろう？　平均寿命を考えれば、少なくともあと三十年ぐらいは生きられたはずだよな。やり残したことだって、たくさんあるだろうし」

「それは分かるけど、お前と何の関係があるんだ？」

「上手く説明できない」竜神が寂しげな笑みを浮かべた。「俺だって、やるべきことは全部やったと思ってたんだ。だから引退したわけだしさ……でも、そうじゃないかもしれないって思えてきて……何だろうな。やっぱり上手く言えない」

「長島さんは、思い残すことはなかったと思うよ」私は反論した。「三十六歳まで現役を続けて、最後まで一線で活躍したんだから、悔いはなかったんじゃないかな」

「いや、あったと思う」

「どうして？ 最後のオリンピック出場のチャンスで、お前に負けたから？」残酷かもしれないと思ったが、思い切って言ってみた。トップアスリートは、勝った負けたに関して意外にさばさばしているものだが——不必要に執着しないからこそ、トップでいられるのかもしれない。

「それもあるかもしれないけど、後進を育てられなかったから」

「お前がいるじゃないか」

「俺が長島さんと一緒に練習したのは一年だけだし、年齢も近過ぎたと思う。次世代って感じじゃないよ。長島さんは、明正食品や大学の後輩がなかなか伸びてこないのを、心配してた。一緒に練習しなくなっても、そういう話をよく聞かされたんだよ」

「だったら長島さん、コーチにでも何でもなればよかったのに」言ってしまってから、あまりにも部外者、かつ素人的な言い分だと気づいた。日本のアマチュアスポーツ界を取り巻く状況は、依然として厳しいままである。何の保証もなく、何とか活動費用を捻出しながら練習や大会参加を続けている選手がどれだけ多いか……それは引退後も同じである。収入の目処がないまま、自分が育った環境に恩返しするのは難しい。

「長島さんには、継ぐべき家があったから」

「そうだな」

「コンビニなんてって思うかもしれないけど、それが家業なんだから、家を守るのは自然だよな」

「別に、コンビニなんて、とは思わないよ。お前だって将来は、あのホテルを継ぐんだろうし」私は指摘した。

「そうなんだよ」竜神がうなずく。「家を守らなければならない以上、コーチは引き受けられない。コーチをやるなら、家の商売は諦めなくちゃいけない。長島さんの場合、実家の援助をずっと受けていたから、現役引退した後は、我がままは言えないと思ってたんだ。家族に恩返ししなくちゃって、いつも言ってたよ」

「それでお前が、長島さんの代わりに後進の指導をする？ それだったら、コーチになればいいじゃないか。六日町高校のコーチだったら、地元にいながらでもできる」

「そういう……ピンポイントの話じゃないんだ」

竜神が人差し指をくるくると回した。言葉を選びきれていないのだ、と私にはすぐに分かった。現役時代、会見で「そうですね」と言った後で言葉が切れると、必ずこの仕草を見せていた。まるで自分の頭のねじを巻くように。

「もっとたくさんの人に、クロカンの魅力を伝えないと。それに俺が復帰すれば、若い選手に刺激を与えられるんじゃないかな」

「ああ……あんな年寄りが頑張ってるのに、自分たちが負けるはずがないとか？」

苦笑しながら竜神がうなずいた。

「試合に出るからには勝ちたい。でも俺が負けても、若手に刺激を与えられるならそれでいいんだ」

「嚙ませ犬になるつもりかよ」

「違う。出るからには絶対に勝ちにいく。その自信もある……とにかく、どうしても俺の背中を見せたい相手もいるんだ」

「それは……」

「長島さんに息子さんがいるのは知ってるか？」

「ああ、そう言えば……」長島本人から聞いたような記憶がある。

「今年、大学に入ったんだ」

「ということは、十九歳？」私は頭の中で素早く計算した。長島は生きていれば、今年で四十二歳。息子はずいぶん早く生まれた計算になる。長島が大学を出てすぐ、という感じだろうか。

「そういうこと。当然、親父さんの背中を見て、早くからスキーを始めていて、高校から北海道へ行っている。自分から、そっちへ行く道を選んだんだ。なかなか根性があると思わないか？」

「そうだな」高校野球などならともかく……高校野球では、批判を浴びながらも、まだ県外の有望選手を獲得するのが甲子園への近道になっている。そのためのシステムも確立されていて、選手自身も見知らぬ街へ行くことをさほど躊躇わない。しかし、クロカンとなると話はまた違うだろう。

「彼が、有望株なんだ。インターハイで一年の時から三年連続優勝して、今年北海道美浜大に入った」

「それは……すごいな」クソ、冬の取材を離れているうちに、新しい人材も出てきているわけか。担当ではないとはいえ、出遅れた感は否めない。

「親父さんを超える逸材かもしれない。でも、そう簡単には勝たせない。俺が壁になるつもりだから」

「お前は、壁としてはでか過ぎるよ」

「もちろん」当然のように竜神がうなずいた。「だけど、簡単に乗り越えられる壁なんか、壁の意味がないだろう」

「本人はどうなんだ？」

「図に乗ってる」竜神が苦笑した。「だから、早いうちに挫折を味わわせてやらないと。一度負けないと、勝つことの大事さが分からないんだ」

「えらくスパルタだな。最近の大学生にそんな厳しいことをしたら、やめちまうかもしれないぞ」

「そうかな……俺は、長島さんに叩かれて強くなったつもりだけど」

「その辺りの話は、詳しく聞いてなかった」

竜神が寂しげにうなずいた。グラスを持ったまま、あらぬ方に視線を走らせる。どこかに長島が隠れていないかと探しているようだった。

「長島さんは師匠でライバルで……でも、明正食品で一緒だった時には、一度も勝てなかったんだ。勝てると思ってたんだけど、読みが甘かった。後で、長島さんも言ってたよ。『あの時のお前には、絶対に負けないつもりだった』って。あまり早く勝たせると、調子に乗るからってさ。あの頃はふざけるなって思ってたけど、今になるとよく分かる。あまり早く勝ってしまったら、俺は天狗になってたかもしれない」

「でも、いずれにしても、その後で長島さんを抜いた」

「どうかな……一度だけだと思うけど」竜神が、グラスを持っていない左手の人差し指を立てた。

「一度だけ？」

「俺の、最初のオリンピック。俺が代表に選ばれて、長島さんは選ばれなかった。だから抜いたとも言えるんだけど、直接レースで競ったわけじゃないから」

「そうか……」

竜神は無敵だったというイメージがあるが、それは私の勝手な思いこみだったかもしれない。竜神は早くから、世界レベルの戦いを求めて海外を転戦するようになった。スケジュールの関係で、国内の大会にはあまり出場していなかったはずである。その疑問をぶつけると、竜神は素早くうなずいて認めた。

「実業団にいた頃はどうしても勝てなくて、その後チームが一時解散して、俺は武者修行のつもりで活動の場を海外に移した。だから、国内中心でやっていた長島さんと一緒にレースに出ることはほとんどなかったんだよ」

それは勝った負けたの問題ではないのでは、と私は思った。同じレースで何度も競い合ったのならともかく、イメージだけの話ではないだろうか。

結局私は、アスリートの心情を基本的に理解していないのかもしれない。自身、本格的なスポーツの経験がないから――何しろ高校時代は非公認麻雀部だ――どうしても本能的に相手の心情を悟れない。これはスポーツ記者として失格かもしれないな、と情けなくなった。

これからもう一度墓参りに行くという竜神と駅で別れた後、私は再び違和感を抱えこむことになった。

すべてが、どこか不自然だ。

かつての先輩、ライバルが闘病の末に亡くなった。その息子は今急成長して、次代のエースになる可能性がある。ライバルの息子を一段成長させるために、自分が高い壁になって立ちはだかる。だから現役復帰して、レースで直接対決する――筋書きとして書いてしまえば、なるほどとも思う。

しかしこれでは、漫画ではないか。世の中は、こんなに単純ではないのだ。熱血の思いだけで動けるものでもない。それにこれが「やり残したこと」なのか？　後進を育てることが？

やはり腑に落ちない。私はしばらくホームのベンチに座りこみ、何故か闘志が湧き上がってくるのを感じていた。竜神はまだ何か隠している。俺には俺で、記者としてのプライドがあるのだ。必ず、探り出してやる。

第三部

復活の日

『ハードバーン』

第三章　栄光と困惑と

人気ドキュメンタリー『現代の英雄たち』への竜神の出演が決まったのは、最初の金メダルを獲得した直後である。スキー協会と東体大がテレビ局と交渉し、竜神に伝えられたのは、全てが決まった後だった。その頃のことを、竜神が苦笑交じりに振り返る。

「大学や協会が取材を仕切ってくれたのはありがたかったけど、あの番組には参りました。テレビに半年以上も密着取材されれば、当然トレーニングにも影響が出る。それに正直、シーズンオフに密着して面白いのかな、とも思いました」

オリンピック終了直後の一年間は、四年間のインターバル中で一番負荷が低いトレーニングを行う予定だった。疲労を抜き、体を新たに作り直す一年であり、あまり絵にならないのは映像には素人の竜神にも簡単に想像できた。特に夏のローラースキー大会のシーズンまでは、ひたすら地味な基礎トレーニングなのだ。

しかし、「現代の英雄たち」のディレクター（当時）浅野継雄は、「内容そのものは問題ではなかった」と意外な事情を打ち明ける。

「正直、番組的には、竜神の顔が撮れていればよかった。今、スポーツ界全体を見回しても、ああいう表情をする選手はいない。決意と闘志……それを露骨に表に出しながら下品にならないっていうのは、テレビ的には稀有な存在なんです」

制作側の意図はともかく、竜神のプライバシー、そしてトレーニングの予定は確実に侵され始めた。

オリンピックとワールドカップの終了後、竜神は一か月の休養期間に入った。四月は基本的に体のメインテナンスに充て、本格的なトレーニング再開は五月から、というのが当初のスケジュールだった。しかしこの頃の竜神は、後に彼を長く苦しめることになる膝痛を初めて経験していた。競技に影響が出るほどではなかったが、当初の予定を変更し、四月一杯は膝の治療に充てることになった。

カメラは当然、治療にも密着する。これが竜神には苦痛だった。手術を要するほどではなく、休養とリハビリで復調できるというのが医師の診断だったが、そういう場にもカメラは遠慮なく入ってきた。竜神にとっては選手生命にもかかわりかねない診断を、カメラの冷たいレンズは冷静に記録する。

「カメラが入っているだけで、実際よりも症状が悪くなったように感じた。ああいうのは初めての経験でした。自分で認識を変えられなかった」

認識の変化――それは具体的にどういうものなのか。

「例えばレースの最中に、競っている選手がいるとする……いつかは勝負を仕掛けなくちゃいけない相手です。でも、あまり気にし過ぎてもいけない。実際、あまり真剣に観察しなくても、相手のコンディションは分かるんです。だったら、勝負を仕掛けるべきタイミングをずっと考えている必要はない。むしろ相手の存在は頭から消してしまった方がいい。気にしなければならないのは自分のコンディション。それをきちんと把握しておくためには、周囲をあまり気にしちゃいけないんです」

意識する必要がない時にはライバルの存在を消してしまえる、という特殊能力のようなものか。消せるのは、ライバルの存在だけにとどまらない。

「クロカンは常に、自然環境との戦いです。雪が降っているのが当たり前だから寒さ対策は必要だし、逆に気温が上がり過ぎる時のことも考えておかなくてはいけない。雪質も一回一回違うし……スタート当時は凍りついていても、レースが進むうちに気温が上がって緩んできて、ワックスが合わなくなることもある。雪が降り始めて、柔らかい雪が新しく積もることもある。気にし始めたら、きりがないことばかりなんです。風もそうですね。だいたいコースは山の中に設定されているし、周回コースだから、一周する間にも風の向きや強さがどんどん変わる。それが当たり前なんだから、気にしないのが一番なんですよ」

意識して、環境の変化を遮断できるものだろうか。

「やり方は説明できないけど、できる」と竜神は断言する。そう、レースではある種の「鈍さ」が竜神を支えた。

その竜神にして、テレビの密着には気持ちを揺らされた。人間の目ではないレンズ……それは時に、普段は見えない本質的な物を記録してしまったりする。「心の底まで見透かされるようだった」というのが、竜神の感想である。

密着は徹底していた。竜神は、膝の痛みが消えた五月からトレーニングを再開したのだが、ありとあらゆる場所にカメラは入りこんできた。

「気にしないと思えば気にしない……トレーニング中は集中はできます。でも、ウェイトトレーニングの一サイクルが終わった瞬間とか、急にカメラの存在に気づくんですよ。そうすると、ひどい顔で映ってなかったかな、とかどうでもいいことが気になって。ウェイトをやっている最中は必死ですから、ひどい顔してるに決まってるんですが」

「現代の英雄たち」以外にも、竜神を困惑させた出来事はある。夏場にはこんなことがあった。

クロカン選手の夏のトレーニングとしては、ローラースキーが一般的である。似て非なる物とも言えるのだが、少なくとも滑る感覚だけはキープすることができるからだ。夏場には全国各地で試合が行われ、竜神も調整のために何度か試合に出場した。

秋田県で行われたローラースキーの大会で、竜神は成年男子十キロフリーにエントリーした。ところがこの大会が、大混乱してしまったのだ。オリンピック、ワールドカップ以降初の竜神のレースということで報道陣が殺到し、レースが中止に追いこまれそうになった。その一部始終を「現代の英雄たち」のカメラが録画し、番組でも使われていた。

クロカンは、今でもマイナー競技である。国内では、大きな大会であっても地元メディアが取材に来るぐらいだ。他の競技の大きな大会では、試合後の混乱を避けるために、選手は「ミックスゾーン」と呼ばれる取材エリアだけで取材を受けるのが通例になっているが、クロカンの場合は、天皇杯でさえミックスゾーンが設置されていない。それでも混乱がないのは、報道陣の数が少ない証拠だ。ましてや夏のローラースキーの大会では、マスコミはほとんど取材に来ない。

この一件では、主催者側にも落ち度があった。大量の報道陣をさばくことに慣れていなかったせいもあるが、ミックスゾーンを設けていなかったのだ。それ故、十キロフリーで勝った竜神に報道陣が殺到した結果、一部はコースにはみ出して、その後に行われる予定だった成年男子十キロクラシカルのスタートが十分ほど遅れてしまった。

試合後、竜神はクラシカルに出場した選手たちに謝罪している。他の選手たちにすれば複雑な心境だったようだ。この時クラシカルで優勝した三木歩（北海道美浜大）は、当時の様子を苦笑しながら振り返る。

「とにかく竜神さんが囲まれて、次のレースができる状況じゃなかった。主催者が必死に報道陣をコースの外に出そうと誘導したんだけど、たぶん、百人ぐらいいたんじゃないかな……全員を誘導するのは大変ですよね」

しかし三木にとって、竜神の謝罪は意外だったという。

「終わって、『申し訳なかった』って頭を下げられたんだけど、こっちは恐縮しちゃいますよね。だいたい、考えてみればありがたい話で……それまで、ローラースキーの大会なんて、マスコミはほとんど来てなかったですから。竜神さんのお陰で注目を浴びたのは間違いないです」

期せずして、竜神はクロカン界の「広告塔」の役割を果たすことになったのだった。

竜神もほどなく、自分の役目について意識するようになった。当時は語ることがなかったが、このレースの一件をきっかけに、気持ちを完全に入れ替えたのだという。

「あの時は、百人近い報道陣が集まって、正直言って気圧(けお)されてしまった。オリンピックでも、これほどの報道陣はいなかったから。でも、クロカン全体が注目を浴びていたのは間違いなかったのだから、できるだけ真摯に対応しようと思いました。逆に言えば、自分がいい加減な態度を取れば、クロカンの選手全員がこの程度かと思われてしまう」

レース後、竜神は籍を置いていた東体大の四年生（当時）、本田元(ほんだはじめ)を練習パートナーに指名した。本田は、後に練習中の怪我が原因で早々に現役を退くことになったが、当時は期待の若手で、竜神の後のエース候補とみなされていた。ランニング、ウェイトトレーニングと、あらゆる練習で本田と組んだのには、狙いがあった。

「要するに、本田をカメラに映そうと思ったんです。自分だけではなくて、若手も頑張っている姿を、記録として残したかった。できるだけ映してくれって、浅野さんにもお願いしました」

竜神に頭を下げられたことは、浅野も覚えている。

「気持ちは分かりましたけど、あれは竜神の番組だったから」と苦笑しながら振り返る。「でも、結果的には本田選手も何度も映りこんでましたね。放送の後には、本田選手に対する問い合わせも結構ありました」

密着は結局、半年以上に及んだ。放送予定の関係で、その冬のレースの様子をきちんと盛りこむことはできなかったが、本番突入直前までに、次第に厳しく変わっていく竜神の表情の変化を捉えた番組は、映像的にも高い評価を受け、翌年のギャラクシー賞優秀賞を受賞している。視聴率も十パーセントを超え、同番組でスポーツ選手を取り上げた中では過去最高、歴代でも五位に入る好成績を上げた。

浅野は即座に、この「パート2」を作ろうと構想を練り始めた。ただし今度は、二年後。オリンピック出場を目指す一年に密着したい、という要望だった。しばらく結論を先送りにしていた竜神だが、結局この要請は断った。広告塔としての自分の役割は理解していたが、オリンピックは別物である。「取材されながらの練習で、集中力を養うことはできた」とも言うが、限界もある。

ただし、竜神を追いかけるマスコミの熱は冷めることがなかった。ＣＭは次々と新作が発表され――この撮影は、竜神にとって負担ではなかったようだ――彼の顔はお茶の間に浸透した。余談だが、「週刊ニッポン」で毎年四月恒例のアンケート調査「部下にしたい有名人」では、三年連続でベストスリーに入っている。

「やりにくかったのは間違いないです」と竜神が回想する。「本当に、街を歩く時も大変で。東体大の後輩たちには、ずいぶん助けてもらいました。どこへ行く時にも彼らがついてきて、ガードしてくれましたから。あれがなかったら、もっと大変なことになっていたかもしれない」

この状況を、監督の波留はどう見ていたのか。

「大学側としては、数億円分の広告効果があると分析していた」と打ち明ける。「だから取材に関しては、竜神にだいぶ無理を強いていた。私としてはいい加減にして欲しかった部分もあるが、大学側の意向には逆らえないからね。だいたい、竜神があれほどイケメンじゃなければ、騒ぎは大きくならなかったんだよ。写真写り、テレビ映りがいいから、追いかけ回されるわけでね。文句があるなら親に言うべきだな」

I

東体大の横浜キャンパスには、ローラースキーの練習に格好のコースがある。

元々は、キャンパスとそれに隣接する陸上部のグラウンドなどを周回する舗装路なのだが、陸上部が長距離のラン用に使い、いつしか空いた時間をスキー部が利用し始めた。

一周三キロ。元々起伏の激しい土地なのでアップダウンも多く、実際のクロカンのコースがイメージしやすい。

私は、以前にもここで何度か、竜神の練習を見てきた。当時は余裕を持って、学生たちをリードしていたが……今は違う。やはり、体がまだ元に戻っていないようだった。

梅雨明けの七月後半、水曜日。私はキャンパス内を流れる小川にかかる橋の上に立っていた。どこで観ていても同じなのだが、ここは涼しい風が吹き抜けるので、暑い季節にはちょうどいい。

スキー板を履くクロカンとローラースキーの最大の違いは「音」だ。ストックがアスファルトを突くリズミカルな響きを聞いていると、私は何故か乗馬を思い出す。

橋の手前は下りになっており、選手たちはきつい前傾姿勢を保ったまま滑り下りてくる。橋を抜けたところで今度は緩い上り坂になり、ストックの動きが大きくなる。アスファルトを打つ、カツ、カツ、カツ……という硬い音。それに選手たちの荒い息遣いが混じり、こちらにまで緊張感が伝わってくる。

竜神の動きには、上半身に少しブレがあるように見えた。何というか……動きに無駄がある。おそらく上半身の筋力が衰えているのだろう、と私は分析した。昔の彼なら、もっと小さな動きで上半身のパワーをストックに伝えられたはずである。今は、体をわずかに左右に揺らして、何とかパワーを絞り出しているように見えた。

このコースを二周する、と聞いていた。休憩を挟みながら三セット、計六キロのコースを三回周回するのが、今日の午前中のメニューだ。

私はショートカットして、川沿いの小道から陸上部のグラウンドの方へ急いで戻った。ここがスタート・ゴール地点であり、選手たちはすぐに戻って来るはずである。道路の片隅に置いてあるベンチに腰かけた瞬間、また独特の音が聞こえてきた。この辺りはほぼフラットなコースで、二周目の終わり頃になると、選手たちはラストスパートでスピードを上げてくる。何人でスタートしたのか……橋の上で観た塊よりも人数は減っている感じがした。三人の選手が固まって近づいてくるが、竜神は真ん中。三人とも「スーパー」と呼ばれるスケーティングである。両方のポールを同時に地面につく「ダブルポール」で体を押し出し、一度ポールで推進力を得るごとに、左右どちらかの足を前に出す。

全員が、ほぼ連なってゴール——タイムを計っているマネージャーのところまで近づいてきたが、最後の最後で竜神が抜け出した。急に体の動きが大きくなり、スピードが乗る。ゴールの五メートル手前で、前を行く学生をかわし、トップでゴールした。こんなところでも「逆転の竜神」かよ、と私は思わず苦笑してしまった。

竜神は膝に両手をついたまま、ゆっくりと滑っていく。その背中を目で追っていると、やがて自然にスピードが落ちてきて、ゴールから二十メートルほどの地点で停まった。

そこでようやく上体を起こし、腰に手を当てて天を仰ぐ。

ゆっくりと方向転換して、竜神が私の方に滑ってきた。途中で気づくと、右手を軽く挙げて挨拶する。まだ余裕があるなと思ったが、途中で咳きこみ、体を真ん中から折り曲げてしまう。この程度の練習でこんなに苦しむ姿は見たことがないな、と私は訝しんだ。

ようやくローラースキーを脱ぐと、竜神はバッグとタオルを置いた脇に直に座りこんだ。両膝を立て、その中に頭を埋めてうなだれる。ノックアウト負けを食らったボクサーさながらのダメージを受けているようだった。ミネラルウォーターを一口飲み、タオルに顔を埋める。顔を上げるとバッグの中を探り、サプリメントのパッケージを口元に持っていった。呑み下すと、長く吐息を吐いて、ようやく笑顔を見せる。

「今のは？」

「アミノ酸。有酸素トレーニングの前と後には必ず呑むんだ」

「お前も、サプリメントに頼らないと駄目になったのかね」

「今は、誰だって呑んでるよ」

私の冗談に、竜神が真面目に反論する。相当追い詰められているのだろうか、と私は心配になり、体調を訊ねた。

「へばってるよ。今は、ほら……五勤一休のうち、五勤の最後だから」

「ああ」納得して私はうなずいた。練習は午前と午後、一日二回行われる。「五勤一休」ペースでは、二日半連続してきついトレーニングを行い、その後——今日の午後だけが休みになるのだ。「だけど、まだまだ頑張ってもらわないと」勝てない竜神は素材にならない。敗者の物語など、誰も読みたがらないのだ。

「分かってる。調整のペースは遅過ぎるぐらいなんだ」

　マネージャーの青年が寄って来て、タイムを伝えた。途端に竜神の表情が暗くなる。

「二十四分台って、そんなに遅いのか？」私にはぴんとこなかった。

「よくはないね。前は、ここを二十三分台前半が普通だったから。少しずつ短縮してるけど、まだまだだな。レースまでには何とかしたいけど」

「来月か」そのレースは、私も取材に行くつもりだった。

「ああ。八月の、一番クソ暑い時にやるのもどうかと思うけど……精神力の鍛錬にはなるからね」

「精神力、ねえ」

「大事なことだよ。さて」胡坐（あぐら）をかいていた竜神が、ばね仕掛けのようにいきなり立ち上がった。それほどダメージを受けていなかったのか、あるいは回復力が化け物じみているのか。絶え間なく顔を流れ落ちる汗を除いては、ハードなトレーニングをした後には見えない。「あとは筋トレなんだ。そんなの見ても仕方ないと思うけど、どうする？」

「つき合うよ。監督にも会うことになってるし」

「波留さん、おかしな趣味だよな」小声で竜神が言った。「あの人、筋トレフェチなんじゃないかと思う。しかも自分がやるんじゃなくて、人がやってるのを見るのが好き、とか」

「何だよ、それ」

「さあ」竜神がにやりと笑って腕時計を見た。「とにかくあと一時間で上がりだ。その後で、飯でも食おうよ」

「分かった」

この取材に誘ってくれたのは竜神だった。それまでは、「絶対に練習を見ないで欲しい」と厳しく言われていたのに……ある程度目処が立ったのだろう、と私は想像していた。ただし、ローラースキーのコース走でタイムがなかなか短縮できないとすれば、まだ現役時代のレベルに戻ったとは言えない。

それにしても、他のメディアはどうしているのだろう、と私は訝った。現役復帰は大きなニュースだったはずだが、その後の続報がない。もはや竜神には、ニュースバリューがない、とでも思っているのだろうか。まあ、そうやって他のメディアの連中がサボっている間に、こちらは伝記用のメモをどんどん分厚くしていける。

トレーニングルームは、陸上部とスキー部が共用で使っている。狭い体育館といった感じの建物で、所狭しと最新のトレーニング機器が置かれている。ローラースキーのトレーニングを終えた選手たちが次々と入って来て、ウェイトトレーニングを始めた。竜神はまず、大胸筋を鍛えるバタフライからスタートさせるようだった。

「竜神はどうかね」

いつの間にか背後にすっと近づいてきた波留が、私に声をかけた。この監督は時々、こういう忍者じみた真似をして私を驚かせる。

「まだ全盛期にはほど遠いみたいですね」

「そりゃ無理だよ」波留があっさり認めた。「というより、全盛期のあいつが化け物だったんだ。トレーニングの量も、今の倍近かったんじゃないかな。学生たちは、全然ついていけなかった」

「監督、前に仰ってましたよね」

「うん？」

「あの頃と同じことは、二度とできないんだ、って。あれ、そういう意味ですか」

「そんなこと、言ったかな」

波留が恍けて、私を苛立たせた。自分の発言を忘れるようなタイプではないのだ。何か隠している……確信したが、ここで突っこみ続けて怒らせるのは本意ではない。

「とにかく今も、かなりハードなトレーニングをしてるじゃないですか。塩沢に引っこんでいた時も、体は動かしていたわけだし」

「塩沢みたいな田舎には、こういう最新鋭のトレーニング設備がないだろう。俺もいないし」波留がさらりと言った。まあ……確かに波留のような名伯楽がいない状態で、一人でトレーニングを続けても、達成感は少ないだろう。

波留が壁に背中を預ける。私は彼の脇に立ち、腕を組んだ。エアコンは作動しているのだが、さほど涼しくはない。選手にとっては、体を冷やし過ぎないのも大事なのだろう。

「クロカンには、三つの要素がある」

波留が出し抜けに話し出した。元々箴言めいた台詞を吐くのが好きな男なのだが、それが記事に使えるかどうかは、聞いてみないと分からない。私は黙ってうなずき、聞く気はあると意思表示した。

「一つは最大酸素摂取量。これは分かるな？」

「はい」基本の基本、スタミナに直結するものだ。

「次が運動効率。つまり、同じ量の運動をこなすのに、酸素摂取量は少ない方が効率的、ということだ。省エネしつつスピードを出すわけだな。そして三つ目が、精神力」

「ええ」話がどこへ行くのか分からず、私は相槌を打った。

「最大酸素摂取量は、トレーニングから遠ざかればどんどん少なくなる。そもそも、トレーニングで最大酸素摂取量を増やすのは、人間にとってあまり自然な行為ではないんだよな」

「そうなんですか？」

「マラソン選手並みの心肺機能を持ってて、日常生活で役に立つか？　宝の持ち腐れってやつだろう。Ｆ１マシンで近所のスーパーへ買い物に行くことに、意味があるかね」

七百馬力超のエンジンを積んだマシンで買い物というのは、喩えとしても極端過ぎるが……理解できないでもない。

「問題は、三つ目の精神力なんだ」

ちらりと横を見ると、波留はこれ以上ないほどの真顔だった。

「トレーニングで、最大酸素摂取量はアップできる。運動効率に関しては、スキーのテクニック自体が重要な意味を持つが、これも練習で向上できる。しかし精神力については、教えてどうにかなるものじゃないんだよな」

「竜神の場合、精神力に関しては教えることはないんじゃないですか」

「まあね……結局俺は、精神力が全てじゃないかと思う。きつい練習を続ける決め手は、最後は精神力なんだから」

「そうですよね」竜神も同じ考えなのか……悲鳴を上げる体を宥め、時に叱咤激励し、練習を最後まで続ける決め手は、やはり選手本人の精神力なのだ。いくら監督やコーチがきつく言おうが、最後に物を言うのは本人の心である。

「まあ、体を壊さないといいんだが」

「何か、そういう予兆でも？」

「いや。あいつの場合、体力は落ちてるのに精神力は元のままなんだと思う。だから、昔のイメージを忘れられずに、自分を追いこみ過ぎる恐れが――」

波留は最後まで言えなかった。がちゃん、という重い金属音が響き、私たちの目はそちらに引き寄せられた。竜神の足元にバーベルが転がっている。

「大丈夫か！」

波留が両手でメガフォンを作って呼びかける。竜神が苦笑しながら、右手を軽く挙げてみせた。それからまたバーベルに取りかかる――広背筋などを鍛えるベント・オーバー・ローイングだった。腰を曲げ、バーベルを少し浮かせた姿勢から、一気に腹部まで引き上げる。しかし、一度やっただけでバーベルを落としてしまい、ウェイトを落とした。何となく、元気がない。

「あいつ、無理し過ぎてませんか？」

「今のは、そうだな」波留が認めた。「だいたいあいつは、すぐに自分の限界以上のことをしたがる。昔と全然変わってない」

「そういう精神力は、長島さんから受け継いだんですかね」

波留が口をつぐむ。この男も長島の死を知っているな、と私は直感した。

「長島さん、亡くなってたんですね」

「らしいね」押し殺した声で波留が答えた。

「お墓参り、行ったんですか?」

波留が無言で首を横に振る。細めた目に、悔しさが滲んでいるようだった。

「ご家族が、そっとしておいて欲しいっていうことだったから。ショックだったんだろうな……でも、一周忌には墓参りに行くつもりだよ。いくら何でも、一年経てば……な?」私に確認するように波留が言った。

「そうですね。竜神は、知らされていたみたいですけど」

「あの二人の関係は、特別だから」

「それがよく分からないんですけど……長島さんは、ここのOBでもないじゃないですか。竜神との絡みは、あまりなかったと思うんですけど、あいつは長島さんを追って明正食品に行ってますよね」

「考えてみろよ。大学を卒業した後、クロカンの選手にどれぐらい進路の選択肢があると思う?」波留が右手をぱっと挙げ、一本ずつ指を折っていく。「一番いいのは自衛隊だろうな。失業の心配はないし、練習環境は、今日本で一番だ。あとは実業団のチーム、他に仕事をしながらスキー場のクラブチーム……進路の選択肢は少ないんだ」

「それは分かります」クロカンだけではなく多くのアマチュア競技の選手が、大学や高校を卒業する時に同じ問題に直面する。

　波留が指を折って手を拳に握る。そのままゆっくりと腕を体の脇に垂らして、私の目を凝視した。いつの間にか、正面から向き合う格好になっている。

「竜神の前のトップ選手……日本のエースは間違いなく長島だった。いろいろな大会で長島を観て、高校時代には直接教えてもらったこともあるって言ってたな。あいつと長島のフォーム、そっくりなんだ。竜神は長島をコピーして、しかも長島を上回る体格と筋力、持久力があったから、強くなるのも当たり前だよ。最高のお手本だったから、
卒業後は明正食品に行ったんだし」

「でも、竜神が入って一年でチームは解散しましたよ」

「そこが問題だったんだよな」波留がうなずく。「長島にとっては、それが負い目になったみたいなんだ。竜神の方から明正食品の扉を叩いたと言っても、受け入れた方にも責任はあるからな。実は、明正食品のチームが一時解散した後、竜神が大学へ戻って来る時には、長島が口添えしたんだ」

「そうなんですか?」私は思わず目を見開き、自分の取材不足を痛感した。竜神に関しては、掘れば掘るほど新しい事実が出てくる。一人の人間の人生――競技人生ということを考えればたかだか二十年ほどだろうが――を完全に露にするのがどれだけ大変なこ

となのか、改めて意識する。伝記が中途半端なものにならないか……唾を呑んだが、緊張して喉に引っかかるようだった。

「その時だけだったな、長島とみっちり話したのは」波留が自分に言い聞かせるようにうなずいた。「いくらスキー部の活動が中心だからと言って、会社の業績が悪化しているのに気づかないわけがない。もちろん長島としては、竜神が入ってたった一年で廃部になるとは思ってもいなかったんだろうし、あいつには何の責任もなかったんだろうけど、長島っていうのは……知らんぷりができる男じゃなかったんだよ。自分を慕って入って来てくれた男が路頭に迷うようなことになるのが、我慢できなかった。それで、俺に頭を下げに来たわけでさ。その後は同じチームにいなかったとはいえ、師弟関係みたいなものはずっと続いていたんだ。長島だって、苦労してたのに、いつも竜神のことを気にしていてね」

「ああ……」

何となく筋がつながった。それだけ強い絆を感じていた長島の息子が大学生になった。恩返しとして育てる義務があるという竜神の考えは、十分納得できるものである。それにしても十九歳——ということは、長島が相当若い時の息子である。その推測を話すと、波留が苦笑しながらうなずいた。

「確か、長島が二十三歳の時の子だったんじゃないかな。大学を卒業してすぐに結婚して……まあ、あいつもよく、そういう苦難の道を選んだよなあ。奥さんも大変だったと思うよ。元々東京の人で、それが長島について知り合いもいない北海道へ渡ってさ。しかも長島は、家を空けていることが多かった。苦労は察して余りある」

「息子さんもクロカンの選手だそうですね」

「有望株だぞ。でも、結果を焦らず、長い目で見ていきたいね。何しろこの業界、人材不足だから。大事に、しかし厳しく育てないと、あんたらも、適当に持ち上げるんじゃないぞ」

「本当は、東体大に欲しかったんじゃないですか」波留の忠告を無視して私は訊ねた。

「当たり前だろうが」波留が目を見開いた。「ただ、高校が北海道美浜大の付属高校だったから、エスカレーター式で進むのを横取りはできないよ。本人も、練習環境は変えたくなかっただろうし」

その息子を一段上のレベルに引っ張り上げるために、竜神は現役復帰を目論んだ——その話を波留に語るのは簡単である。しかし私は、敢えて口をつぐんだ。筋が通るが、一片の疑いがあったからである。世の中は、綺麗事だけでできているわけではない。時には、邪(よこし)まな気持ちの入らない純粋な善意もあるが、そういうのを探すのは至難の業だ。十数年の記者経験で、私は自然にそういう見方をするようになっていた。いかにも人が好さそうなスポーツ選手でも、その中身は嫉妬や敵愾心(てきがいしん)の塊である。そもそも、誰かに勝ちたいという欲求が強い人間でないと、本格的にスポーツなどやらないだろうし。だから、どうしても純粋な善意が信じられない——私は首を横に振った。そう考えるのは、私の心が汚れ過ぎているからか。

「いけると思いますか、竜神は」

「まだ何とも言えないね」

波留の目が竜神を追った。今はレッグプレスをやっている。一瞬だけ見えたウェイトの感じでは、二百キロぐらいではないか。勢いを殺して、ゆっくりと足を曲げ伸ばしする。あの方がしんどいんだよな、と思ったが、竜神の表情に変化はない。それを見た限り、かつての竜神の復活は近いのでは、と思えてくる。精神が肉体を凌駕することもあるだろう。

「今日何回目の食事だ？」

テーブルにずらりと並ぶ皿を見て、私は胸やけを覚えた。

「二回目だよ」こともなげに竜神が答える。

「練習の途中で、チョコレートか何か食べてなかったか？」

「シリアルバー。あれはおやつだから。おやつというか、エネルギー補給。食事のうちに入らない」

「それはどうも……」

　スポーツ選手とつき合っていて唖然とさせられるのは、食事の時である。以前竜神から聞いた話では、厳しく追いこむ時の摂取カロリー量は、一日で六千キロカロリーにもなるという。それでいて、全盛期の体脂肪率は五パーセントだったというのだから、いかに激しい運動なのかが分かる。

　竜神の食事は、白い肉――チキンかターキーだろう――の薄切りを大量に挟んだサンドウィッチ、野菜スープ、サラダ、塩味のクラッカー四枚、牛乳にチョコレートチップクッキー二枚とリンゴ一個という組み合わせだった。外国人選手の食事のようだが、そこは栄養学科を抱えた東体大のことである、きちんと栄養バランスとカロリーが計算されているはずだ。陸上部とスキー部が共用で利用する食堂は、それぞれの競技に合わせた食事を摂る選手たちでごった返していた。私もご相伴(しょうばん)にあずかったのだが、ツナサンドとコーヒーだけにした。目の前に大食漢の選手がいると、ついそれにつき合ってしまいがちなのだが、その結果待っているのは肥満だ。

　そう言えば……高校生の頃の竜神は「食べ放題荒らし」だった。新潟の田舎のこととて、その手の店は少なかったのだが、情報が入ると寸暇を惜しんで出かけて行ったものである。私も何度かつき合ったが、その度に唖然とさせられた。十玉入りの味噌ラーメンを規定時間内の二十七分でスープまで完食。一時間食べ放題の回転寿司店では、七十皿を平らげた。見ていて気持ちが悪くなるほどだったのだが、それでも「体重が増えない」と零していた。カロリー消費量が摂取量を上回っていたということか……もっとも食べ放題に関しては、「店の人の困った顔を見るのが面白い」とも言っていた。クソ真面目な竜神の、珍しい茶目っ気だったのだろう。

サンドウィッチを半分ほど食べてから、竜神が胃の辺りを摩った。

「調子でも悪いのか?」

「いや。きつい練習の後は食べにくいし、やめてから胃が小さくなったみたいだ」

「引退後の食生活を上手くコントロールしてたからじゃないか」

「まあな」竜神が顔をしかめた。「考えてみると、現役の頃はかなり無理に食べてたんだ。たぶん、胃拡張だったんだね」

「それが普通になって、引退後にぶくぶく太った選手を、俺は何人も知ってるよ」

食欲は、意識的にコントロールするのが難しいものだ。現役時代に一流選手として活躍して、今はコーチなり監督なりをしている人は、少なからず肥満に苦しんでいる。高血圧やコレステロール値の増加に悩み、薬の世話になっている人も少なくない。

「ま、食べるのも練習のうちだから」竜神が残ったサンドウィッチを一気に攻略にかかった。顎がゆっくりと、しかし力強く動く。それに連動するように、太い肩がかすかに上下した。袖をカットオフしたTシャツなので、腕や肩の筋肉はよく見える。

「さっき、バーベルを落としたよな」

「ああ……」竜神が渋い表情になった。「手が滑ったんだ」

滑り止めのグラブをしているのに？　「力負け」を認めたくないのは、竜神の意地だろうか。

「気をつけて頑張ってくれないと、俺も困る。お前が負けた話なんか、本に書きたくないんだ」

「勝手だな、相変わらず」竜神が苦笑した。「お前の本のために復帰したんじゃないよ」

「そうだけど、これだけいいタイミングは滅多にない……それよりお前、ひと回り大きくなったか？」

私の問いかけに、竜神が無言でうなずいた。まだ咀嚼（そしゃく）しているのだ。ようやく呑みこむと、「体重は五キロ増えたよ」と認めた。

「ちょっと追いこみ過ぎじゃないか？」五キロ増えたということは、ほぼ現役時代の体重に戻っていることになる。

「いや、まだまだ」

「体はまだ若いんだろうな」

「そりゃそうだ」竜神が苦笑した。「老けこむ年じゃないよ。だからほっとしてる……少なくとも現役時代の体に戻すことはできると思うから」

しかし、筋肉が肥大することと、昔の力を取り戻すことはまた別である。筋肉の重い鎧は、スピードとスタミナを奪いかねない。

「難しいよな。有酸素運動と筋トレは両立しないってよく言うけど」私は指摘した。

「それは、素人のトレーニングのレベルだよ」竜神がさらりと言った。「二十四時間、食事も含めて管理されてる人間にとっては、そんなに難しいことじゃない」

「そうか……それで、全体でどれぐらい元に戻った？」

「九割、かな。諸々の数値を勘案して」

本当だろうか、と私は訝った。午前中は学生たちを引き離せず、苦労していたように見えたが。正直、あの調子では天皇杯で勝てない――そもそも出場が難しいのではないだろうか。だが竜神は、単に強気に出て言っているわけでも、状況を把握できていないわけでもないはずだ。この男は、駄目なら駄目とはっきり言う。

「もちろん、ここから先が大変なんだけど。筋トレや、タイムで計れる部分は元に戻りつつあるけど、総合的にどれだけ復旧できているかは、よく分からないんだ。数値に表れない部分も多いし」

「昔と同じトレーニングなのか？」

「あの頃と同じことは、二度とできないんだ」という波留の言葉がまた脳裏に蘇る。

「ああ、やってるよ」

ということは、波留が言ったのはトレーニングのことではないのか。しかし、他に材料がない状態で、竜神を追及もできない。

「分かった」うなずき、私はメモ帳を取り出した。「北海道に行こうかと思ってる」

「この時期に？　何で？」

「長島さんの息子さん……怜人君に会いたいんだ」

「どうして」竜神の目が細くなった。珍しく、露骨に警戒している。

「親父さんの話を聞いて――」

「今はやめておいてくれないかな」低い、断固とした口調で竜神が私の説明を遮った。

「どうして」

「彼には何も言ってないんだ。第三者の口から、そんな話を聞かされても困るんじゃないかな」やんわりとした口調だが、取材は絶対に許さないという強い本音が滲み出ている。

「別に、悪い話じゃないと思うけど」

「何か、嫌なんだ」竜神が次第にむきになってきた。スープカップを握る手に力が入って強張っている。「何度かあったんだよ。誰かが何か言ったのを、マスコミから教えられて初めて知ったことが。自分だけ取り残されたような気分になるんだよな」

「ああ……分かる」プロ野球の監督で、こういう手をわざと使う人がいる、と担当記者から聞いたことがある。直接言うよりも、マスコミを通して批判するなり褒めるなりした方が、選手には染みるのだ、と。下手をすると信頼関係が崩れかねないやり方だが。

「俺の本……いや、お前の本か。それに盛りこむのは構わないけど、怜人に取材するのは、俺がきちんとあいつに説明してからにしてくれないか」

「どうせなら、その現場に立ち会わせてもらえると嬉しいんだけど。俺らの仕事は、後から当事者に話を聞いて状況を再構築することが多い。でも基本は、その現場に居合わせて、自分の目で見たことを字にすることだ」

竜神が、握っていたカップを放した。全身にみなぎっていた力が、急に抜けたようである。

「だったら、今度の大会だな」

「八月の？」

「ああ。怜人も出場する予定だから。その時、俺たち二人に同時に取材したらどうだろう。それぐらいの時間は作るし、怜人にも協力させるからさ」

「それなら助かる」

「じゃ。そうしよう」竜神が話をまとめにかかった。「時間の節約にもなるよな。お互い、忙しいんだし」

「分かった」うなずきながら、私はこの件に関する取材は失敗だったと悟った。何というか……竜神は「シナリオ」を作ってしまいそうな気がする。怜人にも言葉を選ばせ、万人がほどほど感動できる話を作り上げる、とか。

違う。この話の裏には、必ず何かある。竜神が現役復帰しようとしているのは、絶対に別の理由からだ。

2

長島怜人は、父親にまったく似ていなかった。

私が知る長島は、熊のような風貌の男だった。がっしりした顎を覆う硬い髭、ごわごわした髪、浅黒い肌――「男臭い」以外の形容詞がまったく似合わなかった。しかし息子の方は、いかにも今時の若者である。強風にあおられた直後のように見える乱れた髪型も、ワックスで時間をかけて整えているのだろう。身長は竜神より少し低いぐらい。北海道美浜大のロゴが胸についたTシャツにジャージというラフな格好だったので、まだクロカンの選手らしい逆三角形の体はでき上がっていないのが分かる。

「親父さんに似てないだろう」竜神が笑いながら言って、怜人に確認した。「お袋さん似だよな？」

「そうですね、よく言われます」怜人が認める。口調は快活で、それだけは私の記憶にある長島の喋り方を彷彿(ほうふつ)させた。

「レースの後で、話をする時間を作るから。携帯に電話するよ」竜神が言った。

　私は反射的に腕時計を見た。男子十キロフリーのスタートまで、あと一時間半。おそらくトップ選手は、十七分台でゴールするはずだ。それから何だかんだあって、じっくり話ができるようになるのは、レース開始から一時間後ぐらいだろう。十二時半取材スタート、と私は頭の中にメモした。

「じゃあ、レースは観てるから。頑張って下さい」私は怜人に向かってうなずきかけた。

「ありがとうございます」怜人が素直に頭を下げた。それから竜神に促され、踵を返して去って行く。並んで歩く様は、何だか不思議な感じだった。親子というほど年は離れていないが、直接のライバルというには年の差は開き過ぎている。

　この大会も「全日本」なのだが、例によって報道陣の数は少ない。取材エリアも特に設けられておらず、どこで観ていても問題はなさそうだ。しかし私は、スタート・ゴール地点に陣取ることにした。

　蔵王(ざおう)のスキー場で行われるこのローラースキーのレースは、冬のクロカンコースを使って行われる。夏のスキー場は閑散としているわけで、地元の人たちにすれば、百人単位の選手が寝泊まりしてくれるだけでも、いい臨時収入になるのだろう。実際、一種のお祭り騒ぎとして捉えられているようで、大会に付随して様々なイベントも予定されていた。表彰式の時には、地元の子どもたちが太鼓を披露するらしい。ファンファーレ代わりかもしれないが、えらく和風の演出だ。

夏のスキー場は、本来寂しいものだ。飲食店や旅館などは建ち並んでいるのだが、多くは開店休業状態で人の姿は見かけない。私が高校までを過ごした南魚沼市でも、夏と冬では人口密度が圧倒的に違っていた。夏休みの時期などには、高校や大学の運動部の合宿に宿を提供するのだが、それでも冬に比べれば人出は「ちらほら」というレベルである。

しかし今日ばかりは、お祭り騒ぎだった。コース脇には旗が立ち並び、あちこちに屋台も出ている。何より、いったいどこから現れたのかというほど大勢の観客——冬のレースだと観客はほぼゼロ、声援を送っているのは選手の関係者だけというのも珍しくないのだが、このレースでは観客が沿道に並んでいる。それはそうだよな、と私は一人納得した。何しろ久々に竜神が顔を見せるのだ。地元の人に加えて、彼個人のファンも押しかけているのだろう。

「ガンバレー」

「堪（た）えろ、もう少し堪えろ！」

「そこ、抜けるぞ！」

素人さんが無責任なことを……と私は思わず苦笑した。今は、高校生男子の十キロクラシカルの最中。先頭が二周目を終えようとしていたが、まだ団子状態でレースは続いている。見慣れない人にとってはデッドヒートに映るかもしれないが、距離が短いと、最後まで差が開かない展開も珍しくない。

レースは、スキー場のふもとを走る一・五キロの周回コースを使って行われる。当然、距離によってゴール地点は異なってくるわけだ。男子十キロフリーの場合、六周と三分の二。ゴールを見届けるためには、スタート地点から五百メートルほど移動しなければならない。私の足で五百メートルを走り切るにはそれなりの時間がかかるので、今日はジョギングシューズを履いてきている。これでどれだけ時間を稼げるかは分からないが、革靴よりはましだろう。

まずスタート地点に陣取った。この辺りが、見物客の姿もひときわ多い。数名の制服警官がコース沿道に立ち、見物客が道路にはみ出さないように誘導していた。もっとも、歩道に鈴なり、というほど人がいるわけではなく、警察官の表情ものんびりしたものだった。

高校生のレースが終わり、いよいよ竜神たちの出番になった。出走は二十五人。竜神の姿はすぐに見つかった。依然として日本人のクロカン選手としては大柄だし、現役時代と同じように上下黒で揃えているので、色とりどりのウエアの中では逆に目立つ。ナンバーカードは一三三番、と頭に叩きこんだが、それが分からなくても見失う心配はなさそうだった。怜人は……竜神のすぐ後ろにつけている。こちらのナンバーは一五六番。やはり背は高い方なので、集団の中にいても紛れることはないだろう。

竜神が、頭に引っかけていたサングラスをきちんとかけ直す。私は、じわじわと背中を汗が伝うのを感じた。先ほど確認したところでは、気温は三十二度。しかも雲一つない快晴だ。標高が高いせいか、頭に降り注ぐ陽光は、平地よりも凶暴な感じがする。氷点下の中で五十キロを滑るのと、三十度を超える真夏の十キロとどちらがきついのだろう、とぼんやりと考えた。

竜神がストックを握り直した。ああ、この感覚は何だか懐かしい。サングラスを下ろしてからストックを握り直し、この次は……そう、左右同時に、かなり強めにストックの先端をアスファルトに打ちつける。スタート直前の、儀式めいた動作である。同じようにストックでアスファルトの感触を確かめる選手は多く、「カツカツ」という硬い音が塊になって、私の耳にまで届いた。竜神を呼ぶ黄色い声が、唐突に空気を切り裂く。

スタート。

竜神はいきなり飛び出した。道幅一杯に広がっていた選手たちが、最初の左カーブでインを突こうと、一斉にラッシュする。しかし竜神は上手く頭を押さえ、トップに立った。よし、悪くない。「逆転の竜神」は、序盤から中盤にかけての弱さの裏返しなのだが、今日は一気に先頭に立って、そのまま逃げ切るレース展開を考えているのかもしれない。なにしろ、時間にしてわずか十数分の勝負なのだ。

最初の左カーブで、竜神は鋭く中へ切れこんだ。少し危なっかしい感じがする……このコースは、スキー場の道路らしくアップダウンが激しい。スタートしてすぐの左カーブから続く直線は、緩い下り坂になっているのだ。曲がり切った後にいきなりトップスピードに乗って、転倒してしまう危険もある。しかし二十五人の選手たちは、無事にカーブをクリアして、全員がスタート地点からは見えなくなった。

それまで息を止めていたのに気づき、私は大きく深呼吸した。これからしばらく、選手たちが戻って来るまでは暇だ。これが冬場の五十キロのレースになると、選手が正面に戻って来るのに十五分ほどもかかることがある。しかし一・五キロの周回レースだと、わずか数分の待ち時間で済む。

急に周りが静かになったのに気づく。選手がいないのだから、声援の送りようもない。静かな話し声が聞こえてくるだけだった。スタート地点に設置された時計を睨みながら待つ……五分経過。その瞬間、遠くから歓声に混じって、ストックがアスファルトを打つ音が聞こえてきた。目を凝らして状況を見守るが、まだ選手一人一人は判別できない……いや、竜神が先頭にいないことだけは分かった。間もなく、怜人が集団の頭を押さえているのが見えた。一五六番のナンバー、それに上がパープル――大学のカラーでもある――で下が蛍光オレンジという極めて目立つ色合いなので間違いない。

スタート地点に向けて緩い下り坂が続くので、スピードが乗っている。怜人は私の二メートルほど前をあっという間に通り過ぎてしまい、息遣いも聞けなかった。しかしリズムに乗っており、非常に安定した滑りをしていることだけは分かった。

そのすぐ後ろに竜神……十人ほどで形成するトップグループの四番目から五番目につけていたが、怜人との差は五メートルほど開いている。おいおい、と私は思わず目を細めた。「高い壁になる」つもりが、まさかこのまま負けてしまうんじゃないだろうな。それで竜神があっさり、再度の現役引退でも表明したら、私の出版計画は完全に終了だ。もちろん、ローラースキーと本番のクロカンではまったく別のレースになるだろうが……。

俺の本に、日の目を見させてくれよ——極めて個人的な理由で、私は密かに祈った。

二周目。戻って来た時、竜神は七番手、トップグループの最後尾にまで落ちていた。複数の女性の声で悲鳴が上がる。やっぱり駄目か……二年のブランクは、私が想像したよりも大きかったのかもしれない。トップは依然として怜人。彼の逸材ぶりは明らかで、「親子選手」としての話題もある。今日のレースについては記事にする予定なのだが、主役を竜神から怜人に変更しなければならないかもしれない。本意ではないが、記者の本能として、私は怜人を主語に据えた原稿を頭の中でこねくり回し始めた。

主役はいつかは交替する。

自明の理だが、こんな形で竜神が王座を陥落する姿を見たくはない。

しかし竜神は、落ちなかった。トップグループに入ったまま、次第にトップとの差を詰めていく。

六周目。トップグループの七人の顔ぶれは変わらない。怜人のリードが少しだけ大きくなっていた。残り一キロ、これからが胸突き八丁で、選手の本当の力量が試されるところだ。怜人の表情も相当苦しそうで、少し口が開いている。

竜神は……厳しく口を引き結んでいる。体はしっかり動いているが、いっぱいいっぱいという感じもする。だが——一瞬だけ、沿道に視線を投げた。サングラス越しなのではっきりしないが、目が合った感じがする。そして唇が皮肉に歪んだ。その瞬間、私は竜神が余力を残していることを悟った。

選手たちが去った後、慌てて人混みを縫って移動を始める。途中から完全に走り出し、ゴール地点に向かった。既にテープが用意されており、猶予は数分しかない。呼吸を整えながら、人混みの中で隙間から顔を突き出して、最初に入って来る選手を待ち構える。

来た。

左カーブを曲がって、最後の直線。怜人……いや、竜神が強引にインサイドに割りこんでくる。あそこはわずかに上りになっているのだが、竜神の滑りはリズムに乗り、力強かった。マラソンランナーがトラック勝負を仕掛けるような、力強いラストスパート。

カーブを曲がり終えたところで、竜神が体一つ前に出た。なおもスピードを緩めず、最後の緩い上りを一気に上がって来る。怜人の腕の振りは、明らかに鈍くなっていた。スタミナ不足か、レースの経験が少ないために組み立てができなかったのか。

　残り五十メートルで、竜神はセーフティリードを保った。後ろを振り向いて確認するかと思ったが、完全に前を向いたまま、スピードを落とす気配はない。さらにリードを広げてゴールした。途端に歓声と拍手が爆発する。

「完全復活かね」誰かがつぶやく声を聞き、私は思わず周囲を見回した。小柄な男が、腕組みをしたまま、ゴールした竜神の背中を追っているのに気づく。

「まだ分かりませんよ」私は反射的に答えてしまった。

「そう？」男が私の顔を見た。黒いポロシャツにジーンズという軽装で、大きなショルダーバッグを斜めがけにしている。年の頃、四十歳ぐらいか。「逆転の竜神は健在だったじゃないですか」

「問題はそれを意識してやっているかどうか、ですね。後で聞いてみますけど」

「あなた、関係者？」

「新聞記者です」

「ああ」男が納得したようにうなずき、バッグの中を探った。名刺を取り出して、私に差し出す。私は自分の名刺を渡しながら、男の肩書と名前を頭に叩きこんだ。「カジマ

営業二部主任　守永一郎」。一瞬、私は混乱した。カジマは日本最大のスポーツ用品メーカーで、特にシューズに強い。海外のプロ選手から国内のアマチュアランナーまで、カジマのランニングシューズは大人気だ。しかし、スキー関係の商品はない……何となくピンときた。スキー分野に乗り出すならば、広告塔になる選手が必要になる。もしかしたら竜神に目をつけて、交渉するつもりかもしれない。スポーツ用品メーカーの営業マンというのは、とにかく執念の塊だ。しかも使命感を帯びている。自社製品を売り出すことだけでなく、自社製品を使った選手に勝って欲しいと願うあまりに、マネージャー的に雑用を引き受けることも珍しくないのだ。記録へのこだわりは選手やコーチ並みだと言ってもいい。

「この手の大会まで取材に来るんですか」どこか疑わしげに守永が訊ねる。

「竜神の取材ですよ」

「そう言えば、彼の復活は東日スポーツさんの特ダネでしたね」

よく読んでいるものだ、と私は感心した。普通の人は、ある記事が特ダネかどうかなど気にもかけないのに。

「で、あなたの目から見て、完全復活とは言えない？」

「と、思いますけどね」相手の真意を計りかね、私は曖昧な答えを返した。「いずれにしても、このレースだけで判断するのは気が早いと思います」

「昔より、ひと回り体が小さくなった感じもするけど」

「ああ、それは……まだ取り返してないんでしょうかね」同意してうなずいた。竜神は「五キロ戻した」と言っていたが、数字には表れない部分もある。何となくこの話は避けたくなり、私は話題を変えた。「今日は視察ですか?」

「ええ、まあ。いろいろな競技を見ておくのも、営業の仕事なので」

「カジマさん、本格的にウィンタースポーツに乗り出すんですか?」

「どうですかねえ」守永が苦笑した。「何しろ先人は巨人ばかりだから。専門メーカーの隙間に食いこむのは難しいですよ」

私は無言でうなずいた。彼の言い分には一理ある。しかし実際、カジマはかつて――それこそ竜神を足がかりにして、ウィンタースポーツのグッズ開発に本格的に乗り出そうとしたことがあった、と思い出した。諸々の事情――最終的には竜神の引退――があって、話は流れてしまったのだが、竜神を軸に巨額の開発資金が動いていたことになる。

「まだ、ドラゴンじゃない感じかなあ」守永が自分に言い聞かせるように言った。

「そういう感覚的なものは、本人にしか分からないでしょうけどね」

「ただ、ひと回り小さくなった感じがする。あれじゃ、ドラゴンになれない。いいところ、ヘビかトカゲかな」

皮肉な言い方にむっとする。しかし守永は、それほどひどいことを言ったとは思っていない様子で、涼しい顔でさっと一礼すると、私から離れていった。

竜神の復活を揶揄（やゆ）する人間もいるかもしれない。それも、「身内」とも言える中に――

私はかすかな不安を覚えた。

3

さすがに疲れた――私は夏に弱いのだ、とつくづく実感する。記者生活のうち半分以上は、ウィンタースポーツの担当としてスキー場やスケート場にいたのだから、当然かもしれない。しかし真冬のスキー場にいればいたで文句を言っていたのだ、と思い出す。とにかく、三十度を軽く超える気温、そして強い日差しに晒され、頭が少しだけくらくらしていた。本当はもう一泊してゆっくり帰りたかったのだが、明日は午前中、東京で別件の取材が入っている。レース後に竜神、それに怜人に取材し、原稿を送ってから、午後五時過ぎに山形を出る新幹線に乗った。東京着は八時前。三時間ほどの行程だが、やたらと遠く感じる。下手をすると、途中の駅で待ち合わせもある。実際福島までは、スピード自体も私がいつも通勤に使っている京急の方が速いのではないか。
東京へ着いたら、真っ直ぐ家に帰りたい。寄り道しないためにと、山形駅で駅弁を仕入れて新幹線内で夕食を済ませることにする。山形と言えばこれ、ということで名物の牛めし——考えてみれば、高級な牛丼だ。ついでに三百五十ミリリットルのスーパードライ——五百ミリリットルを呑み切る自信がなかった。相当弱ってるな、と自覚する。

急にビールを呑む気もなくなった。食べる前に少し寝ておこう。頭痛を感じて、私は目を閉じた。睡魔が急激に襲ってきたが、ふいに嫌な震動を感じて目を開ける。見ると、隣に守永が座っていた。

「どうも」守永がぶっきらぼうに挨拶した。

「ここ、指定席ですけど」睡眠を邪魔されて、さすがにこちらもぶっきらぼうに答えてしまう。

「少しぐらい大丈夫ですよ。空いてますし」

確かに。日曜の夜に上京する人も少ないのか、車内はがらがらだった。おそらく福島までは、途中から乗ってくる人も少ないだろう。まあ……話があるなら話そう。スポーツ用品メーカーの人間だって、ネタ元になるかもしれないのだから。生来の好奇心が芽生えてくるのを感じて、私はシートに座り直した。シートテーブルに置いた弁当は……立ち上がって棚に上げた。

「何かお話でも？」

「ちょっとだけ時間をいただければ」

守永がちらりと腕時計を見る。ロレックス。営業マンはそんなに儲かるものだろうか、と私は訝った。

「大丈夫ですよ」私も腕時計に視線を落とした。長年使っているカシオのGショック。時々タイムを計測することがあるから、頑丈で正確なクオーツ時計が一番なんだ、と自分に言い聞かせる。それぞれの仕事に適した時計というのはあるはずだ。「で、どういうお話ですか」

「ずっと竜神選手についているんですか？」

「復帰の話を書きましたから、その流れですね」初対面の人間に話すことではないと思い、伝記の件は伏せた。

「昔も取材してました？　紙面で名前を見た記憶があるんですけど」

「オリンピックは取材に行きましたよ」何だ、こいつは？　親しげな態度に、私はむしろ警戒感を強めた。この男は……話している内容は大したことがないのだが、あまりにもずけずけとこちらの内側に入って来過ぎる。営業マンというのは、こういうものだろうか。

「そうですか。その頃の竜神選手と今の竜神選手、違いは分かります？」謎かけするように守永が訊ねる。

「それはあるでしょう。二年もブランクがあったんだから、元の体に戻すには時間がかかる……完全に戻すのは難しいかもしれませんね」

「そうね、無理でしょうね」

「何でそう言い切れるんですか?」むっとして私は聞き返した。

「環境が違いますから」

「環境?」

「環境というか……」守永が両手をこね回した。言葉を探しあぐねて……というより、言っていいかどうか迷っている感じがする。

「あの」私は座り直し、体を斜めに捻って彼の方を向いた。よく日焼けした顔に、短く刈り上げた髪。目は大きく、こちらの内心を見透かそうとしているようだった。「何が仰りたいのか、よく分からないんですが」

「竜神選手とは、仲はいいんですか」守永はまだ核心に入るつもりがないようだった。

「仲がいいというか……ずっと取材してましたからね」

「番記者みたいなものだ」

「そう、ですね」高校の同級生だということは明かさずにおいた。プライベートな情報は教えたくない。

「どうですか?　身近で見ていて、現役時代の彼と今の彼の違いは何だと思いますか」

守永が繰り返した。

「何だと言われても」

「体の大きさ、はっきり違うでしょう」

二年間で落ちてしまった筋肉を数か月で取り戻すのは不可能ではないだろうか。昔のように、命を削ってまで自分を追いこむような練習はできないだろうし……先日、彼の筋トレを見学していた時のことを思い出す。ベント・オーバー・ローイングでバーベルを取り落とした時、ウェイトはどの程度だったのだろう。彼らしくない感じだったが——やはり、筋肉は完全に元に戻ってはいないのか。

「そろそろ、本番シーズンを見据えていかないとまずいでしょうけどねえ」

それは……守永が指摘した通りだ。今は八月。シーズン入りまで四か月ほどあるとはいえ、最終的に仕上げていくためにはいかにも短い。二年のブランクは、毎年繰り返してきた「体作り」を大きく中断させたのだ。本番までにどうなるかは、竜神にも波留にも分からないだろう。

「それで？　あなたはどうなんですか」何だか一方的に責められている感じになって、私は逆に質問した。

「私ですか？」守永が自分の鼻を指さした。「私が何か？」

「今回、どういう目的で山形へ？　やっぱり、カジマはウィンタースポーツへの進出を狙っているんですか？　それだったら、そちらの件も取材させてもらいたいですね」

「仮にそうなら、スポーツ紙ではなく、一般紙の経済面の話では？」

「一般紙よりもうちの方が、よほど縁が深いと思いますよ」

「なるほど……でも、そちらに取材していただくようなことはないと思います」

「だったら本当に、単なる視察ですか？」そんなことで出張が認められるのだろうか、と私は訝った。

「まあ、視察と言えば視察ですね。竜神選手がどうしているか、個人的に見たかっただけです」

「個人的に？　そんなに昔から彼のことを知ってるんですか」

「まあ、そうですね」

「この前のオリンピックでは……」

「いや、えー、あの時はカジマにいませんでした。アメリカにいましてね」相変わらず曖昧な喋り方だった。

「仕事ですか？」

「向こうの会社で働いていました」

会話は転がっているが、中身はない。この男が何をやろうとしているのか、まったく分からなかった。

「現役時代の竜神選手、大きかったですよねえ」唐突に守永が話を引き戻す。

「まあ……日本人選手としては。世界で戦える体でしたよね」

「ああいう体を作るのは、大変なんですよね」

「それはそうでしょう」

「持久力と筋力を両立させるには、限界を超えるトレーニングをしなければならない」

「あのですね」私は苛立ちを抑えられなくなった。「何が仰りたいのか、さっぱり分からないんですけど。いったい、何なんですか」

「普通のトレーニングであれだけの体が作れますか？　オリンピックでメダルを取れる力がつきますか？」

ふいに嫌な予感に襲われ、私は口をつぐんだ。守永は真剣な表情で、私の目を真っ直ぐ見詰めている。

「スポーツ選手が全員、綺麗なわけじゃない」ごく低い声で守永が言った。前後の席に客がいても、聞こえなかっただろう。「むしろ、勝つためには何でもするというのが、世界的な常識です」

「不正行為のことですか」一瞬、鼓動が跳ね上がる。

「あなたたちはだいたい、物事の表側しか見ていない。スポーツ選手の汗と涙、その結果の勝利――いい話ですね。誰でも感動します。でもその背景にどんなことがあるか、真面目に取材したことがあるんですか」

「つまり――」

「まあ、この辺にしておきましょうか」守永が皮肉な笑みを浮かべた。

「ちょっと待って下さい。いったい何が言いたいんですか」

「竜神選手のことは――」守永が素早く立ち上がった。周囲を見回すと、体を折り曲げ、私に覆い被さるように小声で続ける。「ご自分で調べてみたらどうですか。彼は、日本のヒーローだった。その役割をきちんとこなしてきた。その背景にあったのが何か――とんでもない話になるでしょうね。あなたがそこまで探り出せば、私も証拠を出せますよ。彼の仮面を引っ剝がしたらどうですか。本当の顔を見てみたら」

「本当の顔？　そんなものがあるなら、あなたが教えて下さい」

「いずれ、お話しする機会を作りますよ」

　守永がうなずき、そのまま去って行く――私は体全体が痺れたように動けなかった。しばらくそのまま固まっていたが、突然はっとして立ち上がる。振り返り、守永が歩み去った方向を見たが、既に姿は消えていた。追いかけないと――あんなことを言うからには、必ず裏があるはずだ。ただ竜神の名誉を棄損するために、話をでっち上げたとは思えない。

　いわば密室の新幹線の中だ、探せば必ず見つかる。問い詰めて、どういうことなのか白状させたい――そうしなければならないことは分かっていたのに、私の足は動かなかった。

　ようやく自分を取り戻した——冷静にこの問題に向き合う気になったのは、月曜の午後だった。午前中、美浜大陸上競技部の監督への取材を終え、社へ戻って自分のデスクについた瞬間、そもそも守永は何者なのだろう、という疑問が湧き上がってくる。そう言えば、と思いついて、私はデスクの宮田の側に歩み寄った。

「カジマにコネ、ありましたよね」

「何だよ、いきなり」宮田が顔をしかめる。

「一年ぐらい前に、カジマのシューズについて記事を書いてたでしょう」

「ああ、やったね」

　宮田が認める。私の記憶は確かだった。確か、宮田がデスクになって現場を去る直前に書いた記事である。

「今でも誰か、つながってますか？」

「どうかな……」宮田が顎を撫でた。「広報の人間が異動してなかったら、話はつながるけど」

「広報じゃなくても、営業とか……営業の方が助かりますけどね」

「それはない。営業には取材してないし。広報を通して、開発部門に聞いただけだよ……それで、何なんだ？」

「取り敢えず誰か、紹介してもらえませんか？」

「取材だったら、広報に直接電話すればいいじゃないか」

「取材……じゃないんですよ、この件は」私は必死に言い訳を探した。嘘の一つや二つ、何とも思わないが、上手い具合に思いつかない。仕方ない、頭を下げるか。「今はちょっと言えないんですけど、探りを入れておきたいことがあるんです」

「やばそうな話じゃないのか」宮田が目を細めた。露骨に疑っている。

「やばいかどうかは分かりませんけど、とにかく、当面は極秘でいきたいんです」

「原稿になる話なのかね」

「それも、何とも言えません」

今のところは適当に誤魔化すしかない。私は唇を引き結んで、宮田の反応を待った。宮田は口をへの字にしていたが、ほどなくふっと息を漏らして自分の携帯を取り出し、確認した。

「俺が取材した時の広報の担当者は、室生（むろう）という若い奴だった」

「話の分かる人ですか」名前をメモ帳に書きつけながら、私は確認した。

「ま、普通だよ。普通の真面目な広報マン。だから、あまり変な話を持ちかけるなよ」

宮田が釘を刺した。

「大丈夫ですよ。宮田さんの紹介だと言っていいですよね？」

「しょうがねえな。原稿になりそうだったら、すぐ声をかけてくれよ」

「当然ですよ」

軽く言ったが、この話がどこへ転がっていくかは分からない。「国民的ヒーロー」が、「ドラゴン」が、「逆転の竜神」が、もしも不正な手法でメダルを手にしていたら——それを暴けば、自分たちが書いてきた記事の全否定にもなる。「何故気づかなかったのか」と非難も集中するだろう。

私はこそこそと自席を離れ、廊下に出た。階段を降り、踊り場で携帯電話を取り出す。ここを通る人は少ないので、内密の話をするには適しているのだ。

「はい、カジマ広報部です」少し高い、通りのいい声だった。

「お世話になります。東日スポーツの杉本と申します」

「はい、いつもお世話になります」

「室生さん、いらっしゃいますか」わざと軽い口調で言った。

「はい、私、室生ですが」かすかに懸念するような口調に変わる。新聞記者から名指しで呼ばれたら、やはり緊張するだろう。

「あ、どうも。うちの宮田からの紹介なんですが」

「ああ、宮田さん」急に室生の声が快活になった。「去年、取材でお世話になりました」

「実は、内密の話がありまして、ちょっとお会いできませんか?」電話では済みそうにない。

「あの……何かまずい話なんでしょうか」室生が警戒するような口調で言った。

「まずいというより、よく分からない話なんです。知恵を貸していただけませんか？　すぐにそちらに伺いますので」

「広報部として受けるべきお話なんですか？」

「そういうわけではありませんが、お願いします」私は虚空に向かって頭を下げた。

「……分かりました。今日ですか？」

「できれば、お願いします」

「夕方から会議がありますので、そうですね……三時ぐらいまでにいらしていただければ。一時間ぐらいは大丈夫です」

「助かります」電話を切って、息を吐く。さて、どうなることか……どこへ転がるか予想もつかない話だ。できるだけ慎重にいこう、と私は心に決めた。


室生は、声がイメージさせる通りに爽やかなルックスの男だった。年の頃、三十歳ぐらい。スリムな体型は、長距離競技の経験をイメージさせる。カジマはアスリートを積極的に採用しているから、その枠なのかもしれない。

何となく事情を察したのか、室生は私を受付で待ち構えていた。名前を告げた途端に、受付の脇から飛んで来て名乗る。

「室生です……ちょっと外でお茶でも飲みませんか？」いきなり切り出した。

「構いませんけど……」

「何となく、中で話しにくいんですが。そういう話じゃないんですか？」

「そうかもしれません」

「だったら、外へ行きましょう」

うなずき、室生はさっさと歩き出してしまった。汗も引かないうちにまた外かと、私は少しだけうんざりしていた。何しろ今日も、最高気温は三十五度である。首都高沿いに、最寄り駅の飯田橋の方へ少し戻っただけで、また汗が噴き出してしまった。室生は、目白通りから少し引っこんだ場所にある小さな喫茶店に私を誘った。

「ここなら、会社の人間は来ませんから……見つかったらまずい話なんですよね？」心配そうに室生が訊ねる。

「それが、まずいのかどうか、私にも分からないんです」

室生の眉がくいっと上がった。しかし実際、何とも説明しにくい話なのだ。二人ともアイスコーヒーを頼んでから、私は守永の名刺を差し出した。

「うちの名刺ですね」室生が名刺の裏表を確かめてから言った。

「間違いないですか？　名刺の偽造ぐらい、簡単にできそうだけど」

「いや、間違いないと思いますよ」室生が、名刺の右上にある会社のロゴマークを撫でた。「これ、創設五十周年で特別に作った名刺なんです。ロゴマークがエンボス加工になっていますから、偽造は難しいと思います」

「そうですか……」

「この名刺が何か?」

「この人……守永さんは、間違いなく御社の社員ですか?」

「そうですね。去年、中途で入って来た人ですけど……うちも、それほど小さい会社ではないので、詳しいことは分かりませんよ」

私は守永の人相を確認した。二人で間違い探しをやっているような気分になったが、しばらく検討した結果、私に名刺を渡した相手は守永に間違いないという結論に至った。

「守永が何か、問題でも起こしたんですか」室生が慎重に訊ねる。

「昨日、山形でお会いしたんですよ。ローラースキーの大会で」

「はあ」室生はぴんときていない様子だった。

「ローラースキーの大会にまで、営業に行ったりしますか?」

「それは……ないと思いますよ」室生が自信なさげに答える。「うちは、ウィンタースポーツ関係の商品は扱っていませんから。今のところ、開発の予定もないです」

「だったらどうして、守永さんは山形に行ったんでしょう」私はさらに突っこんだ。

「それは分かりません」室生が首を横に振った。「さっきも申し上げましたが、うちも小さい会社ではないので。営業の動きを、広報がいちいち把握しているわけじゃないんです」

「それは分かります」少なくとも収穫は一つあったのだ、と私は自分を納得させようとした――守永がカジマの社員だとは分かったのだから。しかしもう一つ、あるいは二つ、突っこんだ情報が欲しい。「ところで彼、以前アメリカで仕事をしていたそうですね」

「ああ……」ふいに室生の顔が曇った。

「どうかしましたか?」

「いや……」

「向こうの会社にいたと聞きましたけど」室生が居心地悪そうにしている理由が分からなかった。

「それは……そうです。そうでした」急に思い出した――ような振りをしているようにも見える。

「どこなんですか? やはり向こうのスポーツ用品メーカー?」そんな会社に日本人が入りこむ隙間があるのだろうか。私は新進のアップワイルド社辺りを想像していたのだが……。

「違います」

否定したということは、どこにいたか知っているわけだ、と私は判断した。

「スポーツ・ラボ社はご存じですか？」室生がいきなり声を潜めて訊ねた。

「いや……」一度否定してから、私は記憶をひっくり返した。知らない会社だ。「どういう会社なんですか」

「薬ですね」

「製薬会社ですか？」

「いや、サプリメント関係に特化しているんです」

「ああ、アメリカはサプリメント大国ですからね」一度、出張で行ったロサンゼルスのスーパーで、店の真ん中、一番いい場所にサプリメントのボトルが山のごとく積まれていたのを見て驚いたことがある。アメリカ人の生活にサプリメントがどれだけ深く根づいているか、実感した瞬間だった。

「本当に何も知らないんですか？」室生が疑わしげに言った。

「いや、特に聞いてないですけど、何か問題でもあるんですか」私は次第に焦りを感じ始めた。

「はっきりしたことは分からないんですけど……」室生の口調もはっきりしない。「向こうで何か不正行為があったとか」

「どういう不正行為ですか」知らなかった悔しさを呑みこんで、私はさらに突っこんだ。

既に嫌な予感が頭の中で広がりつつある。ドーピングだ——サプリメントからドーピングへとつながる発想は、それほど飛躍を必要としない。竜神がドーピング？

「確定した情報ではなくて、あくまで噂なんですけどね。ＦＤＡ——食品医薬品局が極秘に調査に入っているという話もあるんです」

「もしかしたら、バルコのスキャンダルと同じような感じですか？」

バルコ・スキャンダルは、ドーピング問題史上最大の事件とも言える。何しろ巻きこまれたのが、マリオン・ジョーンズにティム・モンゴメリにバリー・ボンズだ。多くのアスリートが選手生命と名誉を失い、傷跡は未だに深い。

「今のところ、何とも言えないんですよ」室生が慌てて否定した。「本当に、単なる噂ですから。うちも調べてるわけじゃないし、そもそもそんな権限もないですからね。そういうことは、新聞社の方がよく知ってるんじゃないですか」

「いや」私はむっとしながら否定した。情けない話だが、スポーツ紙はスポーツ以外のジャンルには極めて弱い。親会社の東日新聞の方で摑んでいる可能性もあるが……あそこは、アメリカ各地に特派員を置いて、政治・経済・社会と幅広く取材している。

気を取り直して、私は質問を再開した。

「守永さんは、そこの社員だったんですか」

「ええ」

「御社で雇用する際に、問題にならなかったんですか」

「変な噂が出始めたのは、彼が入社してからですよ。うちとしてはむしろ、スポーツ・ラボ社で働いていた経歴を前向きに捉えていたぐらいです。何しろサプリメント関係に関しては、全米で五本の指に入る規模の会社ですからね。特にスポーツ系のサプリメントには強くて、もしかしたらそのノウハウをうちの会社でも生かしてもらえるんじゃないかって」

「実際のところはどうだったんですか？」

「向こうでも営業を担当していた人ですから、こちらが期待していた……サプリメント開発の核心に触れるようなことは知らないですよね」室生が苦笑した。「営業だって、自社製品のことは完全に把握していなくちゃいけないけど、開発者ではないから。その違いは大きいですよ」

「それはそうですね……それで、スポーツ・ラボ社にいた経歴は、逆に問題になっていないんですか？」

「うーん……」室生が腕組みをした。困り切った表情で、唇を尖らせる。「それは何とも……社内でもいろいろ言う人はいるんですが、とにかく全てが噂の域を出ませんから」

「もしかしたら、スポーツ・ラボから逃げ出したんですかね」

「ああ……」室生が腕を解き、爪を弄り始めた。集中力が切れ始めているというより、何とか話を誤魔化そうとしているように見える。「その可能性はありますよね。沈みかけた船に、最後まで乗っている必要はないわけだし」

「守永さんが何か違法行為をしていた可能性は？」

「それは、私には何とも言えません。はっきりしたことは一つも分からないし」

「向こうで営業をしていたという話ですよね。具体的に何をしていたんですか？」

「私は詳しくは知りません。営業の連中なんかには話しているかもしれないけど、普段つき合いがないですからね」

「その辺、探ってもらうことはできないですか？」

「何で私が」会ってから初めて、室生がむっとした表情を浮かべた。「だいたいこれ、何の話なんですか？　会社の中を探れって……そんなことを記者さんに言われて、素直に『はい』とは言えませんよ」

「失礼」慌てて頭を下げる。難しいところだ。カジマ自体の問題ではないのだから、突っこみ方は難しい。「守永さん個人の問題ですよね」

「会社としては、社員を守るべきなんでしょうけど、そんなに気になるなら、守永さんに直接確認してみればいいじゃないですか」

突き放すように室生が言った。その冷たい言い方で、守永は社内でも疑惑を持たれているのでは、と私は推測した。不正行為を疑われている会社の元社員。泥舟から素早く脱出したのかもしれないが、本人が不正行為にかかわっていないという証拠はあるのか——云々。

私は室生に礼を言って話を打ち切りにした。目白通りに出たところで左右に分かれ、私は飯田橋駅の方へ向かって歩き始めたのだが、背中に室生の視線がずっと張りついているように感じた。振り返って、それを確かめる勇気はなかったが。

4

表沙汰になりそうもない情報にどうやってアプローチするか——私はジレンマに陥った。アメリカにはロサンゼルスとニューヨークに駐在員がいるが、彼らに直接話を聞こうにも、時差の関係ですぐには無理だ。日本は夕方、向こうは真夜中である。思い切って、面識のない二人の記者にメールを打った。スポーツ・ラボという会社のドーピング疑惑について、何か情報はないか——守永の名前は伏せておく。まだ何がどうなるか分からないし、社内の人間にもあまり情報を広めたくなかった。

そのまま時間だけが過ぎる。

待つしかない時間があるのは分かる——記者の仕事など、半分は「待ち」だと言っていい。そんなことは分かり切っているのに、私は苛立ちを抑えるのに難儀していた。宮田がちらちらとこちらを見ているのに気づいたが、話しかけることはできない。今はまだ、デスクと情報を共有すべきタイミングとは思えなかった。仕方なく、午前中に行ったインタビューをまとめにかかる。秋の長距離シーズン、その先の箱根駅伝に向けて、指導者たちのインタビューで連載記事を作る予定だった。

……没頭できない。

よくある仕事で、相手が喋った言葉のニュアンスさえ間違えなければいいのに、今日はどうにも上手くいかなかった。気持ちがあちこちに飛んでしまう。

一つ溜息をつき、背伸びをした。コーヒーでも飲むか。それもとびきり濃く、熱いやつを。立ち上がりかけたところで、メールが届いているのが分かった。慌てて座り直し、確認する。ロサンゼルス駐在の池本(いけもと)だった。タイムスタンプを見ると、午前一時。こんな時間まで何をしているのか……と思ったが、考えてみればそれほど遅い時間ではない。大リーグのナイトゲームを取材して原稿を送り終えれば、今頃ようやく一段落、という時間帯だろう。

二歳年下の池本とは直接面識はなかったが、向こうは丁寧な返信をくれた。

池本@ロス駐在です。お疲れ様です。

お訊ねの件ですが、噂としては聞いたことがあります。スポーツ・ラボ社はアスリート向けのサプリメントで売り出した会社ですが、営業力に定評があり、アメリカだけでなくヨーロッパの選手へも盛んに営業をかけていました。

その中で、ドーピング薬を勧めていたという噂があります。詳細は不明ですが、遺伝子ドーピングで、検出不可能なもの、という噂です。こういうことは、為(ため)にする情報も多いので全面的には信用できませんが、火のない所に煙は立たないかと。

同社は、一年ほど前に実質的に業務停止しています。表向きの理由は業績不振ということですが、黒い噂は絶えません。当局が調査に入るという噂も流れています。

小職、シーズン中は残念ながら大リーグの追いかけでほとんど他の取材の時間が取れません。ただ、日本サイドでネタが取れる状況があれば、いつでもサポートに回ります。ＮＹ駐在の橋上(はしがみ)とも情報を共有しますので、何かありましたらご連絡いただければ幸いです。

つまり、噂は確実にあるわけだ。問題はそこから先……私は両手をキーボードに置いたまま、天井を見上げた。返信はどうするか。今の段階では、これ以上の情報は流せないから、むしろ素っ気なく行こう。

池本様

三部遊軍・杉本です。早々の返信、ありがとうございました。

スポーツ・ラボ社に関してドーピングの噂があるとのこと、了解しました。こちらでも詳しいことはまったく分からないのですが、この噂は案外業界内に広がっている様子です。いずれ火が点く可能性がありますので、引き続きウォッチします。

何か分かりましたら、こちらからも連絡しますので、情報交換を密にしましょう。


こんなものだろう。読み返して、送信。ほっと吐息をついて、もう一度池本のメールを読み返した。

ヨーロッパ、か。

ヨーロッパには、アメリカとはまた違うスポーツ文化がある。アメリカのプロスポーツが、「四大スポーツ」の野球、アメフト、バスケットボール、アイスホッケーを中心に回っているとすれば、ヨーロッパのそれはもっと多種多様である。最もメジャーなのはサッカーだろうが、モータースポーツや自転車競技も人気があり、多くの観客を集める。

そしてウィンタースポーツ。

実際に私も、何度かヨーロッパで取材してみて、会場の盛り上がりに驚いたものだ。それだけ注目を集め、選手も厳しい競争を余儀なくされるとすれば、ドーピングに手を染める発想も理解できなくはない。そして竜神……いや、あいつは日本人だ。私の記憶では、今まで「間違い」以外で日本人がドーピング違反に問われたことはほとんどない。禁止薬物が入っている風邪薬を間違って飲んでしまったパターンなのだ。

だが、遺伝子ドーピングだとしたら、どうだろう。

遺伝子ドーピングは、その技術が完成しているともしていないとも言えない。「検出不可能」と言われているが故に、もしも使っている選手がいても、本人が告白しない限り、分からない可能性が高いのだ。

何故日本人はドーピングに手を染めないのか……国民性だ、とよく言われる。不正な手を使ってまで勝ちたくない、そこまで勝利にこだわるのは潔くない——それこそ「サムライ」の発想なのか？

そうかもしれない。

多くの日本人にとって、スポーツは未だに「修練」の場なのだろう。一方、世界的には、スポーツはビッグビジネスの代名詞である。貧困から這い上がるために利用する人もいるだろうし、富める者はその金を使ってさらに富を増やすことができる。金儲けの手段としては、比較的簡単なのではないか？　しかも日々新たなヒーローが生まれる。

そういう世界で生き残ろうとして、ドーピングに手を染める選手が後を絶たないことは、実例からも明らかである。これでいいのかと思う半面、何だか真面目に規制を守っている日本人選手のやり方が、馬鹿馬鹿しく思えてくることもある。

数年前、紙面でドーピングの連載をしたことがある。その時に日本人選手にもインタビューを試みたのだが、判で押したような答えが返ってくるばかりだった。

「卑怯な手を使ってまで勝ちたくない」

「スポーツマンシップに反する」

「ルールを守ってこそ、勝つ意味がある」

それはそうだ。彼らの言い分はまったくもって正しい。しかし……私はその都度もやもやした気分を抱えたものだ。日本人選手が歯が立たない競技で活躍する海外の選手には、依然としてドーピングに手を染めている人間が少なくないはずだ。要は、ばれていないだけなのではないか。ドーピングに関しては、摘発側を常に上回るスピードで新薬が開発され、永遠のいたちごっこだと言われている。仮に遺伝子ドーピングが実現しているとすれば、このいたちごっこもついに終わるかもしれない——ドーピングする方の勝利として。

さすがに今日は、もう連絡はこないだろう。いや、ニューヨーク駐在からの返信を待って、もう少し会社にいるべきか？

無駄だ、と判断する。だいたい、会社にこもっているうちに、次第に押し潰されるような感じになってきたのだ。嫌いなわけではないが、長居すべきではない場所――それが私にとっての会社、編集局である。いい加減、建物が古くなっているせいかもしれない。真新しい、清潔な建物なら居心地がいいかもしれないが、本当に今の建物は……特に編集局を一言で形容すれば「雑然」だ。一日の仕事が終わった後の惨状は、爆撃の跡さながらである。ゲラがあちこちに散らばり、全面禁煙になっているのに誰かが吸った煙草の吸い殻からまだ煙が上がり、食べ散らかした夜食の容器がデスクの隅に積み重ねられている。不潔だが馴染みの、いつもの光景。

帰ろう。仮にアメリカの駐在記者からメールがきても、自分のスマートフォンに転送しているからどこでも読める。便利な――会社に居座っている必要がない――半面、どこへ行っても仕事に縛りつけられる息苦しさも感じる。

パソコンをシャットダウンして立ち上がる。宮田がちらりとこちらを見たが、目を合わせないようにした。私もしつこさでは人後に落ちない自信があるが、それは宮田も同じである。摑まると煩そうなので、頭も下げずに遊軍席を離れた。

しかし……宮田の呪縛からは逃れられたが、新たな呪縛に摑まった。それは私としては望むべきものでもあったが、タイミングがまずい。徒手空拳――情報が足りない状態で会うべき相手ではないのだ。

ところが、電話をかけてきた守永はしつこかった。

結局私は、一時間後に彼と落ち合うことになった。

嫌な店だな、というのが第一印象だった。守永は、神保町(じんぼうちょう)にある喫茶店を指定してきたのだが、これが今にも朽(く)ち果てそうなビルの一階にある店だったのである。何となく空気が脂っこく、煙草の臭いが濃く染みついている。煙草を吸わない私にすれば、それだけでニコチン中毒になってしまいそうだった。しかし、先に店に着いていた守永は、平気な様子で煙草を吹かしている。図々しいその態度に少しばかりむっとしたが、できるだけ気持ちをフラットに保とうと努める。今日の守永は、標準的なクールビズだった。白いボタンダウンのワイシャツ一枚。スーツの上衣は、丁寧に畳んで自分の隣の椅子に置いてある。その上に、ごく薄いブリーフケース。商品のサンプルを持ち歩いているわけではないようだった。

彼は、私にとって何なのだろう……ネタ元？　そうかもしれない。ただ、彼の情報を字にすべきかどうか、まだ決められない。

私が前に座ると、守永は慌てて煙草を揉み消した。おしぼりに手を伸ばして、指先を神経質そうに拭う。私も、店員から手渡されたおしぼりで思い切り顔を拭いた。既に陽は落ちているのに、一向に涼しくなる気配はなく、神保町の駅からこの店まで歩いて来る間にも、汗だくになってしまった。心底、シャワーが恋しい。

「どうも、お呼びたてして」守永が頭を下げた。

「どうしてスポーツ・ラボ社を辞めたんですか」

私の質問に対して、守永が一瞬、きつく唇を引き結んだ。暑さのせいではなく——店内は凍えるほど冷房が効いている——顔が赤くなったが、すぐに表情を崩してにやりと笑う。

「さすがに、そのことは割り出したんですね」

「仕事なので」

「さすが、記者さんは手が早い」

「下らない謎かけはやめませんか?」むっとして、私は少しだけ声を荒らげた。

「謎かけ?」守永が首を傾げた。

「言いたいことがあるなら、はっきり言って下さい」

「私は十分なヒントを出したと思いますが」守永は他人事のような態度だった。

「嘘じゃないんですか」私は念押しした。

「証拠を出せると言ったでしょう」守永が平然と言い放った。

「あなたがそれを持っている?」

守永が肩をすくめた。それを見て、頭に血が昇るのを意識する。この男は、どこまで人を馬鹿にしているのか……突っこみ続けるよりも、搦(から)め手から攻めよう、と決めた。少しはこの男を焦らせて、顔を蒼褪(あおざ)めさせるところを見てみたい。

「ＦＤＡが、スポーツ・ラボに興味を持っているようですね」私はさらに突っこんだ。

「ＦＤＡは、どこにでも首を突っこんでくるんですよ」

「あなたは、沈みかけた船から逃げ出そうとしたんじゃないんですか」

守永の太い眉がぴくりと動く。アイスコーヒーのグラスを自分の方へ引き寄せたが、口をつけようとしなかった。その時、私のアイスコーヒーが運ばれてきたので、会話の中断が続く。この短い沈黙が、彼に立ち直る余裕を与えてしまうのでは、と私は恐れた。波状攻撃が必要だ。相手が黙りこむぐらいの勢いでいい。

店員——店と同じぐらい年期の入った初老の男だった——が去ると、私はちらりと振り返って彼の様子を観察した。カウンターの向こうに座って、本か何かを広げている様子である。他に客はいない。少しだけ前傾して、守永に顔を近づける。少し手綱を緩めることにした。これからさらにきつい攻撃を加え続けても、彼の仮面は割れない気がする。

「ちなみに、どうしてアメリカのサプリメントの会社に就職したんですか？　そういうところに伝(つて)があるとは思えないんですけど」

「ああ、別に伝じゃないですよ」守永がわずかに顎を上げた。「向こうの大学を出て、ちゃんと就職活動――アメリカでは就職活動とは言わないんですけどね――をした結果です」

「大学は――アメリカに留学したんですか」

「東京で大学を出てから、入り直したんです」

「それは、スポーツ・ラボの仕事と関係あることだったんですか」

「いやあ、営業は、大学では教えてくれない分野なんで」守永が皮肉に言った。「でも、知ってます？　世の中を本当に動かしているのは営業の人間なんですよ。売って、買って……会社と会社、会社と個人をつなぐのは営業なんですから」

「それは分かりますが――」

「大学も、営業学部のようなものを作ればいいのにね。大学時代から、徹底して実務を叩きこめばいいんです。知ってます？　大学の勉強って、実は社会に出てから役立つ物が結構あるんですけど、教えてくれないこともあるんですよね。その最たる物が営業なんです」

「それで、あなたは大学で何を専門に学んだんですか」私は長々と続く彼の話の腰を折った。

「日米で、運動生理学を」

「だったら、まさに学んだことを生かせる会社に入ったんじゃないんですか」

「そうなんでしょうね」

「海外の会社で仕事するのは、どんな感じなんですか？　ちょっと想像もつかないんですけど。やっぱり、仕事とプライベートはきっちり分けて、という感じですか」

「そういう会社もあるでしょうね。のんびりした会社なら、特に」

「スポーツ・ラボの場合は？」

「自宅に帰る暇がなかったですね」当時のことを思い出したのか、守永の顔に疲労感の陰が過った。

「それじゃ、日本のブラック企業みたいじゃないですか」

「出張が多くてね」守永がおしぼりを目の下に押し当てた。私はそろそろ震えがくるほど冷房が効いているのに、彼の額は汗で濡れている。

「アメリカは広いですからね」

「いや、私の担当は、主にヨーロッパでした」

「……しかも、ウィンタースポーツ？」核心に入ってきた、と思いながら私は彼の言葉の先を行った。

守永がアイスコーヒーを一口飲む。ゆっくりとグラスをテーブルに置いて、かすかに濡れた指先をおしぼりで拭った。

「あなた、どこまで調べたんですか」

「スポーツ・ラボの本社にまでは取材できていませんよ。だいたい、会社としてはもう、機能していないんですよね」

「そうですね」

「不正行為は、いつばれるんでしょうね。うちのアメリカ駐在の人間も、そういう噂があることは聞いていています。人の口に戸は立てられません」

守永が唇を引き結んだ。やがて、ワイシャツの胸ポケットから煙草を取り出す。一本くわえてライターの火を近づけたものの、手が震えて上手く火が移らない。見ているだけで苛々して、彼の手を押さえつけてやろうかと思った瞬間、煙草の先がぽっと赤くなる。深々と煙を吸いこむと、口を歪めるようにして、そっぽを向いて吹き出した。

「ＦＤＡだって、入念に調査はするはずですよ。トップアスリートが不正にかかわっているとしたら、一般の人が使うサプリメントも危険だと判断するかもしれない」

「それはない」

「何故そう言い切れるんですか」

「遺伝子ドーピングは、薬を飲んでどうこうできるものではないんです。入念な管理が必要だから」

私はかすかにうなずいた。この問題が浮上してから――つい数時間前だが――ネットで最低限のことは調べてみたのだ。

一言で言えば遺伝子ドーピングとは「感染」に似ている。遺伝子改変のための「ベクター＝運び役」として使われるのがウイルスだ。

遺伝子ドーピングの目的は、筋力増大、持久力強化など様々だが、それぞれの目的に合った遺伝子をウイルスに組みこみ、注射する。ウイルスは筋肉組織に感染し、人の体を作り替えてしまう――というのが大まかな仕組みだ。本来は、筋肉の病気などの治療方法として開発された方法だが、現段階で究極のドーピング方法であるのは明らかである。この辺については、社内にもこの問題を専門的に取材している専門家がいるから、後で確認……いや、やめよう。話が広がってしまうとまずい。

「何より問題なのは、検出方法がないことです。しかも一度遺伝子ドーピングを行えば、肥大した筋肉が元に戻ることがない――と言われています。実証はまだ不完全なんですけどね」守永が指摘した。

「ええ」私は相槌を打った。短い一言を発するだけで、喉が粘つくほど緊張している。

「間違っていると思いますか」

「間違ってるでしょう」私は即座に答えた。

「何故？」

私は一瞬言葉を失った。ドーピングは間違っている――それは明々白々のことであり、疑う余地のない定理のようなものだ。競技の公平性を損ない、アスリートの体に負担をかける。実際、現役生活を退いて後、早いうちに死亡したアスリートに関しては、ドーピングの影響が疑われているのだ。果たしてドーピングは、死と引き換えにしてまで行うべきものなのか。一瞬の栄光のために、自分の人生——命を捨てていいのか。

人道的な見地からも、許されるものではない。

「あなたが何を考えているかは分かりますよ」守永の声は穏やかになっていた。「確かにマイナス面は大きい。でも、選手はドーピングに惹きつけられるんです。匿名でのアンケート調査では、今でも半数のアスリートがドーピングを容認しているんですよ」

「意味が分からない」私は率直に本音を打ち明けた。

「分からないでしょうね。私にも分からない。例えば、飲めば圧倒的に営業成績が上がる薬があったとしても、私は飲まない。副作用で死んだら、意味がないからです。生きていてこそナンボ、でしょう。死んだら、稼いだ金も使えないし」

「そうですよ」

「ところが、アスリート以外にも、死んでも構わないという人がいるんですねえ……昔、ある作家と話したことがありますけど、その人は大傑作が書けるような薬があるなら、命と引き換えにしても飲みたい、と言ってましたね。思うに、私やあなたのように普通の人間——平凡なサラリーマンにとっては、命より大事なものはないでしょう。でも、尖った才能を持った人——トップレベルのアスリートや芸術家は、そんな風には考えない。自分の命よりも、記録や、自分が生み出す作品の方がずっと重い、と考えているんです」

「そういう風に考える人がいるのは、何となく分かります。賛成はできませんけどね
……それで、ドーピングを正しいことだと思っていないあなたが、選手にドーピングを勧めるのは、どんな気持ちなんですか」

私が切りこむと、守永が唾を呑む。喉仏が大きく上下した。指先では、煙草が細い煙を上げていた。ゆっくりと右手を下ろすと、煙草を灰皿に置く。こちらも年期が入っており、どうしても取れない灰の汚れが、隅の方にこびりついていた。

「死を覚悟してでもドーピングしようとする選手——そういう人に薬を勧めるのは、ある意味殺人ではないんですか」

「……違う」低い声で守永が否定した。

「何が違うんですか。自殺しようとしている人に、首をくくる紐(ひも)を差し出すのと同じことでしょう」

「そういうニーズがあるから応えていただけだ」守永の口調は強硬だった。

「そう考えないと、やっていけないんでしょうね」

ふいに、守永の肩ががっくりと落ちた。それまで精一杯体を支えていたつっかい棒が、いきなり折れてしまったようだった。

「この件は……実態は誰にも分からないんです」守永が力なく言った。

「誰がドーピング問題の裏で糸を引いているか？」私は悪の秘密結社の存在を想像してしまった。世界のスポーツ界を裏で操り、選手たちを薬塗(まみ)れにしている……いや、目的が分からない。ただし、彼らにとって、資源は豊富と言えるだろう。栄光を目指すアスリートは数年で世代交代し、引っかける相手は次々と現れる。「実際は、製薬会社やサプリメントの会社が手を出しているだけですよね」

「そういうことでしょう。我々も、誰がこの業界に参入しているか、薄らとは分かりますけど、確たる証拠はない。特に中国は謎です」

「中国、ね」確かにドーピングの噂は絶えない。

「でも今は、そういうことは考えないでいいでしょう。スポーツ・ラボが複数の選手に遺伝子ドーピングを施したのは間違いない。ただし、正式な調査の手が入るかどうかは分かりませんよ。遺伝子ドーピングを割り出すのは、事実上不可能なんだから。アメリカの役所や捜査機関も、泥沼にはまるような捜査はしたくないでしょうね」

「あなたは、会社の方針が嫌で辞めたんですか」彼にも良心が残っているのだろうか、と私は訝った。感覚が麻痺していなければ――あるいはそれで巨額のサラリーが得られなければ――選手にドーピングを勧めるのは辛い仕事のはずだ。

「違います」

「しかし――」

「辞めさせられたんですよ。馘です」守永の声がいっそう低くなった。

「何かやらかしたんですか」私ももう、遠慮をなくしていた。「会社に損害を与えるようなこととか」

「違います。そういうことは断じてない」守永が強い口調で否定した。「単に、会社の方針と私の考えが合わなかった、というだけです」

「ドーピング問題に関して？」

「それは――」

守永が口をつぐんだ。曖昧なその様子を見て、私は彼が嘘をついている、と確信した。

「守永さん、あなたの狙いが何なのかは分からないけど、正直に話してもらわないと、まったく信用できません」

「そう、ですか」守永が溜息をついた。すっかり短くなった煙草を取り上げて一服だけし、すぐに灰皿に押しつける。茶色いフィルターが無様に潰れた。

「金の問題でもあったんですか」

守永の肩がまたぴくりと動いた。当てずっぽうが当たったのだ、と私には分かった。

「私が自分の金だと思いこんでいたものを、会社は会社の金だと判断した。それだけの話です」

使いこみか——ケチな話に落ちていくのだろうか、と私は少しだけがっかりした。

「額は？」

「十万ドル」

日本円で一千万円……少なくはない額だ。会社が首を切ろうと考えるには十分だろう。何だか私も煙草を吸いたくなってきたが、我慢する。たまに酔っ払った時に人の煙草をねだることがあるが、翌日、必ず喉が痛くなるのだ。

「よく告訴されませんでしたね」

「それは、私にも身を守る手段はある」

やけに自信ありげな言葉を聞いて、私はぴんときた。

「遺伝子ドーピングの情報を人質にしたんですね？　人質というか、取り引き材料ですか。会社が刑事告訴しない代わりに、あなたもドーピング問題を表沙汰にしない——違いますか？」

守永は無言だった。ゆっくりと腕を組み、私の顔を凝視する。その沈黙は、「イエス」の意味だと私は確信した。ややあって、守永が「さすがに記者さんは鋭い」とつぶやく。確信は絶対の事実に変わった。

「それならそれで、私は何も言えません。だいたい、アメリカの会社の話じゃないですか。日本のスポーツ新聞の記者がどうこう言える話じゃない……そもそもどうして、ドーピングの事実を私に話すんですか？　会社との約束を破ることになるでしょう」

「会社は、実質的に消滅しています。書類上は残っているんですが、仕事はまったくしていないようですね」守永が肩をすくめる。

「そう聞いています。証拠隠しじゃないんですか？」

「おそらく。ところが、組織は消えても人は残っている。今になって、私に十万ドルの弁済を求めてきた人間がいるんです。旧経営陣の一人ですけどね。返さないと、刑事告訴すると」

「向こうも金が必要なんじゃないですか」関係者は全員、泥舟に乗ったような気分なのだろう。金は、一番確実な浮き輪になる。

「そうかもしれません。でも、私も自分の身は守らなくてはいけないんだ。そのためには、伝家の宝刀を抜く必要がある」

私はそれまで敢えて口にしなかった推測を言葉にした。

「竜神がドーピングをやっていたんですか」

守永がまじまじと私の顔を見る。眼差しは真剣で、大きな物を賭けている、と意識させられた。

「どうなんですか？　竜神のドーピングにあなたが関係していたんですか」

「ここで私がイエスと言えば、その推測は事実になります。是非、イエスと言わせて下さい」

　ふざけた言い草だ。私は怒りで顔が赤くなるのを意識したが、守永は素知らぬ顔をしている。

「事実だと分かれば、あなたは書くでしょう」

「この件を記事にしろと？」

「日本で書かれた記事であっても、アメリカにいる人間にはプレッシャーになるんです。記事が出れば、追い払えるんですよ」

　守永が一転して、必死の形相で訴える。何と身勝手な理屈か……呆れながら、私は彼の願いを全面的に却下することができなかった。目の前に事実がある。それに目を背けたら、新聞記者をやっている意味などなくなるのではないか？

第四部

再びの栄光へ

『ハードバーン』

第四章　英雄の光と影

「初めて竜神さんに会ったのは、僕がまだ小学生の時でした……六年生の終わりですね」北海道美浜大スキー部の長島怜人が振り返る。「金メダルを取った直後で、忙しかったのに、わざわざ北海道へ来てくれたんです。父にメダルを見せるためでした」

竜神にとって、怜人の父、長島聡はある種の恩師である。長島はオリンピックの代表選考に漏れて現役を退き、竜神に後を託した——より正確には、竜神によって代表の座を追い落とされたと言うべきだろう。しかしこの時、長島は最大級の歓迎ぶりを見せた。

「変な話ですけど、食卓に、見たこともないぐらいたくさんの料理が並んだんです。子どもですから、これは一大事だと思ったんですよ」怜人が当時を思い出して笑う。

怜人の記憶にある初対面はこの時だったが、実は二人は、この前に一度会っている。竜神が東体大を卒業し、明正食品スキー部に入部するために北海道に渡った時だ。ただし、この時怜人はまだ小学校一年生で、当時の記憶はまったくないという。実質的には六年前の出会いが「初対面」と言っていいだろう。

「びっくりしました。金メダルを首にかけてもらって、首がもげるんじゃないかって思うぐらい重かったんです。実際にはそんなことはなかったと思うけど、メダルには不思議なパワーがあるんだな、と思いました」

それが怜人にとっての「クロカン原体験」でもあった。名選手の息子として、小学校の低学年からクロカンを楽しんではいたが、怜人が実際に競技者としてクロカンを始めるのは、中学生になってからである。金メダリストから金メダルを首にかけてもらった刺激——最初のブースターとして、これほど強烈なものはない。

怜人はこの時、自分の父親と竜神が穏やかに話し合っているのを見て、二人は友だちなんだ、と思ったという。

「二人の本当の関係を聞いたのは、その後でした。何だか不思議な感じでしたね……竜神さんは、父を追い抜くことでオリンピック代表の座を射止めて、メダルを手にしたんだけど、父はものすごく嬉しそうで。竜神さんは恐縮してました。でも、竜神さんにとっては、父に直接メダルを見せるのが、何より大事なことだったんじゃないかな」

オリンピック後の竜神のスケジュールは分刻みで、本来なら先輩のところへ足を運ぶような余裕はなかった。シーズンオフに入り、疲れた体を癒しながら、各地で開かれた祝勝会や報告会、講演会に出席。その合間に、テレビの密着取材が入っていたのだから、プライベートな時間などないに等しかっただろう。

例えばある日——竜神のスケジュール帳は黒く染まっていた。午前中に塩沢の実家を出発し、昼から東京で東体大ＯＢ会の祝勝会。その後に現役選手向けの報告会を行い、さらに夕方には、当時住んでいた世田谷区の招きで講演会を開いている。深夜には、テレビ局のスポーツニュースに生出演。

長島に会うために竜神が朝一番の飛行機で北海道に飛んだのは、その翌日だった。

「その時のことは、父親もちゃんと話してはくれませんでした。後から聞いても、『男同士の話だから』って言うだけで……よく分かりませんね」と怜人は笑う。

竜神も、この時のことははっきり覚えている。

「どうしても長島さんに会いたいと思って、無理やりスケジュールを調整したんです。北海道日帰りはきつかったけど、メダルを見てもらえてよかった。長島さんはいつまで経っても大切な先輩だから」

何故メダルを見せようと思ったのだろう。自分が追い落とした相手に対する負い目——申し訳なく思うような気持ちがあったのか？

「それはない」と竜神は断言する。「勝った負けたはスポーツの世界では当たり前だし、自分がずっと目標にしていた先輩だからといって、負い目のようなものを感じたらかえって失礼だ。それは、長島さんも分かっていたと思います」

　その時長島とはどんな話をしたのか。

「ダメ出しされました」と竜神は笑う。「メダルを見てもらって、最初は『よかったな』と言ってくれたんですけど、本当に最初だけでしたね。その後は、レースのビデオを観ながら、二時間、ずっとダメ出しです。でもそれは、本当に長島さんらしいことなんです。自分にも他人にも厳しい人でしたから。その頃の僕には、まだ長島さんのような厳しさはなかった」

　実はこの後、次のオリンピックまでの間に、竜神はしばしば長島に会っている。長島は家業を継いでいて、仕事は忙しかったが、竜神のためには常に時間を割いた。

　そういう時に、何の話をしていたのか？

「いつもダメ出しです。次のオリンピックに向けて、東体大のスタッフが軸になってチームを組んでくれましたけど、それだとどうしても内輪で固まりがちになる。阿吽（あうん）の呼吸で物事が進むので、ちゃんと話し合いをしなくなるんですよ。長島さんは常に外からの目で、僕のレースを見てくれました。仕事の関係もあって現場に足を運んでくれることはなかったけど、ビデオを観ただけでも助言はいつも的確でした。厳しかったですね……長島さんがいなかったら、自分は天狗になっていたかもしれない」

にわかには信じられない話である。

普通のファンは、「竜神真人」という選手にどんなイメージを抱いていただろう。常に謙虚、勝って驕らず、負ければ真摯に反省し、どんな時でも上を目指すストイックな男。ちなみに、ごく近くで竜神を観察していた筆者も同様のイメージを持っている。しかし竜神は、自分の中に驕る気持ちがあったというのだ。

「あれだけたくさんの人に応援されて、大事にしてもらえれば、調子に乗らないはずがありません。実際レースでも勝っていましたし、どうしても『これでいいんだ』という甘えが出ることはありました。でも長島さんは、僕のそういう気持ちを見抜いていた。だからこそ、常に『ノー』を突きつけてくれたんだと思います。初めて褒められたのは、二大会連続で金メダルを取ってからでした。その時は、引退することも分かっていたからだと思いますけどね。『今なら威張っていいぞ』と言われて、自分が長島さんに対して抱いていたイメージは正しかったと確信しました」

息子の怜人は、二人の頻繁なミーティングの内容をまったく知らない。二人はいつも、ビデオでレースの模様を観ながら小声で話しこんでいて、怜人が近づけるような雰囲気ではなかったというのだ。しかし竜神から、毎回一言二言声をかけられたのは覚えている。怜人もクロカンをやっていることを知っていての、短いアドバイスだった。

「その中で、『早く雪のあるところへ行った方がいい』と言われたのは強烈に覚えています。東京にいて、冬場だけ大会に参加するようだと、記録は伸びない。冬には常に雪が降るような場所で過ごすことで、体が馴染んでいくんだ、と言われました。練習量も圧倒的に増える。雪国出身の竜神さんならではの実感なんでしょうね」

怜人が北海道行きを決めたのも、やはり竜神の勧めがきっかけだった。高校から北海道で一人暮らしを始め、現在は北海道美浜大で「次代のエース」の一人として頭角を現しつつある。

「北海道に行ったのは正解でした。やっぱり東京とは環境が違いますから」怜人は、竜神のアドバイスに素直に感謝する。

「恩師」の息子だから、竜神はアドバイスしたのだろうか。

「それはない。将来性のある選手だったから声をかけただけです。自分はずっと、次の世代にちゃんとバトンを渡そうと思っていました。まずは、身近な選手から始めようと」

竜神は現役時代からずっと、クロカンを人気競技にしたい、という願いを持っている。認知度が低いが故に、資金集めなどで自分も苦労してきた経緯があるからだ。故に、世界で戦える選手がなかなか出てこない——しかし現役時代には、裾野を広げる努力が十分ではなかった、という意識がある。

勝つことで注目を集め、子どもたちをクロカンの世界に引き入れたい。トップをいく選手としては当たり前の考え方であり、広告会社が何十億円の金を使うよりも、スーパースターが一人登場した方が効率もいいのだ。ただ、それだけでは十分ではなかった。本当は、直接子どもたちと触れ合い、指導する場が必要だと竜神は実感していた。怜人に北海道行きを勧めたのも、その一環だったという。

「それは、メダリストに勧められたら、従うしかないですよね」と怜人は笑う。

竜神は、二度目のオリンピックの前に、既に引退を考え始めていたという。その後は子どもたちにクロカンの魅力を伝えたい——ところがその夢には、早々と暗雲が立ちこめ始める。

クロカン人気——その実態は竜神人気だったのだが——を継続させるためには、勝ち続け、再びオリンピックの金メダルを狙うしかない。しかしそのためには、これまで以上の練習が必要だ。竜神は自分の体を追いこみ続け、やがて長く彼を悩ませる膝の故障に直面することになった。

実は、最初のオリンピックの後でも、竜神は左膝の痛みに苦しめられていた。この時は、最悪の状態にまでは至らず、治療と休養でコンディションを取り戻すことができた。しかし次の故障は、致命的になりかねなかった。最初の金メダルから一年半後の秋、シーズンインを前にして、竜神はそれまで経験したことのない膝の痛みと戦っていた。

竜神は休養を選ばなかった。彼のオリンピックへの四年計画では、二年目は「体力強化」の時期に当たる。一年目よりもスタミナ系の練習の強度を上げ、積極的にレースに参加して試合勘を取り戻すための年。三年目は技術的な問題へのトライアル、そして五輪シーズンは総仕上げ——二年目の体力強化は、選手としてのベースを作る意味でも絶対に避けられないことだった。

結果、竜神は誤魔化しながらこのシーズンのレースに参加し続けることになった。当時、竜神の治療をしていた関東医大の伊沢勇人（いざわゆうと）教授は、「どこが悪いというより、全体的にぼろぼろだった。原因は明確で、体重の増加。このシーズンは、春から夏にかけて重点的にウェイトトレーニングに取り組んだ結果、体重が七キロ増えていた。上半身の筋肉は肥大したが、下半身とのバランスが悪くなり、その負荷が膝に集中したのは間違いない」と分析している。

伊沢は休養を勧めたが、竜神はこれを拒否した。結果、このシーズンの成績は散々で、竜神は初めてマスコミの悪意に直面することになる。

I

この程度の記事は、悪意とは言わないよな——私が自分で書いた記事の見出しはこうだ。

「調整失敗か　竜神15位に沈む」

単なる事実であり、読んだ人間も悪意は感じないはずだ。そもそも「調整に失敗した」というコメントは竜神本人の口から出たものだし、波留もそれを認めていた。

私は自席で、当時の取材メモをひっくり返した。ポイントになる言葉だけ書き残したメモを見ているうちに、波留の言葉をはっきりと思い出す——彼は、クロカンの基本について長々と語ったのだ。

「クロカンで勘違いされているのは、耐久競技だと思われることだ。もちろん、五十キロの距離となると持久力も重要だが、実際にはマラソンの方がきついんじゃないかな。だいたい、コースは三分の一が平地、三分の一が上り、残り三分の一が下りだ。下りでは、少なくともスケーティングする必要はないんだから、実質的には休んでいるのと同じになる。もちろん、後半疲れてくると、前傾姿勢が取れなくなって、スピードが落ちてくるが」

上りのスケーティングなどを観ていると、下半身の粘りと脚力が重要に思える。だが、もっと総合的な肉体のパワーが必要とされるのがクロカンなのだ。

「いかに上半身を鍛えて、効率よくパワーを伝えるかが重要になる。あの年竜神は、上半身のトレーニングに徹していた。日本人が欧米の選手に比べて弱いのはそこだから、世界と伍して戦えるようにと考えた結果のトレーニングだった。しかしそのせいで、上下のバランスが崩れてしまったのは間違いない。私の作戦ミスでもあった」

波留の言葉を思い出すと、クロカンというのはかなり特殊なスポーツなのだと分かる。選手の肉体は、実に微妙なバランスの上に成り立っているのだ。

当時の竜神の写真を、データベースから呼び出してみる。上半身裸でウェイトトレーニングをしている場面があったが、明らかに今よりはひと回り体が大きい。

初めてトップのクロカン選手に会って私が驚いたのは、筋骨隆々だったことだ。「雪上マラソン」のイメージが強かった私にすれば、蒙を啓かれた思いだったのを覚えている。マラソン選手が、筋力と体重のバランス――極限まで効率よく体を動かすために、余計な肉を削ぎ落とすのに対し、クロカンの選手はスタミナを犠牲にしないレベルで体をビルドアップさせる。その按配が大事なのだが、あの年の竜神は、明らかにバランスを失っていた。

問題は動機だ。薄らとは想像できたが……迂闊に口に出せることではない。まず、事実関係を確認しなければならないのだが、それは非常に面倒で、かつ難しかった。どうするべきだろう。守永が教えてくれた名前が私の手元にあるが、ここを当たっていくべきかどうか……当たれる伝はある。だが、やるべきかどうか、分からない。

ある事実を前にして、これほど弱気になるのは初めてだった。

どうしたものか、と腕を組む。本当は、頭を掻きむしりたい気分だった。ただし、静かな午後の編集局でそんなことをしていると、不審な目で見られる。今の新聞社は——私もそんなに昔の様子を知っているわけではないが——基本的に静かなのだ。怒声が飛び交ったり、灰皿が宙を飛んだり、記事の扱いを巡って掴み合いの喧嘩が始まったり……伝説として聞いたことはあるが、実際にはそんな光景は一度も見たことがない。

ドーピング——自分がどれだけ重要な事実を掴んでいるかは、十分分かっていた。超弩級の特ダネでもある。スポーツ新聞は、一般紙に比べて特ダネを重視しない——選手の引退と芸能人の結婚ぐらいと揶揄される——と言われるが、硬派な問題の特ダネを無視しているわけではないのだ。この一件の裏を取れれば、間違いなく一面トップ、あるいは裏一面との見開きになるだろう。

そして竜神は地に落ちる。

それでいいのか？

竜神をヒーローに祭り上げたのは、私たちである。それを今度は、一転して悪人にしてしまう。それこそ、よく批判されるマスコミの「掌返し」そのものではないか。

しかし、そこに事実があれば書くべきだ。現役を引退したからといって、不正行為の事実を水に流せるものでもない。

だいたい、竜神が本当にこんなことをしたのか？　昔からの知り合いで、かつ取材対象として長年追い続けた相手――私が知る限り、竜神は不正とは最も縁遠いところにいる男である。性格的に無理ではないか、とまず考えた。生真面目なあの男のことだ。どんなに自分に不利なルールであっても、それがルールなら受け入れるのではないだろうか。

様々な思いが渦巻く。

まず最初に脳裏を過ったのは、守永が嘘をついている、という仮説である。個人的なトラブルでスポーツ・ラボを辞めさせられた守永が、元勤務先を貶めようとして偽の情報を流す――いかにもありそうなことである。本当かどうかなど、どうでもいいのだ。記事が出れば、「情報」は残る。

しかし、日本で記事が出ても、アメリカにいる経営幹部たちがどれほどのダメージを受けるかは疑問だ。アメリカの新聞に記事が出れば別だが……守永はずっとアメリカで暮らしていたのだから、向こうの記者に情報を提供する方法もあるはずなのに。

ただ、守永が嘘をついていないらしいことだけは早々と分かっていた。アメリカ駐在の二人が動いてくれた結果、スポーツ・ラボがドーピングに手を染めていたのは、どうやら間違いなさそうだと分かってきたのだ。

分からない……取材不足だ。もう一度守永に突っこんで、真意を確認すべきかもしれない。しかし、あの男に会うのはどうにも気が進まなかった。話していると、自分の心まで汚されてしまう感じがする。

溜息をつき、立ち上がった。当てもなく、編集局内をうろついてみる。

だだっ広いフロアには仕切りがなく、中央を走る廊下の両側に、各部のスペースが確保してあるだけだ。廊下と各部を隔てるのは背の低いロッカーだけで、全体の様子が見渡せる。いつでもすぐに、互いに声をかけられるようになっているのだ。

私は、編集局のほぼ真ん中にある「立ち会い席」に腰を下ろした。テーブルをいくつかくっつけて、大人数で打ち合わせができるようにしただけのスペースなのだが、ここで毎日、翌日の主なメニューを決めるための会議が定時に行われる。もちろん、スポーツ新聞の主力記事はプロ野球とサッカーであり、夜の試合結果で決定事項がひっくり返ってしまうこともよくあるのだが、それでも一応の方針は決めるのが日課になっている。

午後早いこの時間には、当然ながらそこには誰もいない。片隅に各紙が積み重ねられているので、私は無意識のうちに、一番上にあったライバル紙を手に取った。一面トップは、昨日のナイターの結果。スターズの外国人選手・マクミランが驚異的なペースでホームランを量産しており、昨日も二発打った——それが大きく扱われている。ぼんやりと記事に目を通し始めた瞬間、声をかけられた。

「杉本さん」

「望月……どうした？」直接会うのは久しぶりだった。

「午前中、こっちで会議がありまして。朝イチで来たんですよ」

「終わったのか？」

「ええ」

「昼飯は？」

「まだです」望月が手首を持ち上げ、腕時計を確認した。「会議が長引いたんです」

「すぐ札幌へ帰るのか？　そうじゃなければ、昼飯でもどうだ。この前のネタのお礼、まだしてなかったよな」

「じゃ、ごちそうになります」にやりと笑って、望月が頭を下げた。小柄で童顔なせいか、まだ少年のように見える。クソ暑いのに律儀にネクタイをしていたが、北海道ではクールビズは必要ないのかもしれない、と思い直した。

「じゃあ……」せっかく昼飯を一緒にするのに、社食というわけにはいかない。「ちょっと出るか。暑いけどな」

「大丈夫ですよ」

「北海道にいるのに？」

「鹿児島出身なんで」

「ずいぶん端から端まで……」私は思わず笑ってしまった。守永に会って以来淀んでいた気持ちが、少しだけ楽になる。

ランチタイムを外れているので、この時間だとどこへ行っても空いているのが助かる。私は望月を、会社近くにある喫茶店に誘った。食事だけなら美味い物を食べさせる店はいくらでもあるのだが、その後で長々と喋るには喫茶店がいい。

「何かいいですよね、こういう感じ」狭いテーブル席に着きながら、望月が言った。

「何が？」

「喫茶店ランチ。東京では、こういうの、減りましたよね」

「ああ、そうかもしれない」私はメニューに目をやった。学生の頃、大学の周辺にはこういう店がいくらでもあった。喫茶店のランチには、それはそれで味わい深いものがある。

「札幌は、こういう店が結構多いんですよ」

「北大があるからだろう？　そういう環境は、羨ましいな」

「でも、そういうところで食べてると、どんどん太るんですよね」苦笑しながら、望月が自分の腹を撫でた。「学生向けの大盛りサービスなんだろうけど、学生と同じ量を食べてたら、太るに決まってますよ」

だったらそういう店に行かなければいい、と思ったが、望月はまだ学生気分が抜けていないのかもしれない。実際、スポーツ紙の記者は、なかなか大人になれないのだ。取材対象が若いせいだろう。自分より若い選手を取材していると、どうしても気持ちが若いままなのだ……ふいに、スポーツノンフィクションの名著『夏の若者たち』を思い出す。あれは、著者のロジャー・カーンが、ドジャース番の記者をしながら、自らが青年から大人に脱皮する姿を描いたもので、ある種私小説的な味わいがある。自分は十数年の記者生活で、大人になったのだろうか、と自問した。大人なら、今自分が陥っているようなジレンマに対して、上手い解決策をすぐに見つけるのではないか。

「お勧めは何ですか」

望月に声をかけられ、はっと顔を上げる。集中力ゼロだな、と思いながら「日替わりが無難だよ」と言った。しかしすぐに言い直す。「無難じゃなくて、日替わりが美味いよ。いろいろ工夫してあるから」

「じゃあ、それにします」

「俺もそうする」

この店は、望月が札幌で出会った学生向けの喫茶店に近い感じではないだろうか。ランチはとにかくサービス過剰である。料理の量もそうだが、ライス、飲み物お代わり自由で果たして採算が取れるのだろうか。

「これは……」運ばれてきたランチを見て半ば絶句した望月だが、顔には嬉しそうな表情が浮かんでいた。要するに、食べるのが好きなのだろう。それにしては痩せている。

「量だけじゃなくて、味もいい」

しかし、まずは量に圧倒される。細かな衣が黄金色に染まった魚フライ二切れに、それだけで一品料理として通用しそうな生姜焼き、サラダとしても十分過ぎるほどの生野菜がつけ合わせになっている。さらに大量のポテトサラダとオレンジ色に染まったスパゲティ。洋食的メニューを一皿にぶちこんだもので、このおかずに見合うだけの量のライスが皿でついてくる。

望月は、嬉々として食べ始めた。しかし私には、やはり量が多過ぎる。ナポリタンか何かにしておけばよかったな、と思ったが、口をつけてしまってから交換を要求できるものでもない。粛々と、しかし意識してスピードを上げて食べ続けた。こういう量をゆったりと食べていたら、あっという間に腹が膨れてしまう。

何とか食べ終え、アイスコーヒーで口中をすっきりさせる。飲み物のお代わりはやめておこう、と肝に銘じた。調子に乗って詰めこみ過ぎると、たとえ水分であってもどんどん体重が増えてしまう。

「竜神選手、どうですか」

「苦労してるよ」

「山形のローラースキーでは優勝したじゃないですか」

「でも、余裕を持って、じゃないから。若手相手に苦しんでたんだから、まだまだ本調子じゃないと思うよ」

「それは、そんな簡単にはいきませんよねえ」望月がアイスコーヒーにガムシロップを二パック加えた。ミルクはなし。「一年のギャップって、俺たちが想像してるよりも大きいんでしょうね」

「君は学生時代、スポーツは何か？」

「ずっとサッカーでした」

「今はやらない？」

「さすがに、暇がないですね」望月が笑った。

「その割には太らないな」

「体質じゃないですかね」

「今からやる気にはなれないか……」

「もう無理だと思いますよ。それこそ、何年もボールを蹴ってませんから」

「素人レベルでそれだから、竜神の場合はもっと大変だろうな。九割戻ったたって言っても、残りの一割が大変だろうし。二年間、競技から離れてたら、現役時代の体に戻すには二年以上かかるんじゃないか」

「スケーティングはどうだったんですか？」

「ローラースキーと本番のクロカンだとまた違うから、何とも言えないけど……ただ、気持ちは変わってないんじゃないかと思う」

「気持ち？」

「あいつ、最後の最後で逆転したんだよ。そういう粘り腰は、昔と同じだね」

しかし、勝つ時はほとんど逆転で、というのも不思議な話ではある。最後にあれだけ余力を残しているなら、スタートから中盤にかけて一気にリードを奪い、そのまま逃げ切る作戦もありだと思うのだが。一度竜神に直接確かめてみたことがあるが、彼の返事は「自分にも分からない」だった。「最初からリードして勝てるなら、そうしたいけど」と続けたもので、この辺はいくら事前に作戦を立てても、その通りにはいかないようなのだ。

「気持ちが昔のままなら、そのうち体も追いつくんじゃないですか」

「いや……逆じゃないかな。自分の中にある全盛期のイメージに体が追いつかなかったら、焦るだけかもしれない。そのギャップに苦しんで、調子を落とすこともあるんじゃないかな」

「杉本さん、竜神さんに対して、点数辛くないですか」

「そうかな」私は首を捻った。

「元々の知り合いでしょう?」

「高校の同級生だよ」

「それに、全盛期にずっと番記者をしてたわけだから……もっと、こう、思い入れがあってもいい感じがするんですけどね」

思い入れは……あった。しばらく前までの私は、本気で竜神に勝って欲しいと願っていた。復帰の理由についてはまだ納得できていなかったが、そのチャレンジ精神には感銘していたから。もちろん、竜神が無事復帰すれば、自分が書く本がそれだけ劇的になる、という欲もあった。

今は違う。

全ての前提が崩れ去りそうな感じだった。現役時代の栄光が、ドーピングに支えられたものだったとしたら……まさに全てが砂上の楼閣である。事実関係が明らかになった時点で、彼は全てを失うだろう。砂が崩れるより早く、彼に集まる栄光は侮蔑に変化してしまうはずだ。

「まあ、あれだよ」私は話を適当に誤魔化すことにした。この段階では、まだ誰にも打ち明けられない。「実際に様子を見てると、そんなに簡単にいくわけがないって分かるから。俺もちょっと読みが甘かったのかもしれない。希望的観測もあったしね」

「天皇杯、どうなるんですかね。出られるんですか？」

「通常の基準だと出られない。二シーズンもレースに出てないんだから、評価しようがないし……でも、大学や協会が動いているから、推薦枠を取りつけられると思うよ。あいつが『出たい』って言ったら、主催者側も大喜びだろう」

「でもさすがに、現役時代のフィーバーはないですね」

「フィーバー」という古めかしい言い方に、私は思わず苦笑してしまった。いくら何でも、彼の年では――私もそうだが――この言葉を生で使っていないはずだ。流行ったのは、確か四十年近く前ではないか。私も「文化史」的に知っているだけの話である。

「まあ、こっちとしては見守るだけだね。本番のシーズンが始まったら、また状況が変わると思うし」

「雪の上だと、また違いますからね」

これ以上の話は危険だな、と私は判断した。いつまでも竜神の話題を続けていると、ついドーピングの件をぽろりと喋ってしまう恐れがある。しかし竜神の話を打ち切ろうとした瞬間に私の頭を過ったのは、今悩んでいる問題に極めて近接した話題だった。

「そう言えばちょっと前に、北海道でドーピングが問題になったよな」

「去年ですよ。俺、取材しました」

「ああ……」

あれはクロカンではなく、サッカーだった。Jリーグで、試合後のドーピング検査で外国人選手が「陽性」と判断されたのだ。

「あれは結局、誤解でしたからね」

問題になったのは、試合の数日前にトレーナーが与えた栄養剤だった。違反物質が検出されたのだが、これは単純にトレーナーの勉強不足である。新しい栄養剤を試す時に、中身をきちんと精査していなかったのだ。疑いは晴れ、選手は処分を受けなかったが、チームはトレーナーを解雇した。

「あの時、現地はどんな感じだった？」

「まさかあり得ないっていう感じと、もしかしたらっていう感じと、半々でしたね。日本人選手だったら、『あり得ない話』になってたと思いますけど、外国人選手でしょう？　ドーピングに関する考え方が、日本人とは違うんじゃないですかね」

「そうかもしれない」

「外国人選手は、勝つためにはドーピングも当然と考えてる節がありますよね。ばれなけりゃいいって……たぶん、俺たちが正面から取材しても、認めないだろうけど」

「だろうな」

「引退した選手が、『現役時代にやってた』って告白するケースもあるそうですけど、あれってどういう神経してるんですかね。ドーピングに対して垣根が低いのは分かりますけど、違反だっていう認識はあるはずでしょう？　墓まで持っていけばいいのに」

「確かに、理解不能だな」私はうなずいた。まずい話題を振ってしまった、早く別の話題に移らなければ……と焦る。

「でも、そういう選手に限って、大した成績を上げていないんですよね。これがオリンピックなんかのメダリストだったら、メダル剝奪の可能性もあるじゃないですか。メダリストも、ドーピングをやっていて、徹底的に隠しているだけかもしれませんよね。失う物が大き過ぎるから」

私は無言でうなずいた。まさに竜神のことではないか。

彼は喋らないだろう。喋れば全てを失うことになる。ドーピングに手を染めるような卑怯な選手は、一生口をつぐんだまま死んでいくしかないのだ。

2

「顔色、よくないな」私は真っ先にそれが気になった。

「ああ……大丈夫だ」

寝転がったまま竜神が答える。久しぶりに東体大を訪ねてみたら、彼はトレーニングルームのベンチに横になっていた。他の若い選手は熱心にトレーニングを行っているが、彼だけ一人で休んでいる感じである。

竜神がゆっくりと起き上がった。勢いをつけず、腹筋を使ってだったが、それがいかにも面倒そうに見える。夏の間に、昔と同じような日焼けを取り戻したのだが、今は顔が土気色にしか見えない。休んでいたはずなのに疲労感はひどそうで、顔は汗で濡れている。Tシャツもびしょ濡れで、絞れば床に水溜りができそうなほどだった。

「本当に大丈夫なのか?」

「ちょっと追いこみ過ぎたかな」竜神が、太い右腕を左手で撫でた。「やっぱりまだ、元には戻ってないんだろうな。気持ちだけ昔通りだから困る」

私は、彼がバーベルを取り落とした場面を思い出していた。以前の彼だったら、あんなことは絶対になかった……。

「しっかりしてくれよ。お前が勝ってくれないと、俺の本が売れないんだ」冗談半分、本気半分で私は言った。

「分かってるよ。これは、機械の調整みたいなものなんだ」少しむっとして、竜神が言い返す。「予定をきちんと守れば、最終的にはちゃんと仕上がる」

「人間の体は機械じゃないぞ」

「機械だったらよかったんだけどね。もっと正確にできる」竜神が立ち上がる。ふらつき、またベンチに座りこんでしまった。一つ溜息をつき、スポーツドリンクを手にする。

それにしても、汗がひど過ぎる。トレーニングのせいだけではないように思えた。

「風邪でもひいてるんじゃないか。夏風邪、流行ってるし」

「かもな」

竜神がペットボトルを口に押し当て、傾けた。見ると、手がかすかに震えている。

「おい、本当にまずいんじゃないか」風邪ではなく脱水症状では、と私は疑った。

「いや、大丈夫だ」強がりにしか聞こえないが、竜神が言い張った。またスポーツドリンクを一口飲むと、多少顔色がよくなる。「やっぱり、ちょっと追いこみ過ぎたな」と認める。

ボトルをそっと床に置き、タオルで顔を拭う。しかし、拭ったそばからまた汗が噴き出てくるのだった。

「なあ……素人の俺が言うのも何だし、予定が狂うのは嫌かもしれないけど、少しペースダウンした方がいいんじゃないか？　ここで体調を崩したら、何の意味もないじゃないか」途中リタイヤ——冬のシーズンに入れないのは、私の本にとって最悪の結末だ。

「それは分かってる」

「そうやって、膝を痛めた時もあったじゃないか」

「嫌なこと言うなよ」竜神が顔をしかめる。

「だって、事実じゃないか」

我ながら子どもっぽいとは思ったが、私は唇を尖らせてしまった。それを見た竜神の顔に、薄い笑みが広がる。

「あまり心配するなよ。逆にこっちまで心配になるから」

「ああ……」

「今日はもう、上がる。確かに、疲れてるんだ」竜神が両手で頬を張った。

「無理しない方がいいよ」本当は素人が口出しすべきではないのだが、と思いながら私は言った。

「休みもトレーニングのうちなんだけど……頭で分かっていても、なかなか休めないな」

竜神が立ち上がった。今度は足取りはしっかりしており、顔色もいい。私は素早く周囲を見回して、波留の姿を探した。いない……他のコーチも。この状況は進言しておくべきでは、とも思ったが、むしろ陰口になるかもしれないと思い直す。

「お茶でもつき合えよ」竜神が言った。

「いいのか？」

「いいのかって……」竜神が苦笑する。「用事があったから来たんだろう？」

「それはそうだけど、調子が悪ければ、また後でいい」

本当は、先送りにしたくなかった。気になったことは確かめておかないと、また眠れぬ夜が続く。ただしこれは、一件の本質を突くものではなかった。とてもまだ、そこまでの取材はできない。「お前はドーピングをしていたのか」……聞けない。状況証拠が揃っていたら聞けるのか？　聞いてどうする？　いつもここで、私の思考は袋小路に入りこんでしまうのだった。

竜神がシャワーを浴びに行ったので、私はトレーニングルームを出た。建物の北側に、大きなイチョウの木陰になっている場所があり、そこで涼むことにする。空気は依然としてうだるように熱いが、日差しが遮られる分、多少はましである。時折吹き抜ける風には、かすかに秋の匂いさえ感じられた。右手を団扇代わりに顔を扇いでいると、「何してるんだ」といきなり声をかけられる。慌てて声のした方を向くと、波留が不思議そうな表情を浮かべて立っていた。

「涼んでるだけですよ」

「竜神に取材じゃないのか」

今でも竜神への取材は、全て波留を通すことになっている。面倒臭い限りだが、竜神が取材の調整まではできないのが現状だ。これからシーズン入りしたら、ますます直接の接触は難しくなるだろう。

「あいつは今、シャワーです」

不審気な表情を浮かべ、波留が腕時計を見た。

「ちょっと早くないか」

「だいぶへばってまして……体調が悪いみたいですけど、大丈夫なんですか?」

「あー」波留がふと視線を逸らした。「夏のレースが一段落して、疲れが溜まってるんじゃないかな。昔みたいな回復力は期待できないし」

にわかには納得できなかった……いや、嫌な感じがする。当たり前の話をしているだけなのに、どうして波留はこちらの目を見て喋らないのだろう。

「冬のレースはどうするんですか?　もう予定は組んだんですか」

「厳選して出場することになるだろうな。全てが、天皇杯の準備だ」

「その後は、どうするんでしょうね」

「うん?」

「天皇杯が終わったら。勝っても負けてもまだ続けるのか、それとも……」

「それについては、あいつもはっきり言ってない」

「聞けばいいじゃないですか。監督なんだから」私はわざと挑発的に言ってみた。

「本人も決めてないんじゃないか。天皇杯でまだやれるという自信がつけば続けるかもしれないし、内容次第では二度目の引退になるかもしれない。いずれにせよ、俺が決めることじゃないよ」

「竜神は、監督より大きな存在なんですか」波留の言葉は、あまりにも無責任に思えた。

「俺は、オリンピックのメダルを持ってないからね」波留があっさり言った。挑発には乗ってこない感じである。元々すぐむきになって冗談が通じない人なのだが、この件に関しては冷静さを貫いている様子だ。

「それより竜神、本当に体調は大丈夫なんですか」

「俺は何も聞いてないが、そんなにおかしかったか？」波留が目を細めた。

「あんなに疲れた竜神を見るのは初めてですよ」

「あいつも年を取ったってことだよ。三十四歳にもなれば、どんな競技でも大抵の選手は引退してるんだぞ」自分を納得させるように波留がうなずく。

「本当にそれだけですか？」つい、強い口調になってしまった。

「何が言いたい？」波留の声が尖った。

ドーピングの副作用が今になって出てきたのではないか――質問が喉元まで上がってきていた。しかし、どうしても言えない。具体的な証拠がない話なのだから……私は唾と一緒に言葉を呑み、波留に向かって頭を下げた。

「君も、相当変な記者だね」呆れたように波留が言った。

「そうかもしれません」

「暑くて、頭の中が沸騰してるんじゃないのか」波留が背中に手を回し、腰に差していた団扇を引き抜いた。「ほら、これでも使ってろ」

「すみません」

受け取ってみると、「T」と「A」を組み合わせた東体大のロゴが入った真っ赤な団扇である。そう言えば、野球部の応援にこの団扇は必須だったと思い出す。

波留はトレーニングルームに入って行った。私は木陰に籠ったまま、貰った団扇でゆるゆると顔を扇ぎ続けた。自分はいったい何をやってるんだ、という疑問で頭が満たされる。私は何がしたいのか。

「お待たせ」

竜神に声をかけられた時には、ぼうっとして周囲の環境から切り離され、思考がどこか遠くを彷徨（さまよ）っていた。団扇を見て、竜神がにやりと笑う。

「どうしたんだ、それ」

「監督から貰った」

「ああ……それ、丈夫だから、結構長持ちするぞ。学生時代のやつが、まだ家にある」

「そうか」

シャワーを浴びた竜神は、生気を取り戻していた。髪は濡れたまま。しかし血色はよくなり、目にも輝きが戻っている。

「どこにする?」

「食堂しかないだろう」竜神が肩をすくめる。それはその通りで、このグラウンドは駅から遠く離れている上に、周りにはファミリーレストランさえない。

竜神と並んで歩き出しながら、私はちらちらと彼を横目で見た。取り敢えず、普段と変わった様子はない。しかし完全に安心はできなかった。

守永と会って以来、ドーピングについていろいろ調べているのだが、不安は募る一方だった。遺伝子ドーピングの動物実験結果では、赤血球数が十週間以内に二倍にまで高まり、心停止を避けるために、血液の希釈措置を行わなければならなくなった、という。まさに「どろどろ血液」だ。酸素の運搬薬である赤血球を増やせば、持久力は高まる。しかしそれと引き換えに手に入るのは、高脂血症の人たちと同じような——あるいはもっと危険な——体調である。下手をすると死に直結するかもしれない。

少なくとも今の竜神には、そこまで危険な兆候は見えていなかった。先ほどぐったりしていたのも、やはりオーバートレーニングによるもの——そう思いたかったが、どうしても不安は拭えない。

食堂に入ると、私は自販機でアイスコーヒーを、竜神はスポーツドリンクを買った。竜神は買ったその場ですぐに飲み干してしまい——結構大きなカップだったが——すぐに、今度は熱いコーヒーを買ってきた。

　食堂には他に人がおらず、エアコンの音だけが静かに満ちている。二人きりだと、何だか落ち着かなかった。今まで、こんな風に感じたことは一度もないのだが——守永からドーピングの話を聞いて以来、竜神と会うのは初めてだと思い出す。

「五年前の話を聞きたいんだ——最初のオリンピックの次の年のこと」私は平常心を取り戻そうと、メモ帳を広げた。

「何でまた、そんな昔の話を」竜神が、カップ越しに私の顔を見た。

「その辺りの取材が薄かったから。曖昧なままで書きたくないんだ」

「膝を痛めた時だね」

「そう。あの時俺も記事を書いたけど、後で取材して、体重を無理に増やした結果、膝に無理がきた、という結論に落ち着いた。伝記にはその辺の経緯をもっとはっきり書こうと思ってる」

「それはあくまで推論だよ」竜神がやんわりと否定する。「いろいろな医者に話を聞いたけど、はっきりした原因は誰にも分からなかったんだから。ただ、いかにもありそうなことだとは思うけどね。推理の一つとして書くにはいいんじゃないかな」

「自分でもそう思うんだ？」私はメモ帳に日付を書き入れ、さらに黒い小さな点を描いた。メモを書き始める前のいつもの習慣である。

「まあ、そんなことじゃないかとは思う。確定じゃないけどね。あくまで可能性の高い推論として」

「あの時、春から夏のシーズンにかけて、体重を七キロ増やしてるよな」

「俺の人生で、最もデブだった時代だな」竜神が皮肉に唇を歪めた。

「一つ、疑問があるんだ。七キロ増えて、それだけで膝を痛めるかな」

「どういう意味だ」竜神が首を傾げる。

「例えば……社会人になって最初の一年とか二年でも、それぐらい太る人はいると思うんだ。生活が不規則になったり、食べ物に金を使えるようになったり……酒のせいもあるかもしれない。でも、七キロ太った人が、全員膝を壊すわけじゃないよな」

「サラリーマンと一緒にされても困るよ」竜神が顔をしかめる。「運動量が絶対的に違うんだから」

「お前の場合は、一晩で七キロ体重が増えたわけじゃない。徐々に、だったんだから、体は順応すると思うけど」

「理屈の上では、ね」竜神が肩をすくめる。

「春から夏へかけてっていうと、どれぐらい？　半年もなかっただろう」一晩とは言わないが、相当急激な体重増加だったのは間違いない。

「そうだな」

「半年で七キロ体重を増やすには、どうしたらいいんだ?」私は、この十年ほど、二キ口程度の範囲内でしか体重の変動がない。食べる物には結構注意しているのだ。

「それは、食べ物とトレーニングに気を遣うしかないんだよな。筋肉を太らせるための食事に特化して、ウェイトトレーニングを徹底してやった」

「それだけで七キロ増える？」

「他にどんな方法がある？」竜神が肩をすくめる。

言うまでもない、ドーピングだ。短期間で一気に筋肉量を増やすために、一番手っ取り早い方法が薬の力を借りることである。もちろん、現段階でそんなことは言えない。私が口を閉ざしたので、竜神が心配そうに「どうした」と訊ねる。

「いや……その頃のメニュー、覚えてるか？」

「実は、そんなに珍しいものでもないんだ。ボディビルの人なんかは、ささみしか食べないなんて話を聞くけど、俺たちは実戦向けの筋肉を作らないといけないからね。一日六回、小分けにして食べて、後はプロテイン——プロテインは、本当にいろいろ試したね。メーカーによってかなり味も違うし、よく『試飲会』をやってたな」竜神が軽く笑う。

「一日六回の食事はきつくないか？」

「慣れるよ。量的には、一回ごとにはそんなにたくさん食べるわけじゃないし」

「そうか……」

「そんなに珍しいやり方じゃない。クロカンでも他の競技でも、筋肉量を増やす時には一般的なやり方だ」

「ああ……」

「何か、不満か？」竜神が挑みかかるように言った。

「いや……でも翌年は、ウェイトを減らしたじゃないか」

「あれは怪我の対策だよ」

「結局、バランスが取れた体を作るのに、三年もかかったということか」

「そういうことになるな」竜神がうなずく。「でも、膝の痛みはずっと引きずっていたから、二度目のオリンピックもベストコンディションじゃなかったけど」

「それでも金メダルなんだから、凄いよな」

言ってしまって、急に吐き気を感じた。目の前にいるのは、希代の卑怯者かもしれない。そんな相手を、おだてるようなことを言わなくても……。

「どうした？」竜神が心配そうに訊ねる。

「いや、暑さにやられたのかもしれない」

「九月になって、まだ熱中症か？」

「しょうがないよ。実際、暑いんだし」

「今年も異常だよなあ」

呑気な口調で言って、竜神がコーヒーを一口飲んだ。駄目だ……今、竜神と話していると、こちらが精神的に追いこまれてしまう。もっと気持ちをはっきりさせてから、取材しないと。

だが、その取材の目的は何だ？　少し考え始めると、私はまた混沌の中に叩き落とされてしまうのだった。

『ハードバーン』

第四章　英雄の光と影

（承前）

プレオリンピックシーズンに、竜神はまたも肉体改造に苦しんだ。痛みが引かない膝——一時はメスを入れることも考えたという——の負担を減らすために、体重を落とし、しかし筋力はキープする。

この難しい命題に取り組んだのが、東体大栄養学科の講師、中村光司（なかむらこうじ）だった。

一年間、中村はほぼ竜神専属の栄養士になり、食事のコントロールをしてきた。

「いろいろ試しました。一つ言えていたのは、竜神の体は我々にとっては理想的だったということ。こちらがいろいろ試すと、それに応じて体重はきちんと変化しましたから。だから、最初の二か月は実験的に食事メニューを変えて、体重の変動を記録しました。それとトレーニングメニューをクロスさせて、理想的な体重と体組成に持っていこうと試行錯誤を続けたのです」

しかしそれは、一筋縄ではいかなかった。そもそも「理想的な体重と体組成」が分からなかったからである。

膝の痛みを克服していくにしても、トレーニングと実際のレースでは負荷が違う。夏のローラースキーと本番でも感覚は違うのだ。

「体重は、最初の三か月で五キロほど落としました」と竜神。「その頃がちょうど、夏のローラースキーの大会シーズンでした。でも、膝の痛みは抜けなかった。ローラースキーはアスファルトの上を滑るので、結構硬い感触をダイレクトに拾うんです。それが膝に響いて、いつまでも痛みが続いた感じでした」

その時点で中村は判断を迫られた。さらに体重を落として膝の負担を軽くするか、あるいは——竜神は、雪の上だと感触が違うはずだ、と予想していた。実際、前シーズンでも、夏より冬の方が痛みが軽かったという。体重は同じだったにもかかわらず、だ。それ故竜神は、その段階の体重でシーズン入りしたいと考えていた。

中村は賭けに出た。体重を五キロ落とした状態のまま、トレーニングは膝の負荷が小さいものに変える。そうやって、冬のシーズン序盤で様子を見よう、ということになったのだ。

結果的にこの賭けは当たった。五キロ体重が落ちたせいで、膝の負担は小さくなり、シーズン中、竜神はほとんど痛みを感じなかったという。ワールドカップでヨーロッパ各地を転戦する竜神からは、毎日詳細なレポートが入り、それを元に、中村は食事メニューを再検討して竜神に伝えた。

このシーズン、竜神はワールドカップで二度表彰台に上がり、全体的に成績は安定していた。中村はこの結果にほっと胸を撫で下ろしたのだが、シーズン終了後、ヨーロッパ遠征から戻った竜神から、さらに無茶な注文を投げかけられる。

「体重を元に戻したい、という話でした。前のシーズン、五キロ重かった時期のパワー感が自分に一番合っている、あの体重が理想だ、と言い出しまして……膝の故障は完全に癒えたわけではなかったですし、五キロ落とした状態で上手くいったので、こちらとしては勧められない話でした。しかし、竜神は本気だった。オフシーズンに膝は徹底して治療する、その後でもう一度体を作り直したい、と真剣な表情で言われて。メダリストにあそこまで必死にお願いされたら、断れませんよね」

その竜神は、試行錯誤の結果だった、と打ち明ける。体重を増やそうとしたのは、自分を追いこむ練習のためだった、とも言う。

「筋肉量が減れば、それまで挙げられたウェイトが挙げられなくなる。有酸素系で追いこむトレーニングでも、理想体重以下だと体の抑えが利かなくなる感じがあった。例えば走っていて、体が浮いてしまうような……自分の中で一番バランスが取れていたのは、前シーズンの体重でした。とにかく、理想体重で練習したかったんです。欧米の選手と比較して、練習量では負けていないつもりだったんだけど、実際にはやっぱり足りなかったんだと思う。向こうの――特に北欧の連中の練習量は半端じゃないんです。いつも倒れるまで自分を追いこみますからね。自分がやったら倒れるかもしれないような練習でも、けろりとしている連中が怖かった。練習というベーシックな部分で負けていたら、レースでは絶対に勝てませんから。練習量で負けないだけの体を作りたかった」

その決意を聞いて、中村は開き直ったという。

「無茶な注文です。でも、世界で勝ちにいこうとしている選手の注文ですから、こちらも応えがいがあった。もちろん、データをたくさん取れれば、研究の役に立つ、という計算もあったんですけどね」

本当に役に立ったのか？

「実際には、それほどは役に立ちませんでした」苦笑しながら中村が否定する。「竜神の体は規格外でしたから。少なくとも日本人では、あんな選手は僕は見たことがない。データを一般人には適用できなかったんです」

規格外、という表現に中村が力をこめる。元々筋肉が太い、しかも持久力の源泉になる遅筋と、パワーの源である速筋のバランスが絶妙なのだ、という。

「ある意味、クロカンの選手としては理想的です。それをさらにトレーニングで強化しているんだから、強いのは当然ですよ。しかも研究熱心。その気になれば、現役を引退した後に、大学で運動生理学を教えられるレベルでした」

しかし、結果的に再度の肉体改造は失敗する。関東医大の伊沢教授は、「一種のバランスの崩れだったかもしれない」と改めて分析する。

「竜神の膝は、半月板、靱帯など複数の箇所で軽い故障が見られた。それらが複合的に絡み合って痛みを引き起こしていたようだ。問題は、痛みを完全に取り除けないことだった。半月板、靱帯などの治療は個別に行えるが、一つが治れば別の痛みが生じるといった具合で、いたちごっこだった。非常に珍しい症状と言える。完治できなかったことに関しては、医者として非常に後悔している」

筋肉は鍛えられるが、関節は鍛えられない、というのが伊沢の持論でもある。

あまりにも発達した筋肉のために、関節が無理な動きを強いられ、痛みを生じていたのでは、と伊沢は分析する。自分で自分の体に拷問を強いたようなものだろうか。

竜神は、膝の痛みに関しては伊沢教授の治療を受けつつ、体重を増やす作戦に出た。五キロ落としたのをまた戻す——過酷なトレーニングが竜神の体をさらに痛めつけた。

何故そこまで、自分を追いこんだのか。

「クロカンの象徴であるためです。象徴というのは図々しいかもしれないけど、強くいなければいけないと思った。自分が頑張らなければ、クロカンの火が消えてしまうのではないかと怖かった」

3

ブームを作るのはマスコミだ、などと信じるほど私は自惚れてはいない。現実には、ネットの口コミの方がよほど影響力があるだろう。だが、一般のネットユーザーが「ネタ元」にするニュースは、やはり私たちが取材した記事から生まれるのだ。特にクロカンのようなマイナー競技では。

マイナー競技をメジャーにする一番の近道はやはり、「スーパースター」を作ることだ。フィギュアスケート然り、ノルディック複合然り、世界レベルで戦えるヒーローが出現すれば、人気は全国的に沸騰する。散々煽ったのだ、と私は今になって反省していた。書き飛ばした記事の数々……中には「調整失敗」のような批判的な記事もあったが、これは試合の結果に関してだから仕方がない。負ければ批判するのは、当たり前の話だ。しかしそれ以外では、ほとんど竜神を神格化する勢いで記事を書き続けてきた。

それらの記事を、改めて読み返してみる。

プレオリンピックイヤー、竜神が再度の肉体改造を決意する前の記事は、まさに絶賛の嵐だった。ワールドカップの転戦に帯同した私は、彼が表彰台の二位に上がった記事で、竜神を褒めちぎっている。

価値ある2位　見えた金メダル

竜神真人（31）の金メダルが見えた。

クロスカントリー・ワールドカップ・フィンランド大会、50キロフリーに出場した竜神は、粘りの滑りで2位に食いこんだ。優勝したフィンランドのライコネンとのタイム差は、わずか2秒。ゴール前最後の100メートルで、2位のノルウェー・ヨハンセンをかわし、終始トップを守ってきたライコネンを猛追。スキー板一枚の差まで追い上げ、惜しくも2位に終わったが、価値ある銀メダルとなった。

「今日のテーマは確実に消化できた」と竜神が胸を張る。「最後まで粘りを忘れないという、自分の持ち味を十分に発揮できたと思う」

「逆転の竜神」はまさにトレードマークだったが、今日の滑りには余裕があった。終盤になってから、2位グループから追い上げていくのが竜神のスタイルだが、この日は終始、ライコネン、ヨハンセンと3人でトップグループを形成。今までとは違うスピード感で、ハイレベルなレースを展開した。

オリンピックの金メダル候補で、辛うじて逃げ切ったライコネンは、「ぎりぎりで何とか勝ったが、雷に打たれたような気分だ」と、まるで負けたような表情だった。

竜神の走りはまさに雷のように速く激しかった。この日、「竜神」は「雷神」になった。

読み返すと赤面してしまう。何と気負った、しかも下手クソな原稿だろう。「竜神」が「雷神」になった? よくぞこんなことが書けたものだ。だが、それだけ興奮していた証拠でもある。

しかし今思い出しても、あれは血が沸き立つようなレースだった。終始小雪が舞う、氷点下五度のコンディション。時間が経つにつれて新雪が薄く降り積もり、選手たちはワックスの選択に悩まされたはずである。スタートの段階では、雪は固く引き締まっていたが、後になればなるほど、新雪の感覚に近くなってくるのは予想できた。後で聞いたのだが、竜神は天気予報を信用して、新雪用のハードワックスを選んでいた。序盤の滑りを犠牲にしても、後半の粘り——竜神本来の滑りを生かす狙いだった。しかし実際には、序盤からスピードに乗ってトップグループに食いこんだ。

ゴール地点の目の前にある記者席に座っていると、最後の直線に入って来たところで選手の姿をはっきり捉えられるようになる。本当はその前の、急な右カーブに入った付近で見えたはずなのだが、粉雪のせいで極端に視界が悪くなっていた。

私たちより先に、カーブの近くに陣取っていた観客が、トップグループのデッドヒートを確認した。悲鳴のような歓声が耳に飛びこんでくる。先頭がライコネン、竜神は最後のカーブからの立ち上がりで強引にインを突き、ヨハンセンを一気に抜き去った。その瞬間のヨハンセンの唖然とした表情を、私は双眼鏡の中にはっきりと見た。まさかここで抜いてくるとは、とでも言いたげな本音が顔に出ていた。一方の竜神は、いつも通り——つまり、必死の形相。楽に滑っている竜神など、私は一度も見たことがない。歯を食いしばり、時には唇が一本の線になるほどきつく引き結び、両目は前方の空間を射抜こうという勢いで見開かれている。ハンサムが必死になってもハンサムなのが普通だが、竜神の場合は迫力が前面に出てくる。

あの時もそうだった。必死の形相はまさに鬼のようで、双眼鏡のレンズで大写しになると、殺気さえ感じるほどだった。逃げ切りにかかるライコネン。しかし竜神は疲れを一切感じさせず、腕の振りはますます大きく、一歩一歩の踏み切りも力強くなってくる。ライコネンの方が、明らかに余裕がない様子だった。一度も後ろを振り向くことはなかったが、背中には殺気を感じていたのではないだろうか。まるで竜神の視線が磁力のようにライコネンを引きつけ、スピードを鈍らせているようだった。

ゴール手前二十メートルほどの地点で、二人の差はほとんどなくなり、私は「勝った」と確信した。記者の立場を忘れて思わず立ち上がり、声にならない声を上げたほどである。追い上げてきた竜神の精神が、ライコネンを呑みこもうとしていた。その時ライコネンは二十九歳、選手としては全盛期で、前年のワールドカップ総合チャンピオン、翌年のオリンピックでも五十キロフリーで銀メダルに輝く男である。一番力のある時期の選手しか持ち得ないオーラ——それが最終的にライコネンを守った。

何があったのか、竜神の右のスキーがわずかに流れ、スピードにロスが生じた。最後の最後で致命的なミス。ライコネンが一気に前に出る。声援は広い会場を埋め尽くすようで、私は軽い耳鳴りを感じていた。

ライコネンのリードが広がる。竜神は一度崩れたリズムを再度立て直し、なおも追撃を諦めなかった。迫る。大きなスケーティングで、また差が縮まっていく——しかし最後はライコネンが逃げ切った。もしもゴールが十メートル先にあったら、竜神が逆転していたかもしれない。

　ゴール後の二人は対照的だった。ライコネンはゴールの先で倒れこみ、起き上がれない。竜神は膝に両手を当てて、前屈みになったまま、ゴールした勢いで滑って行ったが、すぐに顔を上げた。天を仰ぐようにして口を尖らせ、息を吐く。その顔に浮かんでいるのは「やっちまったな」とでも言いたげな、悔しそうな表情だった。勝てたのに。何故追い切れなかった？　これでは「逆転の竜神」は返上だ——結果的には、終盤で一人を抜いて逆転していたのだが。

　ミックスゾーンでの取材ではろくに話が聞けなかったので、その後宿舎に戻った竜神を電話で摑まえた。こんな風に直に電話で話ができる記者は他におらず、その点が私には自慢だったが……竜神は既に冷静になっていた。一番心配していたのは膝の状態だったが、この日は特に問題なかったようだ——竜神の膝は山の天気のようで、その日その日で状態が違う。竜神は淡々とした中に安堵感を滲ませながら喋ったが、二位という結果よりも、膝が無事だったことにほっとしていたのだろう。

　ライコネン。

　ふと、頭の中を彼の精悍な顔が過る。ウエーブのかかった金髪を長く伸ばして、八〇年代のロックスターのようだった。そのライコネンも、前回のオリンピック後に引退を表明し——腰に致命的な故障を抱えていたと後で分かった——今はゆるゆるとした生活を送っている。主な収入源は、フランスに本拠を置くスキー用品メーカー・イヴェール社のアドバイザーとしてのものだ。

ライコネンは、引退後、何度か日本に来ている。イヴェール社にとって日本はそれなりに大きな市場だから、たまの顔見せは大事なのだ。そう、去年もスキーシーズンに先んじて、新製品のプロモーションのために来日している。私も、かつて取材したことがある縁で新製品の記者会見には顔を出し、ライコネンとは二言三言言葉を交わした。あれは……十月だった。もしかしたら今年も来日するのではないだろうか。メーカーは毎年のように、新製品をリリースするのだから。

私はスクラップブックをデスクの片側に積み上げ、埋もれていた電話を発掘した。イヴェール社の日本代理店、アサマスポーツの広報部に電話を入れる。当たり、だった。ライコネンは九月末に来日する予定になっている。東京で新製品の記者会見に出席した後、東京と大阪で開かれるファンミーティングにも参加するという。

記者の勘は馬鹿にしたものではない。勘というよりも、積み重なった経験に基づく一瞬の閃き(ひらめ)というべきか。もっとも、勘が当たって道が開けた時に特有の爽快感はなかった。

私は、新たな壁を目の前にしたのだ。

私は正面からアサマスポーツを攻めた——記事を引き換えにして。去年の来日の時も記事を書いているし、今回は一段大きな扱いにする。何故ならオリンピックでメダルを競ったライバルの竜神が復活するので、ライコネンの存在も再びクローズアップされるからだ。ついては、竜神について語ってもらうために、独占インタビューをさせて欲しい——。

我ながら、立て板に水の説得だった。主役は竜神だが、アサマスポーツも宣伝になると判断したのか、単独インタビューをあっさりと了承してくれた。

これで第一段階はクリア。

問題はここから先だ。インタビューでは、アサマスポーツの広報担当者が必ず同席する。二人にしてくれと言ったらかえって不自然だから、これは仕方がない。しかし第三者がいる場所では、絶対に持ち出せない話である。インタビューの日が近づくにつれ、私の悩みは深くなった。

前日にようやく作戦を思いついた——名刺作戦。

事件記者がよく使う手だ。相手の自宅まで出向いても会ってもらえない時、名刺の裏に用件を書いて郵便受けに放りこんでおく。十回に一回ぐらいの割合で、返事がくるものだと、知り合いの東日新聞社会部の記者が言っていた。どんな「名刺」を使うかは、ぎりぎりまで考えよう。ライコネンは、私が知る限り気さくな男で、ある程度は礼儀も弁(わきま)えているから、何とかなるかもしれない。知り合いだということも大きいはずだ。もっと簡単に、堂々とカラオケにでも誘って、日本のアニメソング――ライコネンにはオタク気質がある――を熱唱させながら訊き出す手も考えたが、それだとやはり、アサマスポーツの担当者がついてくるだろう。

短い文面でライコネンを納得させ、単独行動をとる勇気を持たせられるか――完全に賭けだ。

九月二十二日、木曜日。私はアサマスポーツ本社にいた。スキーウエアの取材などで何度か来たことがあるが、新しい会議室に入るのは初めてだった。若い広報部員が案内してくれたのだが、彼は少し寝不足のようだった。

「お疲れですか」

「いや……」苦笑が浮かぶ。「ライコネンはタフですよね」

「それは、金メダリストだから」

「いや、昨夜も二時まで……」

「ああ」私も思わず苦笑した。噂で聞いただけだが、現役時代のライコネンは大酒呑みだったという――それこそ競技に支障が出るぐらいに。寒いせいか、概して北欧の人はアルコールが好きだというが、ライコネンの場合は度を超していると指摘する人もいた。「奴を潰したければ、レースの前日にアルコール・トラップを仕掛ければいい」と皮肉混じりに言っていた選手もいる。

「昨日、来日したんですよね」

「そうです。時差ぼけなのかもしれないけど、とにかく眠らないんですよ。仕方なくつき合いましたけど、ひどい目に遭いました」

「今までもそんな様子だったんですか」

「私は今年からの担当ですけど、そんな風に聞いて……忠告を受けています」生あくびをして、「すみません」と頭を下げた。

チャンスはあるな、と私は頭の中で計算した。酒が好きな人間というのは、他人に誘われるとこれ幸いとばかりに飛びつく。ということは……私はちらりと腕時計を見た。約束の時間まで、まだ五分ある。この辺は計算通りだ。

「ちょっと失礼します。トイレをお借りしたいんですが……まだ大丈夫ですよね」

広報部員も腕時計を見る。

「大丈夫ですよ、常にオンタイムの人ですから。必ず時間通りに顔を見せます」

私はうなずき、会議室のすぐ側にあるトイレに入った。個室にこもり、名刺を取り出して、裏に素早く短いメッセージと自分の携帯電話の番号を書きつける。これで返信がくれば、後は何とか……おっと、もう少し事前の調査が必要だ。慌てて会議室に戻り、素知らぬ顔で広報部員に話しかける。

「で、昨夜はどこへ行ったんですか？　やっぱりＶＩＰ待遇で、高級な会員制バーとか？」

「いや、居酒屋のはしごでした」

「居酒屋？」

「ライコネン、日本酒が気に入っちゃったみたいなんですよ。あと、つまみ系の食べ物も何でも好きで。ヨーロッパの人にしては、ちょっと変わってますよね」

私にとっては朗報だった。居酒屋ならいくらでも知っているから、誘い出したらそういう店に連れて行こう。どう考えても経費で落とせないから自腹になるのだが、居酒屋の高いコストパフォーマンスが財布を助けてくれるだろう。

フィンランドの食生活はどんな感じだっただろう、と私は記憶を探った。ワールドカップを転戦して取材している時に当然フィンランドにも行ったのだが、ああいう時は、街中で郷土料理を食べ歩いている暇などないものだ。ホテルと試合会場の往復だけで時間が潰れてしまい、プレスセンターに用意されているスナック類で食いつなぐか、世界中どこへ行っても同じようなホテルの料理で腹を満たすしかない。

選手はもちろん違う。彼らは基本的に、食べることが仕事だから、その辺の対策はきっちりとやっているのだ。しかし食べ物に気を遣う必要がなくなって、金髪碧眼、百八十五センチの長身のライコネンが背中を丸めてもずく酢を食べている様を想像すると、奇妙な感じがする。

約束の時間ちょうどにライコネンが会議室に入って来た。私を見つけると、人懐っこそうな笑みを浮かべる。どうやら覚えていてくれたらしいとほっとしたが、実は私の方では、一瞬ライコネンを見間違えてしまった。

体が萎(しぼ)んでいる。現役を退いて二年経つから、筋肉が落ちてきているのは当然だろうが、それにしても極端だった。去年はここまで痩せていなかった……竜神も同じように体重を落としていたが、彼の場合、服を着ていると、そこまで痩せたことが分からない。ライコネンは、Tシャツにスリムなジーンズという格好のせいか、明らかに変わってしまった体型がはっきりと分かる。胸板は薄くなり、ケーブルを縒(よ)り合わせたようだった腕も、ひと回り細くなっている。しかも履いているのが、デザイナー物らしい細身のジーンズだった。現役時代にインタビューした時、ライコネンが「合うジーンズがない」と零していたのを思い出した。あの頃は、太腿回りが七十センチ近くあったのではないだろうか。腿で合わせればウエストがぶかぶかになり、ウエストがジャストサイズだと脚が入らなくなる。二年でここまで筋肉を削ぎ落としたのは——不自然だ。

何より驚いた変化は、髪型——髪の毛だった。八〇年代ロックスター的な長髪ではなく、丸坊主――いや、剃り上げている。ニットキャップを被って現れた時点で既に違和感を覚えていたのだが、座ってキャップを脱いだ瞬間、頭皮が直に見えたのでぎょっとした。何というか……顔に余計な肉がついていないせいで、レントゲン写真を見るように頭蓋骨の作りがそのまま想像できるのだ。眼窩(がんか)は落ち窪(くぼ)んだようで、その分眉の出っ張りが目立つ。飢えた肉食獣、という感じだった。

しかし、人懐っこい笑みに変わりはない。

「オ・ヒサシブリデス」とたどたどしい日本語で挨拶し、右手を差し出す。握手すると、こちらの手を握り潰そうとするような力強さだった。

さて……ここからは通常のインタビューの手順だ。ただし、ライコネン本人の話ではなく、竜神の話を聞くことになるから、機嫌を損ねないようにしないと。トップアスリートの中には、扱いが難しい人間がいる。我がままというか、競技場以外の場所でも自分が主役でないと満足できないタイプは少なくないのだ。相手のことじゃなくて俺の話を聞け――露骨にそう言った選手もいた。

しかしライコネンは、こちらの質問に迷わず答えてくれた。竜神とはワールドカップ、オリンピックで競い合った間柄だが、最終的にワールドカップではライコネンが勝っている。だからこそ、余裕があるのだろう。

ライコネンは既に、竜神の現役復帰のニュースを聞いていた。

「びっくりしたけど、尊敬に値することだと思う。引退したからって、二度とレースに出場する権利がなくなるわけじゃないんだから。チャレンジする権利は、誰にでも残されていると思う」

「どう思いました？」

　優等生的なコメントだが、ライコネンはいつもこうなのだ。ある意味、竜神と似ている。竜神も誰かの悪口を言ったり、こちらが驚いて思わず顔を上げてしまうような意外な答えを口にしたりはしない。二人とも、確実に使えるコメントは出してくれるが、面白いかと言えば——面白くはない。

「あなたは、復帰を考えたことはない？」

「まさか」ライコネンが笑った。「僕は家族のために引退したんだ。両親にも恩返ししたかったたし、オリンピックの直前に二人目の子どもが生まれたばかりだったから」

「でも、昔と同じように、世界中を飛び回っている」

「昔とは全然違う。冬のシーズン中はまったく家族と会えないまま何か月も過ごしていたけど、今は基本的に家族と一緒にいるから。たまに長い旅に出るだけだよ」

　私のつっかえつっかえの英語と、訛りのあるライコネンの英語とでのやり取りには、かなり時間がかかった。アサマスポーツは通訳を用意しようかと言ってくれたのだが、私は断っていた。直接話すことで、「壁」を取り払いたかったのだ。

一時間ほど話をした後で、私は軽く汗をかき、かすかな頭痛さえ覚えていた。しかし、本題はあくまでここからである。ヘマしてはいけない——私は話をまとめにかかった。

「今日これから新製品の記者会見で、明日がファンミーティング、明後日が大阪へ移動でしたね？」広報部員に確認する。

「そうです」広報部員が、自分の手帳に視線を落としながら答えた。「大阪でもファンミーティングを行って、その翌日に関空から離日します」

「タイトなスケジュールですね」

「次の日から、韓国でイベントなんですよ」

自分には絶対にできないな、と私は思った。いや、旅から旅への暮らしには慣れているのだが、大勢の人と始終顔を合わせる緊張感には耐えられそうにない。

「じゃあ、今夜は……」

ライコネンに視線を向けると、彼はにやりと笑って口元にグラスを持っていくふりをした。

「サケ、サイコー」

俺は日本酒は苦手なんだよな、と思いながら、私は急に思い出した、というふりをした。

「名刺を渡してませんでした」

　海外では、久しぶりに会った相手に名刺を渡すような習慣があるのだろうか……ライコネンが不審に思わなければいいのだが、と思いながら、私は名刺を差し出した。その際、最初は裏を上にして、メッセージが見えるようにする。ちらりと視線を落としたライコネンが目を細めたが、すぐに顔を上げ、私に向かって素早くうなずきかけた。それから、名刺を挟みこむように両手を合わせ、もう一度軽く一礼する。
　当たったな、と私は確信した。ライコネンからは必ず連絡があるだろう。問題は、どうやって私が酔い潰れずに話を聞き出すかだ。もう一つ……酔っ払いの証言にはしっかりした価値があるのだろうか？

『ハードバーン』

第四章　英雄の光と影

（承前）

トップアスリートにはトップアスリート同士の絆がある。本物の才能を持ち、

その才能をさらに輝かせるために死ぬほどの努力をできる人間だけが手に入れられる、社交クラブのパスポートのようなものだ。それを入手できる人間は、同世代ではほんの数人だろう。国境は関係ない。

竜神より二歳年下のライコネンは、スキー王国・フィンランドの期待の星で、二十歳で国際大会にデビューすると、各地のレースを席巻した。オリンピックでのメダル獲得が一度だけ、というのはにわかには信じられないが、全てを手にした英雄は、実は二度も運に見放されていた。

ライコネンは、最初のオリンピックを二十一歳で迎えた。代表に選ばれたものの、本番の一か月前、練習中に左膝靱帯断裂の重傷を負う。ここからの復帰にほぼ一年かかり、翌シーズンの途中まで、レースに参加できなかった。

次のオリンピックでは二十五歳。怪我も癒え、まさに全盛期で迎えるはずだったのだが、この時もレース直前に、妹を交通事故で亡くす悲劇に見舞われた。男子五十キロクラシカルに出場したものの、精神的なダメージは大きく、十二位と惨敗している。フィンランド国内では、ライコネンを擁護する声と非難する声が渦巻き、国を挙げての議論になったという。

二度の大きな挫折を経験しただけに、ライコネンにとって最後のオリンピックは、重大な意味を持っていた。

「世界中が注目している舞台で勝てなかったら、それまで続けてきたことの意味がなくなる。全てを賭けて勝ちにいった」とライコネンは言う。

このオリンピックで、ライコネンはリレーで金メダル、十五キロでも銀メダルを獲得し、二つ目の金メダルを狙って五十キロフリーに挑んだ。絶好調のシーズンで、よほどのことがない限り優位は揺るがないと思われたのだが、そこに立ちはだかったのが竜神だった。

「竜神とは、何年も前からワールドカップなどで競り合ってきた。嫌らしいほど粘り強い滑りをする選手で、正直、憎しみを抱いたこともある」とライコネンは打ち明ける。「もちろん、レース以外のところではいい奴だ。礼儀正しいし、一緒にいて気が楽な男だ」

男子五十キロは、オリンピック史上に残るデッドヒートとなった。この日は気温マイナス二度、雪面温度はマイナス五度。よく晴れ上がっていたが、雪面は硬く引き締まって氷のようになっていた。スピードは出やすい一方、スタミナ勝負の過酷なレースになるパターンである。

二人は、最初の一周から飛び出した。他の選手を置き去りにし、二人だけでレースをしているような感じになる。コースを六周強周回する設定だったが、この間、トップは実に七回も入れ替わった。

「タフなレースだった」とライコネンが振り返る。「僕は同じポイントで三回、抜かれた。上りの緩い左カーブで、正直、竜神の執念には恐怖を感じた」

ライコネンが言うのは、スタート地点から百メートルほど行った場所にある上り地点のことだ。給水ポイントで、順位の入れ替わりが多い場所でもあるのだが、竜神は三回とも給水を利用せずにライコネンを抑えた。一度はアウトサイドから強引に抜きにかかり、スタンドを沸かせた。かなり大回りになったのにスピードに乗って、ライコネンを置き去りにしたのである。

「あれはきつかった。上りのカーブでアウトサイドから抜いていくのは、相当のスタミナと技術、それに大胆さがないとできない。レースの序盤なら分かるけど、竜神は最後の一周でも、それをやった。あの時、正直に言えば負けるかもしれないと思った」

当時を振り返ると、今でも血の気が引く、とライコネンは告白する。

「クロカンでは、駆け引きも大事だ。竜神は、抜く度に僕に精神的なダメージを植えつけていった」

しかしライコネンは、負けなかった。一周八キロのコースは長い。オリンピッククレベルの戦いでは、一周を十五分あまりで周回するのだが、ライコネンはラストの周回で再び勝負をかけた。長い下り——先を行く竜神の腰がわずかに高くなっていることにライコネンは気づいていた。

「やはり疲れているのが分かった。あそこは一番長い下りで休めるポイントだけど、降り切ったところで一気に、勾配のきつい上りになる。そこで勝負を賭けることにした」

問題の下り部分は、スタート・ゴール地点にいる観客からもよく見えるのだが、そこから先の上りは、林の中に入って行く感じになり、視界から消える。ライコネンは大きく右へ膨らみ、長い坂の半ば、林に入る付近で竜神を捉えた。

「あれはレースで一番きつい瞬間だった。竜神を抜いて、リードを保つまでに、永遠の時間がかかったような気がした」ライコネンは、その先のフラットなコースに出るまでに逆転して、ある程度引き離そうという作戦に出た。

「僕にとって幸いだったのは、少し気温が上がってきていて、竜神のワックスが合わなくなっていたらしいことだった。横に並んだ時、体はちゃんと動いているのに、スピードが乗っていない感じがした。一方僕は、上りでもしっかり滑れていた。だからあそこで勝負に出たんだ」

ライコネンは、竜神を抜き去ると、一気にリードを十メートルほどに広げた。上りが終わり、フラットなコースに出たところで、リードは二十メートルに広がる。そこで勝った、と確信したという。

「残りが四キロぐらい……平地と下りではあまり差がつかないだろうと思っていたが、まだ長い上りが一か所あった。そこでさらにリードを広げて、確実にトップでゴールできると確信したんだ」

その状況を話すライコネンの顔が微妙に歪み、蒼褪めたのを筆者は覚えている。ライコネンはまたも、楽なレースはさせてもらえなかったのだ。

最後の長い上りの頂点で、ライコネンのリードは三十メートルにまで広がっていた。そこから先は、林間を走るフラットなコースを抜けた後、ゴール地点へと下る短い坂がある。さらに距離の調整のために、メーンスタンド前の複雑なカーブを何か所か抜け、ラストは二百メートルほどの直線。竜神が追いつける可能性は、ゼロに近いはずだった。

しかし、最後の直線に向かうカーブをクリアした瞬間、ライコネンは確かに竜神の息遣いを感じた。滑っている時には、意外に雑音が耳に入り、後ろから来る相手の存在を直接感じることはできないというが、この時ライコネンは、はっきりと竜神の存在を意識した。

「息遣いではなかったかもしれない」ライコネンが訂正する。「息遣いが聞こえるほどだったら、相手も相当へばっているはずだから、心配する必要はない。あれは……気配だったんだと思う。神経が研ぎすまされている時には、近づいてくる選手の存在を感じ取ることがあるんだ。その時僕は思った。君はサムライだろう、サムライは、相手の後ろから斬りかかるような卑怯な真似はしないはずだ……なんてね。今思うとまったく意味がないことなんだけど、それだけ僕は追いこまれていたんだと思う。正直、あんな短い時間で、あれだけパニックになったことはない」

そこから先を、テレビの画面で観てくっきり覚えている人も多いだろう。逃げるライコネン、追う竜神……まさにデッドヒートだった。カーブを曲がり切った地点でのライコネンのリードは、十メートルほどあった。気配を感じられる距離とは思えないが、それだけ竜神が強い殺気を発していたのだろう。

ライコネンのリードは、すぐに五メートルほどに縮まった。竜神の方が明らかに動きが大きく、スピードにも乗っている。それに比してライコネンにははっきりと疲れが見えた。腕の動きが小さくなり、滑りが悪くなる。竜神が再度の――八度目の逆転をするのは時間の問題に見えた。

しかしライコネンも、世界チャンピオンである。ガソリンタンクに最後の燃料を残していた。ゴールまで残り二十メートル、二人がほとんど並びかけたところで、いきなりスピードを上げて引き離しにかかった。腕の振り二、三度……それでライコネンは、それまで死にかけていたスピードを取り戻し、再び竜神を引き離した——はずだった。しかし竜神は、最後の最後まで諦めない。ゴール手前十メートルで再び並び、最後は竜神が振り切った。その差、わずかに一メートル。

「逆転の竜神」の神話は、最後まで生きていた。

「生涯で一番タフなレースだった」ライコネンが感慨深そうに認める。「ああいうレースは、二度とできないだろう。今では竜神に感謝している。彼がいたからこそ、自分の限界を超えたレースができた。そのせいで、ワールドカップの後半戦は出場できなくなったけどね」

肉体に刻まれたダメージは相当なものだったのだ。竜神も、オリンピック後のワールドカップの出場はキャンセルしている。金メダルと銀メダル——栄光の影で二人が手に入れたのは、ぼろぼろの体と現役引退という結末だった。

4

時間潰しは、新聞記者の基本のようなものである。来るか来ないか分からない相手を待って、ひたすら時計を睨む——しかし今日はまだましなのだ、と私は自分に言い聞かせた。雪の中、街灯の下で待っているわけではないし、酷暑で体中の水分が搾り取られるような状態でもない。適度に冷房の効いた編集局の中で、だらだらとテレビを観ながら待てばよかったのだから。

しかしそれも、午前零時が近づくと苦痛になってくる。仕事があればまだよかったのだが、書くべき原稿は全て書き上げてしまい、メモに落とす情報もなく……竜神の伝記にも手をつけられない状態では、本当に手持ち無沙汰だ。今日の当番デスクである宮田が、ちらちらと私の方を見ては不審そうな視線を向けてくる。用事もないのに何をしてるんだ、とでも言いたげだった。

とうとう十二時になった。

宮田の仕事も一段落したようで、ぶらぶらとこちらに向かって歩いて来る。禁煙の編集局内で吸えるわけもないが、唇の端に煙草をくわえていた。

「何やってるんだ、こんな遅くまで」

「電話待ちなんですよ」私は自分のスマートフォンを取り上げてみせた。この時点では既に、電話はこないだろうと諦め始めている。いくらライコネンが宵っ張りだと言っても、限界はあるだろう。あるいは連絡しにくい状況なのか……アサマスポーツの連中が張りついていたら、自由に電話もできないだろう。何か怪しい話がある、と彼自身も気づいているはずだ。

「電話待ちなんて、今さら流行らないだろうが。何のために携帯があるんだよ」

「外は暑いですからね。それに、どこかの店で待ってたら、それだけで金がかかる」

「だったら、家にいればいいじゃないか」

「電話がかかってきた後で、都心部に用事があるので」私の家は、京急線の北品川駅近くにある。駅から家までが遠いので、何だかんだで都心に出るには時間がかかるのだ。新橋にある会社にいれば、どこへ行くにしても時間が節約できる。

「まあ、いいけどな」宮田はどこか不満そうだった。私がここでだらだらと時間を潰していると、会社の電気代がかさむ、とでも思っているのだろうか。

「別に迷惑はかけてないでしょう」

宮田が鼻を鳴らして去って行く。まったく、煩いデスクだ……小声でぶつぶつ文句を言っているうちにスマートフォンが鳴った。浮かんでいるのは、見知らぬ番号——ライコネンだ、と確信する。

通話状態にして、スマートフォンを耳に押し当てる。相手の声が耳に流れこんでくるのを待った。少し癖のある英語の「ハロー」。間違いなくライコネンだ。

「電話してくれてありがとう」私は抑えた声で礼を言った。

「それはいいけど……何か話でも？　昼間の取材で十分だったと思うけど」

「あの時聞けなかった話で、どうしても聞かせて欲しいことがある」

「それは？」ライコネンは明らかに警戒していた。

「会った時に話したい。話をした方がいいと思うよ——いきなり記事になると、君も困るんじゃないかな」恐喝だ、と自分でも思った。日本人なら、反発するか、恐れてこちらの要求を受け入れるかのどちらかだろうが、相手はフィンランド人である。どんな反応を見せるか、予想もできなかった。

「これは取材なのか？」

「取材というより、僕の個人的な問題と言った方がいいかもしれない」

「僕が喋れば、あなたの役に立つのか？」

　この言い方には、普段図々しいことを自認している私でも胸が痛んだ。ライコネンは、私を「記者」ではなく「友人」と認識してくれているのだろうか。もしも話ができれば、意図していなくても彼を傷つけることになる。しかし私は、普段よりも図々しくなることにした。

「――ああ、助かる」

「分かった。今から会えるか？　スケジュールの空きがないんだ」

「僕は構わない」

「だったら、ホテルに来てもらえないだろうか」

「ああ」

　ライコネンが部屋番号を教えてくれた。酒を呑むつもりはないのか――そう言えば今も、声にアルコールの影響はまったく感じられなかった。多少酔っている方が、本音が漏れ出るものだが、証言の有効性は怪しくなる。それに酔っ払いを相手にしていると、話がぐるぐる回るだけで、結局結論に辿り着けないことも多い。

俺には運がある、と私は自分に言い聞かせた。あるいは、ライコネンの喋りを多少滑らかにするために、ビールの六缶パックでも買っていくべきだろうか。ライコネンはかつて、「世界中で日本のビールが一番美味い」と断言していた。あれは多分に、日本人記者である私に対するリップサービスだったのだろうが……やめておくことにした。こうなったら、最後まで素面でつき合ってもらおう。

私はジャケットを引っ摑んで、編集局を出た。宮田の視線がまたしつこく追いかけてきたが、それを振り切るように、大股で廊下を急いだ。


ライコネンが泊まっているのは、赤坂にあるホテルのスイートルームだった。今回はずいぶん待遇がいいようだが、これで一泊いくらぐらいだろう……と考えてしまうのは、出張続きで頻繁にホテルを使う身ならではの性かもしれない。

やはりライコネンは素面だった。真っ白なパンツに濃紺のポロシャツという格好で、スリッパも履かずに裸足である。痩せた足の甲にくっきりと血管が浮き出ているのが見えて、何だか気味が悪くなった。

六人が座れるテーブルに座らされた。ミネラルウォーターのボトルを渡した後、ライコネンは自分の分の水を持って、私の向かいにあるソファに腰を下ろす。両足を大きく広げ、ボトルを両手で持ってその間に垂らした。柔らかい照明を受けて、禿頭が鈍く光っている。

「君は、ドーピングをしていなかったか」

私は前置き抜きで切り出した。ライコネンがゆっくりと顔を上げる。私の目を見ながら、首を横に振った。

「していないのか？」

「そんなことは言えない」

微妙な言い方に、私はかすかに苛ついた。潔くない――もちろん、自分の「罪」を簡単に認めることはできないだろうが。

「君はもう、現役を引退している。今さら問題になることはない」

「新聞記者というのは、どこの国でも同じだね」ライコネンが肩をすくめる。「どうしても、自分の考えている方に誘導しようとする。最初にシナリオありき、なんじゃないかな」

妙に落ち着いた態度に、私は少しだけ気持ちが揺らぐのを感じた。余裕があるのは、やっていなかったからではないか？　騙されたのかもしれないと考えると、怒りで顔が熱くなる。

「シナリオはない」私は否定した。「そういう情報を聞いただけだ」

「誰から？」

「それは言えない」ライコネンの顔を正面から見据えて、私は拒否した。

「それじゃ、話にならないな。そういう適当なことを言う人には、文句を言ってやらないといけないいんだけど」

「適当だとは思っていない。その人――僕の情報源は、自分が君のドーピングを手伝ったと証言した」

ライコネンの顔が瞬時に蒼褪めた。まさか、裏切られたのでは――動揺が透けて見える。

「君は、今の話を否定しなかった」私は突っこんだ。「本当にやっていなかったら、一言否定すればいい。でもしなかった――できなかったんじゃないか？　何故なら、僕の摑んだ情報は本物だから。君はドーピングをしていたから」

「していたとしたら？」ライコネンの声が震える。

「僕は、この件を断罪するつもりはない。聞きたいのは、君がドーピングをしていたかどうか、でもない」

「だったらどうして、そんなことを聞く？」ライコネンの声に怒りは感じられなかった。むしろ戸惑い……そして弱気が透けて見える。

「ある人が、君の勧めでドーピングをしたんじゃないかと疑っている。そう証言した人がいる」守永の口からその事実を聞いた時、私は言葉を失うほどの衝撃を受けた。オリンピックの銀メダリストが金メダリストにドーピングを勧めた？　これが明るみに出たら、二人のメダルは取り消されるのではないか？　オリンピック史上に残るスキャンダルだ。しかし私は、「断罪する」という意識を捨てた。自分の記事で二人を裁くようなことはしない。まずは事実を知って、その後は……分からない。永遠に胸のうちにしまいこんでおくのは不可能だ、ということだけが分かっている。

「僕はその情報を信じている。君に極めて近い人の証言だから」

「……モリナガだな？」

私は何も言わなかった。うなずきもしなかった。しかし守永こそが、ライコネンに近づいて遺伝子ドーピングを勧めた張本人である。守永はその事実を、さして悪びれた様子もなく打ち明けた。

「君は、腰の故障の影響などで、相当苦しんでいたと思う。そういう事情もあったし、この前のオリンピックではどうしても勝ちたかったんだろう？　それで絶対に検出不可能な遺伝子ドーピングに手を出した」

「勝つため、じゃない。勝つための練習をするのに力が必要だった。この二つは全然違うんだよ」

認めた――ペットボトルを握る手に思わず力が入り、ボトルが歪む。こうあっさり認めたのは意外でもあった。しかし、以前他の記者に聞いた話を思い出す。引退した選手が悪びれずにドーピングの経験を明かし、まだ冷蔵庫に残っていた薬を見せてくれたことがある、と。

騒いでいるのは外野の私たちだけかもしれない。選手側は、誰でもやっている大したことのない話、というレベルの認識なのではないか。

「レースで勝つために使ったわけじゃないんだ」ライコネンが繰り返した。「この違いが分かるかな？　僕には、ハードな練習が必要だった。しかし、体がそれに耐えられなかった。練習に耐えるだけの筋力と持久力をつけるために、ドーピングを利用しただけなんだ」

「同じことでは？」私にはその二つの線引きが見えなかった。

「いや、違う」ライコネンは譲るつもりがないようだった。

彼は、「悪いのはレース直前にドーピングすること」と解釈しているのだろう。練習で自分を追いこむために使うのはOK……私の認識では、やはり一般常識と外れた考えだ。ドーピングで使った筋肉や持久力で勝ちにいくのだから、それはやはり「ドーピングしてレースに臨んだ」のと同じではないだろうか。

しかし議論はしないことにした。彼がドーピングを認めたのだから、それでいい。本当は録音しておきたかったのだが、ＩＣレコーダーを見たら、ライコネンは口を閉ざしそうな気がした。それに、いくら相手がルール違反をしたといっても、私も隠し録りのような真似をするつもりはない。

「モリナガは、どんな風に近づいてきたんだ？」

「最初は、サプリメントを無料で提供するという話だった。それこそビタミン系とか、プロテインとか。スポーツ・ラボはヨーロッパでも有名な会社だし、特に怪しい感じはしなかった。それに彼は、日本人だろう？　誠実そうに見えたんだ」

だとしたら、守永はどこかで変わったのだ。私の第一印象は、「胡散臭い」だったのだから。何も言わずにいると、ライコネンが続けた。

「僕は、すぐに彼と親しくなった。いろいろ、親身になって話を聞いてくれたしね。そのうち、怪我のことや、調整が上手くいかないことを話した。シーズンインまで三か月ぐらいの時で……ベーシックなトレーニングの遅れが出ていて、そのシーズンは絶対に上手くいかないと思っていた」

「それは、いつの話？」

「前々回のオリンピックの翌年」

妹を亡くした精神的なショックで、十二位に沈んだ後か……怪我などが原因でなかった分、さらに調整が難しかったのかもしれない。気持ちが折れた時、癒してくれるのは基本的に時の流れだけだ。しかしアスリートにとって時の流れは、「老い」に直結する。気持ちを磨り減らす焦りが生じてもおかしくなかった。守永は、ライコネンのそういう状態につけこんだのだろうか、と私はかすかに怒りを覚えた。

「モリナガは、短時間で確実に筋肉量を増やす方法がある、と言ってきた」

「そう言われた時に、ドーピングだとは分からなかった?」

「……分かっていた。よくある話だ」

「だけど、断らなかった」

ライコネンが素早くうなずく。水を一口飲み、手の甲で口元を拭った。

「その申し出は、あまりにも魅力的だった。あの年は、筋力不足を痛感していたから。きついトレーニングができない精神状態だったんだ。そこで自分が変わるなら……僕は飛びついた。あまり考えなかった」

「結果は……」

「最高だった」最高という言葉を使ったのに、ライコネンの表情は最低の状況にあるように見えた。「筋トレは、積み重ねだ。すぐに結果が出るものじゃない。でもあの薬——注射を何回か受けて、僕の体はすぐにひと回り大きくなった。それまで、腕が弱点だったんだ……腕、それに肩。推進力を生むのに絶対必要な筋肉だよ。それがあっという間に大きくなった。それまでにないパワーが身についたのが分かったんだ」

ライコネンがボトルを床に置き、両の掌をくっつけて広げた。そこにじっと視線を落とす——自分を許す言葉が書いていないかと探るように。あるわけがない。ライコネンは、許されざる道に足を踏み入れてしまったのだ。

「そして君は、ワールドカップで勝った。何とも思わなかったのか？」

「あの薬を試してからオリンピックまでは、ずいぶん間が空いていた。何度か注射をしただけで、あとはまったく……」

「だから、悪くないと思った？　過去にやったことだから？」

無意識のうちに私の声は甲高くなっていた。ライコネンがうなだれる。

遺伝子ドーピングの効果は半永久的に続く、と言われている。薬のようにいずれ効果が薄れるものではなく、一度改変された遺伝子は、同様の効果を発揮し続けるからだ。酸素の取りこみ、心臓の効率アップ、持久力など様々な要素を有利にし、やめるまでずっと恩恵を受けられる。

だが今のライコネンは、現役時代とは打って変わって、急激に肉体が衰えてしまったようである。トレーニングの強度と関係あるのだろうか、と私は訝った。それにしても、危険であることに変わりはないはずだが。

「リュウジンに勧めたのは、どうして」

「彼はずっと、膝の故障に苦しんでいた。僕はそれを間近で見ていた。リュウジンは、筋肉量を様々に調整して、膝に負担のかからないバランスを見つけようとしていたんだ。そのために……やはり遺伝子ドーピングを必要としていた。彼の場合、早く結果が必要だったからね。急激に体重を増やしたり落としたりするのは、実は危険なことなんだ」

ドーピングの方がよほど危険ではないかと思ったが、私は口に出さなかった。余計なこと――個人的な感想を口にしない限り、ライコネンは素直に喋り続けてくれる感じがする。

「僕たちは、同じサーカスにいる仲間だったんだ」

「サーカス？」

「同じ船に乗った仲間、と言うべきかな。毎年ワールドカップを一緒に転戦して、試合の後では話す時間もたっぷりある。ライバルではあるけど、運命共同体みたいな……治療法や新しいサプリメントに関する情報なんかは、天気の話題並みに頻繁に出てくる。リュウジンの悩みを聞いてしまえば、僕としては、モリナガを紹介せざるを得なかったんだよ。その話をした時、僕たちは次の試合に備えてロシアにいたんだけど、僕が連絡を入れたら、モリナガはすぐに飛んできた。僕が二人を引き合わせて……もちろん、モリナガがリュウジンにどんな風に処置を施したかは知らない。でもリュウジンは、ものすごくいい顔をして『無事に終わったよ』と僕に報告した」

淡々と話すライコネンの態度が、どこか薄気味悪くなってきた。ライコネンはボトルを持ち上げると、ゆっくりと長く水を飲んだ。目はぎらぎらと光っている。

「——それから、リュウジンの調子はぐっとよくなった。次のシーズンから、膝をあまり気にせずに戦えるようになったんだ。一段階、レベルが上がった感じだね。その結果が、あのオリンピック」

「分かった」

「僕から言えるのはそれだけだ」ライコネンが肩をすくめる。ゆっくりと立ち上がったが、一瞬体が揺らぐ。告白で、体力を使い果たしてしまったのかもしれない。ゆらゆらと体を揺らすように歩いて来て、私の正面に座った。距離が近くなると、嫌でも衰えが目立つ。肌の艶はなく、実際の年齢よりも十歳ほども老けて見えた。「君は……この件をどうするつもりなんだ」

「罪悪感はないのか」彼の質問には答えず、逆に質問した。

「誰でもやってることだから」

「誰でもって……」

「いや……実態は分からない。選手同士、そっと教え合うことはあるけど、大声で叫ぶようなことじゃないから、実態は分からない。でも、やっているのは一人や二人じゃないよ」

「薬の力を借りてメダルを取って……価値があると思うか？」

「結果は結果だ」

「事実が明らかになれば、メダルは剝奪されるかもしれない」

「証拠がない」悪びれた様子もなくライコネンが言った。結局、そこが拠り所なのだろう。証言はあっても証拠がない。「検出は不可能だ。たとえ証言が集まったとしても、状況証拠に過ぎない。これが裁判だったら、絶対に有罪にはならないよ」

彼の言う通りだ。そして私には、依然として彼を断罪する強い決心がない。

「僕たちは、死んでも構わないと思っているんだ」

突然、ライコネンの口から飛び出した「死」という言葉に、私はぎょっとした。ライコネンの眼差しは真剣で、冗談を言っているとは思えない。

「トップレベルに近づけば近づくほど、目標のレベルは高くなるんだ。メダル一つでは満足できなくなって、次のメダルが、あるいはもっと輝くメダルが欲しくなる。そうやって選手たちが競い合う姿を、観客も望む。僕たちは、見せ物なんだから」

「見せ物って……」

「僕たちを支えてくれるのは、観客なんだ。彼らの懐から出る金が、僕らのキャリアを支えている。期待は裏切れないんだよ」

「プレッシャー?」

ライコネンが無言でうなずく。唾を呑んだが、いかにも億劫（おっくう）そうだった。

「特にフィンランドにいると……ウィンタースポーツに関しては、常にナンバーワンであるべきだと、国民全員が思っている。北欧に生まれた人間の宿命だね。そういうプレッシャーがどれだけのものか、君に想像できるか？　いや、分かってるだろうな……君のような新聞記者は、率先して僕たちにプレッシャーをかける立場なんだから」

その指摘に、私は言葉を失った。竜神をヒーローに祭り上げたのは、まさに私たちである。その状況が彼を追いこみ、勝とうとする意識が強くなり過ぎてドーピングに手を出させたとしたら……竜神がごく普通のスキーヤー、例えばオリンピックに出場できたことで満足して、メダルを狙えるほどのレベルでなかったとしたら、私たちもあんな風には持ち上げなかっただろう。しかし可能性のある選手に対しては、「頑張れ」の声を張り上げる。

そして負ければ突き落とす。スポーツジャーナリズムは、世界中どこでも、こんなことばかりを繰り返してきた。

競技生活——少なくとも一線級のレベルに達して以降、完全に満足して競技人生を終えた選手がどれだけいただろうか。注目を浴びたいというのは人間の本能だろうし、注目を浴びれば浴びるほど、今度は勝ちたい、勝たなければと思う——悪循環だ。この輪から逃れることはできないと思う。負けて平然としていられる選手はいない。その屈辱を避ける唯一の方法は、勝つことなのだ。竜神は勝って——今後日本人選手が辿り着けないかもしれないレベルだ——現役生活を終え、私の目には理想の競技人生だったように見えていた。

私の目は節穴か、あるいは曇っていたに違いない。私たち——私こそ、竜神を追いこんだ張本人ではないか。

「僕は、代償を支払った」

「代償？」言葉の重みがじわじわと胸に染みてくる。

「誰が好んでスキンヘッドにすると思う？　昔の髪型、気に入ってたんだ」ライコネンが頭を撫でた。鈍い光を放つ頭は、ドクロをも想像させる。

「それは、まさか——」私は顔から血の気が引くのを意識した。

「引退してしばらくして、ごっそり抜けたんだ。あれは、ショックだったな……ある朝、シャワーを浴びていたら、足元で髪の毛がとぐろを巻いていたんだ。家族に隠すのが大変だったよ。そのまま床屋に行って、すぐに髪を全部剃った」

「ドーピングの副作用なのか」

「ステロイドで、よくこういう風になるらしいね。詳しいメカニズムは分からないけど……まさか、モリナガに相談するわけにもいかないだろう。彼はカツラを売っているわけじゃないんだから。植毛の費用を持ってもらえるとも思えない」

笑えないジョークに、私の頬は引き攣った。ライコネンの顔にも、一瞬だけ笑みが浮かんだだけだった。

「髪の毛だけなら、まだ我慢できるんだけど。そもそも僕の家系の男は、皆髪が薄いし」

「まさか、他にも……」

「肝臓の数値も、信じられないぐらい悪くなっている」

「それは酒のせいじゃないのか？」昨夜も二時まで吞んでいたという話を思い出した。いくら頑丈な肝臓の持ち主でも、こんなことが続いたらダメージを受けるだろう。

「違う。実際今は、酒はできるだけ吞まないようにしているんだ。急に吞まなくなると心配されるから、人が一緒の時は仕方なく吞むんだけどね……でも、もう手遅れかもしれないって医者は言っている。肝硬変になりつつあるそうだ。他にも、いくらでも……僕の体はぼろぼろなんだよ」

「まさか……」

「金メダルと引き換えだ。プラスマイナスでどうなるか、僕には計算できないね」

　強烈なアッパーカットを食らったような衝撃だった。意識は戻ったものの、足はふらつき、視界はぼやけている。深夜の街に彷徨い出した後、私は行く当てをなくした。このまま家に帰る気にはなれないし、会社に戻る意味もない。だいたい、会社の人間と顔を合わせるのが嫌だった。会えば話してしまうかもしれない。

深夜一時半。昼間の熱気はすっかり消え、さすがに涼しくなっている。快適なはずなのに、私の不快感は消えなかった。どうすればいいのだろう……ライコネンのドーピング問題を書けるのかどうか。

新聞記事としては弱い、と認めざるを得ない。ライコネンに、罪の意識が薄いのだ。おそらく彼は、メダルと自分の健康状態を引き換えにした、と思っている。それでプラスマイナスゼロだ、と自分を納得させているに違いない。

それに、仮に「五輪銀メダリストが告白」というニュアンスで書いても、今度は守永が事実関係を認めるかどうかは分からない。守永は、事実を明らかにしたものの、自分の名前が出ることは断固拒否しているのだ。要するに、自分だけは悪者になりたくないのだろう。片方の当事者の証言があっても、物理的な証拠はない。どんなに先進的な研究所に分析を依頼しても、証拠は見つからないだろう。

この件は、一度置いておこう。問題にしなければならないのは、やはり竜神の件だ。ライコネンが打ち明けた副作用——その中で一番問題になりそうなものが、竜神を襲うかもしれない。

心臓。

第五部

闇と光

『ハードバーン』

第五章　闇と光

現役復帰したものの、竜神の道のりは平坦ではなかった。

まず、基本的なトレーニングで苦しんだ。東体大の全面協力でトレーニングプログラムを組み直し、さらに食生活も計算されたものに戻したのだが、筋肉量がなかなか元に戻らなかった。春先から夏にかけてはベーシックなトレーニングを繰り返したが、「元に戻っている」という実感が得られなかった。数値もそれを裏づけていた。

「筋肉が記憶を忘れている、という感じでした。昔は、計画的にトレーニングをしていれば、思うように体を作れた。しかし今は、体が忘れている感じです。当時の感覚が取り戻せるかどうかは分からない」

竜神が不安気にそう語っていたのは、七月頃のことだ。そして自信がないまま、夏のローラースキーシーズンに突入する。山形・蔵王山麓で行われた「蔵王国際ローラースキー大会」では成年男子十キロの部で優勝したものの、残る二つの大会では、五位、七位と結果を残せなかった。八月から九月にかけて、竜神の焦りは募る一方だった。

「やはり勝てないと……試合勘も明らかに鈍っていました。自分では勝負所だと思っていたポイントで仕掛け切れなかったり、力を抜いていいと思ったポイントで他の選手に一斉に抜かれたり。二年のブランクは大きかったですね」

現役時代、竜神は七月、ないし九月に高地トレを敢行するのが恒例だった。場所はアメリカや中国などだったが、ここでローラースキーで走りこみ、持久力をつける狙いである。しかし復帰後は、高地合宿を見送った。

「正直、この時点で高地トレーニングに耐えられるだけの持久力はありませんでした。高地トレは、ベーシックな体力・持久力が高いからこそ生きるものです。高いレベルにさらに上乗せするわけで、元のレベルが低ければ、効果は期待できない」

また、予算の問題もあったという。夏場、南半球で合宿を張ることもあったのだが、それはできなかった。現役時代、竜神は東体大に籍を置きながら、多くのスポンサーの協力を得ていた。当時はその知名度から、援助の申し出がいくらでもあったのだ。多くのアマチュア選手──特に個人競技の選手がスポンサー集めで苦労している中、竜神に限って、そういう苦労とは無縁だった。

しかし復帰後は、以前と同じようにはいかなかった。かつてのスポンサー企業──オリンピック前には五社がスポンサーになっていた──には真っ先に声をかけたのだが、今回は協力は得られなかった。やはり二年のブランクは大きく、復帰しても果たして元のような活躍ができるかどうか、スポンサー側でも疑問に思っていたからである。

以前のスポンサー企業の広報担当者が、匿名を条件に筆者に語った。

「正直、復活は難しいと思っていた。我々は強い選手を応援し、さらに上のレベルで戦ってもらうために援助しているのだが、そういう状況にない場合、援助は難しい。竜神選手は、引退で一度『ゼロ』にリセットされたと考えている。社内では、スポンサー契約のための年間予算は確保しているのだが、竜神選手との契約解除後、別の競技の選手の支援を決めたので、さらに竜神選手も……というのは難しかった」

企業も、金の支出に関してはシビアな時代である。予算不足の問題に直面した竜神は、貯金を取り崩してトレーニングを積むことになったのだが、当然それには限度がある。海外の高地合宿を諦め、九月を北海道での長期合宿に充てた。北海道は、現役時代の大半を過ごした場所であり、当時世話になっていた人たちの厚意に頼る格好になった。

「正直、環境はよくなかった。でもそれは、復帰を決めた時に既に分かっていたこと。覚悟はできていた」

帰京後、竜神はなおも基礎トレーニングを継続した。強度を上げて時間も延長。シーズン入り前に、ぎりぎりまで体を仕上げる計算だった。竜神にとって幸いだったのは、現役生活の晩年に散々悩まされた膝の痛みから解放されていたことである。

「結局、膝を休ませなかったのが、痛みが長引いた原因だったと思います。現役時代は、休養に充てられるのは四月の一か月だけで、五月からはトレーニングを再開していましたから……オフの四月も、実際には軽いウェイトトレーニングやランニングはしていたので、完全には休んでいませんでした。一年中、ハードに膝を使っていたので、痛みが引かないのは当然ですよね」

なかなか調子が上がらないまま夏場を過ごした竜神だが、秋口の追いこみのトレーニングは、当初の予定を上回るペースで行うことができた。

決して完全復活ではない、と竜神本人にも分かっていた。しかしほぼ完全に近い状態でシーズンインを迎えることができた。竜神自身は、自分の状態を「九十九パーセント」と判断していた。

1

復帰宣言後最初の竜神の本格的なレースは、十二月に北海道で行われた大会だった。シーズン最初の大会でもあり、まずは体を慣らすのが最大の目的だった。

小さなクロカンの大会にしては珍しく、スポーツ紙各紙の記者やカメラマンが顔を揃えていた。狙いはもちろん、竜神。スタート地点近くに設けられた撮影エリアには、テレビカメラも大量に並んでいる。私は、スタート地点で選手たちがざわついているのを、双眼鏡のレンズ越しに見ていた。きょろきょろと周囲を見回している選手が大勢……取材など滅多にないので、やはり空気感が変わったのを感じ取っているようだ。

双眼鏡の中の竜神もまた、珍しく異常に緊張していた。いつものように気合いが入って表情が険しくなるわけではなく、ただただ不安そうだった。二年半ぶりの本格的なレース。学生が主体の大会だったが、竜神にとっては仕上がり具合を試す絶好の機会だった。しかし……他の選手よりもずっと大きいはずの竜神が、今日はどこか小さく見える。

この大会は五キロと十キロの設定のみで、竜神は十キロのフリーにエントリーしていた。陸上で言えば、五千メートルというところだろうか……持久力よりもスピード感が重視されるレースである。

　このレースで、竜神は出遅れた。出遅れるのはよくある——ほとんどいつものパターンなのだが、体の動きが明らかに小さい。スピードも乗らず、時折双眼鏡で確認した限りでは、ずっと苦悶の表情を浮かべていた。ワックスが合わなかったのだろうか……気温は三度と、競技には適した気温だったが、結局竜神は、二十七分二十六秒四の平凡なタイムで九位に終わった。トップとの差は一分強。復帰戦としては失敗だったと言える。

　レース後、優勝者を無視して、報道陣は竜神を取り囲んだ。私はその輪の後ろの方に陣取り、竜神の話を聞いた。彼の声は低いがよく通り、滑舌もいい。少しぐらい離れていても、聞き逃す恐れはなかった。

「ワックスは合っていたと思います。久しぶりのレースなので、ちょっと勘が戻らない感じでした」

「まだ、どこが悪いとは言えない状態ですね。しばらく十キロでスピード勘を養って、シーズン後半の五十キロに備えたい」

　さすがにこの結果では、竜神の口も重い。記者たちの質問も長続きせず、会見は短時間で打ち切りになった。やはり、メダリストの会見とは違うな……と私は少し寂しい気持ちになった。現役時代の——一度目の現役時代の竜神の会見はしばしば長引き、一時間を超える時も珍しくはなかったのに。

引き上げようとする記者たちが数人、竜神に追いすがった。短い質問に、竜神はやはり短く答えていたようだが、話は盛り上がっていない。一人二人と記者が脱落したが、私は最後まで竜神についていった。

「冴えなかったな」いきなり振り向き、竜神が苦笑しながら言った。

「最初から勝てるとは思ってなかっただろう?」

「いや、十パーセントぐらいは、勝てるんじゃないかと思ってた。先は厳しいな……今日、帰るのか?」

「そのつもりだ」

「今から東京へ戻るの、面倒じゃないか?」

「それはまあ……確かに面倒だな」私はうなずいた。スキー場の最寄り駅から旭川まで、特急で約四十分。午後七時過ぎの飛行機で、東京到着は九時を過ぎる。東京へ帰るだけで半日がかりだ。

「明日にしないか? 今日中に帰らないとまずいのか」

「そういうわけじゃないけど」宮田の顔を思い浮かべると、嫌な気分になった。昨日から前乗りしていて、元々一泊の予定の出張だったのだ。それが二泊に延びたら、宮田は文句を言うだろう。彼は最近ますます、金のことに煩くなっている。記者時代は、好きなように金を使ってきたのに、管理職になると変わるものだ。「……やっぱりまずいよ。

デスクに怒鳴られそうだ。出張は一泊で申請してあるから」

「そうか」竜神が一瞬だけ、残念そうな表情を浮かべた。しかしすぐに、薄い笑みに切り替える。「次の会場まで五時間かかるから、一人旅は辛いんだよ」と説明した。

「チームのスタッフが一緒じゃないか。それに次の試合って一週間後だろう？　ずっとこっちにいるのか？」

「東京へ戻って、またこっちへ来るのは金と時間の無駄だからさ。次の大会まで合宿を張ることにした」

「それも、相当無茶なスケジュールだよ」

「まあ、多少は無理しないと」竜神がうなずく。「でもお前は、来てくれると思ってた」

高校時代と一緒じゃないか、と私は思った。家に遊びに行くと、「泊まっちまえよ」とよく言われたものである。別に何があるわけではなく、何となく一人でいるのが寂しいだけのような……家族も一緒に暮らしているのに不思議なものだと思ったが、今なら少しは当時の彼の気持ちが理解できる。

物理的な問題ではないのだ。誰かが近くにいても心は孤独。高校時代の竜神は、まだ後の世界的なスキーヤーの片鱗は見せていなかったが、将来性を見越した監督によって厳しく鍛えられていた。合宿や遠征で学校にいないことも多く、何となく普通の高校生活から切り離されてしまったように感じていたのではないか。そこにつなぎ止めておく存在が私だったのかもしれない。

「無理だよ」私は苦笑した。「俺はただのサラリーマンだぜ」

「でも、俺の伝記を書いてくれてる」

「そうだけど」伝記の執筆作業は止まっていた。こうやって竜神と話していると、書く気をかきたてられるのだが、別れるとすぐに、「書かない方がいいのでは」と後ろ向きになってしまう。書くためには、ドーピングの真偽を竜神に確かめなければならないから。

それは怖かった。決心がつかなかった。

「何でも書いてくれていいんだ。俺の本じゃなくてお前の本だし」

何が言いたい？　私と竜神の視線が一瞬ぶつかった。

「でも、竜神の名前が書いてあるから、本が売れるんだぜ」

「著書名に著作権はないっていう話を、どこかで聞いたことがあるけど」

「変なことに詳しいな」

「ああ、まあ……」竜神が曖昧な笑みを浮かべる。「とにかく、たまには一緒に旅をするのも楽しいかと思ってさ。昔みたいに」

示し合わせたわけではないが、ワールドカップを転戦している時など、同じ飛行機での移動になったり、ホテルが同じになることも珍しくはなかった。乗り継ぎの空港のロビーでだらだらと時間を潰し、時にはレストランを探して、吹雪の中を二人でうろついたこともある。珍しい料理にありついては二人で論評し合ったものだ……竜神が最高点を点けたのは、ノルウェーのトロンハイムで食べたトナカイのステーキである。コケモモのジャムが添えられた豪快なステーキを頬張る彼の写真がブログに載ったことがあるが、撮影したのは私だ。

普通、新聞記者と取材対象は、そこまで親しくつき合わないものだ。あの頃の私は、やはり記者ではなかったと思う。

では何かと言うと、間違いなく竜神の広報係だった。昔馴染みの友人が世界を舞台に活躍し、ヨーロッパで畏敬の念を持って「ドラゴン」と呼ばれるのが誇らしく、それを日本にも伝えようと、必死でキーボードを叩いていた。

今の私は何だろう。

記者でありたいと強く願う半面、竜神の旧友だという意識も消えない。しかし、決して広報係ではない。都合のいいことばかりを書くわけにはいかないのだ。

「じゃあ……また、次の試合で」竜神が軽く頭を下げる。

私は挨拶するのも忘れ、踵を返した彼の背中を見守った。東体大から参加したサポートの学生が彼を取り囲み、ガードするようにして去って行く。

私の迷いはひどくなる一方だった。

「キャンセルした?」私は思わず大声を上げて立ち上がった。近くの席に座っている宮田が、胡散臭そうにこちらを見る。それで私は、雑然とした編集局内でも驚かれるほどの声を出してしまったのだと気づいた。ゆっくりと腰を下ろし、声を潜めて確認する。

「どういうことなんだよ」

「体調不良としか聞いてませんけど」

電話の相手、望月が困惑したような口調で答えた。私がこんな大声を上げるとは、想像もしていなかったのだろう。

年明け、一月八日。この日竜神は、札幌で行われる大会にエントリーしていた。私も行くつもりだったのだが、急きょ別の取材が入り、そちらを優先せざるを得なかったのだ。それでも誰かにレースの結果を見守って欲しく、望月に無理にお願いしていた。レースの時間に合わせて一度会社に立ち寄った私は、意外な報告を受ける羽目になってしまった。

「どういう体調不良なんだ」膝か……私はまずそれを思い浮かべた——古傷が再発したとか。あれだけ練習で自分を追いこみ、毎週のようにレースにも参加していると、予想以上の負荷がかかって当然だろう。しかし、「膝か?」という私の質問を望月は否定した。

「じゃあ、何なんだ」

「とにかく体調不良としか聞いてません。今日、波留監督もこっちに来てるんですけど、詳しいことは教えてくれないんですよ」

「どうして」波留は、そういう事情についてはあけっぴろげに話す男である。隠しても仕方ないと思っているのだろう。

「どうしてって言われても……」望月の言葉に困惑が滲む。「俺、波留監督とは初対面ですから。気安い仲じゃないですし、向こうも簡単には話さないんじゃないですか」

「竜神には会ったか？」

「いえ」

「会ってくれ」

「いや、だけど……会場には来たんですけど、そのまま宿舎に引き返したそうです」

「だったら宿舎まで追いかけて、話を聞くんだ」

私は電話を切った。通話が切れる直前、望月の不平が聞こえたような気がしたが、無視する。そのまま波留の携帯電話の番号を呼び出し、またスマートフォンを耳に押し当てる。宮田がすっと近づいてきた。

「どうした？」

「竜神が棄権です」体を捻って宮田の顔を見上げ、答える。

「それは分かったけど、何で大騒ぎしてるんだ?」宮田が不思議そうな表情を浮かべた。

「何でって……」

むきになって言い返そうとした瞬間、電話がつながった。宮田に向かって頭を下げると、彼は目を細めて首を横に振りながら、自席に戻って行った。

「はい」波留の声は不機嫌だった。当然外にいるはずで、雑音がひどい。彼の声はほとんど埋もれそうになっていた。

「東日スポーツの杉本です。竜神が棄権したと聞きましたけど」

「そうだよ」波留は平然と答えた。「今日はちょっと調子が悪くてね」

「故障じゃないんですか」

「違うだろう」

「だったら……」

「俺は医者じゃない」突っこみ続けると、波留がぶっきらぼうに言った。「倒れたわけじゃないんだから、大袈裟にしないでくれるか」

「しかし……」

「奴は一人でホテルに帰った。付き添いなし、だ。その程度の症状だったんだから、騒がないでくれ。人間、誰だって気分が悪くなる時はあるだろう」

「気分が悪くなったんですか」私は食い下がった。

「しつこいね、あんたも」突き放すような台詞だったが、今度は波留は笑っていた。「心配し過ぎなんだよ。一回ぐらいレースを飛ばしても、最終的な調整には関係ないから。そんなに心配なら、奴に電話してみればいいじゃないか。今頃、ホテルで休んでると思うよ」

「分かりました」

言われなくても、もちろんそうするつもりだった。竜神と話すのに、いちいち監督の許可を得る必要はない。竜神はホテルのベッドで大の字になっているかもしれず、それだけが心配だった。休憩しているところを起こしたくはない。しかし私は、波留との会話を終えると、すぐに竜神の携帯を呼び出した。気になるのは他社の動きだ。竜神を摑まえて話を聞いた記者がいるかもしれない。

竜神は、呼び出し音が三回鳴ったところで電話に出た。倒れていたわけではなかったのだ、と少しだけほっとする。

「ああ……どうした」

「棄権したんだって？」私はわざと軽い口調で訊ねた。

「ああ」

「珍しいじゃないか」私の記憶にある限り、怪我以外で彼がレースを回避したことはほとんどないはずだ。

「ちょっと体調が悪くてね」

「どんな具合に？」

「何て言うか……とにかく、気分が悪くなったとしか言いようがない。アップしている時に、急に動悸(どうき)がして……動悸っていうんだろうな、あれ。経験がないから分からないけど、心臓がどきどきして。少し吐き気もしたから、大事を取っただけだよ」

「医者は？」私の心拍数も一気に跳ね上がった。一番懸念していたことである。

「そんな大袈裟な話じゃないよ。ちょっと休んでれば治るから」

「医者へ行け！」私は思わず怒鳴ってしまった。ライコネンとのやり取りが脳裏に蘇る。彼が最後に残した不吉な言葉――心臓。

「おいおい」竜神が苦笑した。「どうしたんだよ。何でお前がそんなに心配するんだ」

「だって、それは……」言葉に詰まる。ドーピングの件を持ち出せば、彼は素直に私の警告に耳を傾けるかもしれない。だがこの件を話題にすれば、私と竜神の関係は終わりだろう。「心臓だぞ？　普通の人間だって、心臓の調子が悪かったら医者に駆けこむ。心筋梗塞とかかもしれないんだし」

「まさか」竜神の口調はまだ軽かった。「そんなの、もっとオッサンになってからの話だろう」

「年齢はあまり関係ないんだ。頼むから、ちゃんと診察を受けてくれ」ほとんど懇願するような口調になってしまった。

「……分かった」ようやく、竜神が低い声で私の忠告を受け入れた。「何でもないと思うけど、一応行ってみる」

「そうしてくれ、是非」私は力をこめてうなずいた。「検査結果、教えてくれよ」

「お前、まるでうちのチームの人間だな」からかうように竜神が言った。

「同じようなものじゃないか。俺は……お前の広報担当だと思ってるから」

竜神を納得させるために嘘をついた。私はもう、彼の広報係ではない。しかし納得したのか、竜神は一瞬間を開けて、「あとで連絡するよ」と約束してくれた。

会話を終え、私は椅子に体重を預けた。どっと疲れが押し寄せて、額に汗が滲んでいる。背広の上着を脱いで椅子の背に引っかけたところで、また宮田がやってきた。

「竜神、どうだって？」

「本人と話ができましたから、大したことはないと思います」

「記事にするのか」

「いや……リザルトにくっつけるぐらいでいいでしょう」本来なら、記事にする必要もない小さな大会である。竜神が出るからこそ、記事にする必要が生じるわけで、竜神不在なら、記事ではなく結果だけが載っていればいい。

「お前、竜神の広報担当なのか？」宮田が皮肉っぽく言った。

「え？」

「今、電話でそう言ってただろうが」宮田が目を細める。

「いや、別に……」

「取材相手との距離は、ちゃんと考えろよ。俺たちは、一般紙の記者に比べたら、取材相手とずっと密着してるけど、それでも記者と取材対象であることに変わりはないんだからな。客観性を忘れたら駄目だ」

何を言ってるんだ。ヒーローを作り上げるために、大袈裟なヨイショ記事を書きまくっていたのは、宮田も同じではないか。立場が変わると言うことも変わるのか——しかし私は反論の言葉を呑みこんだ。ここで宮田と言い争いをして、エネルギーを消耗するのは馬鹿馬鹿しい。竜神のことを心配しつつも、午後からは他の取材に行かなくてはいけないのだから。


午後遅く、竜神からメールが入った。

「診察を受けた。特に異常なし。一過性のものとの診断」

それがそもそも妙だった。竜神は最近の人間には珍しく、メールが嫌いである。特に携帯メールは……本人曰く「指が太いから、キーを押すのが苦手」だからだそうだ。私と話したくないから、嫌いな携帯メールを使った？

返信すべきかどうか迷った。本当はもう一度電話をかけて、直接確かめたかったが、それも何となく気が引ける。結局私は、「了解」とだけ返信した。

何だか負けたような気分になる。

何に負けたのかは分からなかったが。


『ハードバーン』

第五章　闇と光

（承前）


初めて竜神が自分の体に異変を感じたのは、復帰を決めた後の比較的早い時期だった。

「たぶん、五月頃……ウォームアップのランニングをしている時に、動悸を感じた。それまで経験したことがなかった感覚で、正直不安だった」

しかし竜神は、診察を受けなかった。動悸はすぐに収まり、練習にも影響がな

かったこと、何より、それが異常なのかどうか、自分でも分からなかったからだ。

多くのアスリートと同様、竜神も自分の体、体力には絶対の自信を持っていた。外傷には敏感だったが、物心ついてからは風邪をひいたことすらなく、自分は病気には無縁だと思っていたのだ。

だがこの動悸は、次第に頻繁になって竜神を苦しめる。練習を長く中断しなければならないほどではなく、少し休めばすぐに収まったが、それでも何度となく襲ってくる不快感に、次第に焦りを感じ始めていた。

実は筆者も、竜神が苦しんでいる場面を早い段階で目撃している。ウェイトトレーニングの最中に苦しみ、途中で中断してしまったのだ。その時竜神は、尋常ではない汗をかき、顔面は蒼白で、今にも倒れてしまいそうだった。ただし、やはりすぐに回復したので、筆者も単なるオーバーワークだと思いこんでいた。竜神のウェイトトレーニングが、常人の理解を超える激しさであったことを知っていたから、さもありなん、と判断したのだ。引退前の体に戻そうと、激し過ぎるトレーニングを積んでいたことも知っていた。あまりの負荷に体が悲鳴を上げたのだろう、と

2

中途半端に止まってしまった原稿を眺める。指先はキーボードから浮いたままで、「判断した。」という続きを頭の中から外に出せない。

あまりにも「筆者」が出過ぎているのが一つの問題だろうと思う。ノンフィクションというのは本来、どんなスタイルで書いてもいいものだ。筆者がほとんど登場人物の一人になりきり、影の語り手の枠を超えて、積極的にストーリーに絡み始めることもあるだろう。だがその場合は概して文学性が高くなり、新聞記者の立場として書くには抵抗感が強い。常にカメラアイになり、自分を殺して対象を淡々と描写する――記者はそういうものだと教えられてきた身としては、「筆者」が前に出てくることが躊躇われる。

もう一つの理由――こちらの方が強いが、私は『ハードバーン』で、竜神のドーピングを明かそうとしている。彼を丸ごと描こうとしたら、やはりこの件は避けて通れないのだ。現在分かっている事実だけでも書いておくべきかどうか……分からない。この事実を公表するなら、まず東日スポーツの紙面上で、とするのが常識だが、その決心もつかなかった。他人に相談できることでもない。宮田あたりに話せば、一気に食いついてきて、記事にせざるを得なくなるだろう。

原稿を保存して、ワープロソフトを閉じる。ふと思いついて、USBメモリを挿し、書いたばかりのファイルをそちらに移動させた。会社の物であるこのパソコンに、重大な事実を残しておいてはいけない気がする。USBメモリをデスクの一番上の引き出しに放りこみ、鍵を閉めた。引き出しに鍵などかけたことがないのだが、この件はどうしても機密にしておかなければならない。

竜神は、一試合だけキャンセルしたものの、その後は予定していたすべてのレースに参加していた。そして明日、今シーズン初めて五十キロを滑る。札幌国際スキーマラソンは、一般スキーヤーの参加も多い市民マラソンのような大会ではあるが、クロカンのトップ選手にとっても調整にはなる。

USBメモリは札幌まで持って行くべきではないか……一瞬考えたが、やめにした。なくしたら大変なことになるし、USBメモリを携帯していると、四六時中ドーピング問題について考える羽目になるだろう。一応は取材なのだから、そちらに専念したかった。

コートかけからダウンジャケットを取り、抱えたまま荷物の入ったバッグを担ぎ上げる。今年の冬はまた出張が増えたな……まるで、現役時代の竜神を追いかけていた頃のようだ。

彼はすっかり元通りになったのだろうか。

自分は違う。あの頃と同じように、竜神と一体化してレースを追いかけられない。大変な事情を抱えこんでしまったのだ、と気持ちが重くなる一方だった。

通常のクロカンで長い距離のレースは、周回コースを使う。しかし札幌国際スキーマラソンは、普通のマラソンのようなコース設定だった。途中に何か所もワックス用のスペース、給水所があるのもマラソンに似ている。スタート・ゴールは札幌ドーム近く。札幌市郊外の、ゴルフ場などが点在する地域をぐるりと回るコース設定で、五十キロの場合、標高差は百八十七メートルにもなり、何か所かに「心臓破り」の呼び名が相応しい強烈な上りがある。

この大会は、北海道駐在時代に何度か取材したことがあるのだが、まともなスポーツ記事にはならないと分かっている。イベント色が強いから、大量の選手がスタートする場面を写真に撮れば賑やかな雰囲気は伝わり、あとはリザルトをつければＯＫ――私の感覚では、軽い取材だった。

しかし前回レースで棄権した竜神にとっては、そうではないようだ。一月ぶりに再起を期す大会である。

私は双眼鏡の中でスタート前の彼の姿を捉えていたのだが、今日もまた真剣な表情なのが分かった。顔は引き攣らんばかりで、顔も蒼褪めている。何度も頰を膨らませては息を吐き、呼吸を整えようとしているようだった。スタートが近づくほど喜ぶ、と波留が評していたのは、昔の話らしい。

　スタートと同時に竜神が飛び出した。二組に分かれたウェーブスタート方式で、竜神は最初の組。他に有望な選手は……実績から考えたら、竜神が警戒すべきライバルはいない。竜神は、他の選手のペースに合わせてレースを組み立てがちなのだが、今回は自分との戦いに挑むのが狙いのようだった。本気のレースで五十キロを滑るのは久しぶりだから、感覚を確かめながら、どこまで自分を追いこめるか、確認するつもりなのだろう。

　参加人数が多いので、スタートしてすぐはまともなスケーティングができない。スキー板が左右に広がるので、近くの選手とぶつかってしまう可能性が高いからだ。竜神はそれを避けるためにクラシカルスタイルでスタートしたが、腕の振りは思いきり大きく、いきなりスピードが乗ってくる。セパレートコースを抜ける時点では、既にスキー板の分だけ抜け出していた。

　スタート地点で竜神の出発を見守った後、私は手持ち無沙汰になった。クロカンの場合は周回コースだから、適当な観戦ポイントに移動して状況を見守ることもできるのだが、通常のマラソンと同じコースのこの大会では、追っかけも難しい。結局は、ゴール地点で時間を潰すしかないのだ。

それにしても今日は、コンディションがよくない。大粒の雪が間断なく降り続き、気温はマイナス六度。この寒さは、レース中の選手は気にならないかもしれないが、待っている身には辛い。今年、再び竜神の追いかけをするためにダウンジャケットを新調したのだが、下半身で油断した。スキーズボンを穿いてくるべきだったと、早くも後悔し始める。いっそ、ゴール地点から離れ、近くでお茶でも飲んで時間を潰そうかと考えたが、馬鹿馬鹿しいと思い直す。選手が頑張っている中、記者がぬくぬくとした空間で熱いコーヒーを飲んでいいわけがない。それにスタート・ゴール地点はひどく混み合っており、一度抜け出してから戻って来るのは大変だろう。

周囲を見回すと、本当にお祭り気分である。太鼓が打ち鳴らされ、何故かゆるキャラが登場して、子どもたちに取り囲まれている。滑っている時は何とも思わないかもしれないが、竜神もおかしな大会に参加するもんだよな、と苦笑してしまった。

その時ふと、波留の姿を見かけた。何で監督がここにいる？　自分の大学の選手が多く参加する大会には当然同行するが、このスキーマラソンは趣旨が違う。東体大からも、竜神しか参加していなかった。竜神のサポートは学生スタッフに任せて、他の選手の指導に当たっていてもおかしくない。

私は彼に歩み寄って声をかけた。背中を向けていた波留が、びくりと身を震わせ、振り向く。私を認めると、何故か渋い表情になった。

「脅かすなよ」

「すみません」

「何でこんなところにいるんだ？」

「何でって……竜神が出場してるんだから、当然でしょう」

「これは単なる調整だぞ」

「じゃあ、監督はどうしてわざわざ来てるんですか」

波留が顔をしかめる。少し間を置いて、顎をしゃくった。ここでは話しにくい、かい話はできそうにない。

……当然だ。スタートを待つ参加者、それに応援の人たちで混み合っており、ややこしい話はできそうにない。少し歩き、人気の少ない場所まで出る。波留が喋り出す前に、私は口を開いた。

「竜神が心配で来たんじゃないんですか」

「心配も何も、俺はあいつの監督だから」しれっとした口調で波留が言った。「いてもおかしくないだろう」

「でも、これはスキーマラソンですよ。クロカンじゃない」

「何かあったら困るだろう」

「何かあるんですか？」

「いちいち揚げ足を取るな」波留が右手で顔を擦った。ダウンジャケットのフードをすっぽり被っているので、やりにくそうだった。

「あいつ、体調はどうなんですか？　あの後、動悸は平気なんですか」

「問題ない」強い口調で波留が断言する。「問題があれば、この大会には参加させてないよ」

「そうですか」

「何か、問題でも？」波留が嚙みつくように言った。

「いや……」ある。だが、疑問をそのまま波留にぶつけていいかどうか、分からなかった。

「何が言いたいんだ？」

「竜神は、ドーピングしてたんですか」

言うつもりはなかったのに、無意識のうちに質問が飛び出してしまった。まずい……話を広める意識はなかったのに。私は思わず周囲を見回した。波留が唇を引き結ぶ。表情は険しく、私を視線で殺そうとでもいうように厳しい目つきになっていた。

「監督、『あの頃と同じことは、二度とできないんだ』って言ってましたよね。あれ、どういう意味だったんですか」

波留は無言だった。私から目を逸らして前方を見たが、視線は泳いでいる。腕組みをしたのだが、体の震えを抑えるためではないか、と思った。

「あの頃、竜神が何をしていたか、分かったんです。彼はドーピングで体を作っていた」周りに聞こえないようにと、私は声を潜めた。波留の耳には届いているはずだと信じながら続ける。「ドーピングは危険です。体に負荷もかかる。だから、同じことはできない——監督は、そう仰りたかったんじゃないですか」

波留は依然として何も言わなかった。ちらりと私を見たが、その顔つきからは何を考えているか分からない。

「ドーピングの事実はあるんですか」言葉を変えて質問を繰り返す。

「書く気か」波留がかすれた声で訊ねる。

「分かりません」脅すような波留の口調に、この情報はやはり「当たり」だと確信する。

「どこまで掴んでる？」

「本人にはまだ当ててません」

「そうか……」波留が肩を上下させ、大きく溜息をついた。

「監督は、この件は……」

「俺も知らない」

「関知していない、ということですか」

「知る由もない話だ」

微妙な言い方だ。話を曖昧に誤魔化している感じもする。証言拒否ではないが、はっきり言うつもりはないということか。

「あいつはずっと、海外でレースをしていた。俺は、日本国内で学生たちの面倒を見なくちゃいけなかった。あいつの海外遠征には、一度も帯同しなかったんだよ」

「ええ」

「それでも、竜神は困らなかったはずだ。あいつの周りには、金と人が集まったからな。だから所属は東体大のまま、『チーム竜神』を編成して、海外を転戦できた。あの頃、スタッフは何人いたかな……コーチ、ワックスマン、トレーナー、栄養士。それに、諸々の雑用をこなすマネージャーもいた。もしも事実が知りたければ、そういう連中に確かめればいい。俺に聞くな」

「デリケートな問題なんです。彼らに聞けば、竜神の耳にも入るでしょう」波留が勧めたわけではないにしろ、知っていたのは確かだと確信する。

「それがまずいのか？」

「いずれは、本人に直接聞きますよ。でも私は、間違いないと思っています。確かな筋から聞いた情報ですから」

「誰から？」

「それが言えないことぐらい、お分かりでしょう？」私は肩をすくめた。「新聞記者にとって、ネタ元を守るのは大事なことなんですよ」守永のように自分勝手な人間を守る意味があるとは思えなかったが。

あの男からは、今も定期的に連絡がある。彼とスポーツ・ラボの元幹部たちの間でどんなやり取りがあるかは分からないが、いよいよ追い詰められてきたようで、いつ記事にするんだ、としつこく聞いてくる。竜神本人に話を聞かなくても、他にドーピングに手を染めている外国人選手——現役もいる——を紹介できる、とまで言った。要は守永にとって、ドーピングの事実は、スポーツ・ラボ社をけん制するための材料に過ぎないのだ。守永の実名を出して記事を書いてしまおうか、と考えることもある。スポーツ・ラボは沈黙するかもしれないが、あの男も直接非難の渦に巻きこまれるだろう。守永の責任も徹底して追及し、反ドーピングキャンペーンを張るべきではないか。アメリカ駐在の二人も、やる気でいるようだし。

しかし私は、自らその考えを否定せざるを得なかった——そんなことをすれば、竜神を巻きこんでしまう。

「あいつの調子が上がらないのも、体調が悪いのも、ドーピングの副作用じゃないんですか」

「俺は、気を遣って今のあいつを見てるよ」波留が慎重に言った。

「それで、どういう結論なんですか」

「現役時代とは、筋肉の厚みが違うな」

「今はドーピングしていないからですね」

「俺は、昔の話は知らない」波留が激しく首を横に振った。

「現役時代にも気づかなかったんですか？　あいつは遠征が多かったから、数か月ぶりに会うことも珍しくなかったでしょう。久しぶりに会ったら、体型の変化に気づかないはずがないですよね」

　非難する権利などないとは分かっていたが、確かめざるを得なかった。本当は、私も気づいていて然るべきだったのだ、と思いながら。竜神とは、それほど頻繁に会っているわけではなかったのだから、波留よりも敏感に変化に気づくべきだっただろう。

「疑ってはいたよ」波留がついに認めた。「しかし、本人に確認はしなかった」

「どうしてですか？　監督でしょう」

「あいつは国民的ヒーローだぞ？　こんな危ない話を簡単に聞けると思うか？　それに、やっていないはずだと信じたい気持ちも半分はあった」

「何故です？」

「竜神は、ドーピングなんかに一番縁遠い男だと思ってたからだよ。あいつは侍だ。卑怯なことには縁のない男だ」

　そう――それは私も疑問に思っていた。竜神はドーピングなど一番やりそうにない男である。卑怯な手を使って勝つぐらいなら、腹を切るタイプではないだろうか。

雪が強く降りしきる。目の前一メートルのところにいる波留の顔が、白いカーテンの向こうに隠れた。

「書くつもりなのか」波留が念押しした。

「分かりません」

「どうして分からない？　あんた、記者だろう。分かったことがあれば、何でも書いちまうんじゃないのかね」

「こういう状況は……あまり経験したことがないですから」

「珍しいことじゃないけどな。日本人はあまりドーピングに縁がないけど、海外ではよくある話だ」

私はうなずいた。髪を失い、体調不良に悩まされているライコネンの顔が脳裏を過る。かつてのロックスターは、今や堕ちた偶像なのか……。

「連中は、我々とは違うルールで生きてるんじゃないのかな」

「まさか。そもそもルール違反じゃないですか。ドーピングは禁止されているんだから」

「いや、スポーツのルールは法律じゃない」波留が皮肉っぽく言った。「そもそも社会的な通念とは相いれないような、奇妙なルールも多いじゃないか。スキー関係のルールなんて、ヨーロッパの連中の思惑でどんどん変わるし。ひどいもんだよ」

監督がルール批判を始めていいのか、と私は驚いた。自分たちが拠って立つ、根本的な部分なのに。

「それは分かってます。でも日本人は、スポーツの世界でも決められたことには黙って従ってきたじゃないですか。抵抗するだけの強い気持ちがないのか、潔いのかは分かりませんけど……だからこそ、竜神がドーピングした理由が分からないんです」

「それはそうだな」波留がうなずく。

「監督、本当にあいつとは何も話していないんですか」

波留が、大きなフードの中でゆっくりと首を横に振る。伏し目がちで、私と視線を合わせようとはしなかった。

「俺は……怖かったんだと思う。もしもあいつがドーピングを認めたら、俺はどうすればよかった？　謝罪だけでは済まなかったんじゃないかな」

「ええ……」確かに、想像するだに怖い。竜神は追放処分を受けたかもしれないし、波留も非難されるだけでは終わらなかっただろう。いずれにせよ、日本のスキー界全体が大混乱したであろうことは想像に難くない。いや、今でも……私がこの事実を明らかにすれば、多くの人が右往左往することになるだろう。何より竜神がつるし上げられる。スキャンダラスな記事が雑誌に載ったり、テレビのワイドショーで面白おかしく取り上げられることを想像すると、身悶(みもだ)えするほど悔しい。人は、英雄が転落する姿を見て快感を覚えるものなのだ――関係者以外は。

「書くつもりなのか」

　再度問われて、思わず首を横に振ってしまいそうになる。書かない方がいいのだ――それなら騒ぎは起きず、関係者は安寧（あんねい）なままでいられる。しかし、記者としての本能が、私に「ノー」をつきつけていた。事実がそこにあるのに書かなければ、私は記者失格だ。この仕事を続けていく意味はない。「まだ分かりません」と答えるしかなかった。

「俺も、どうしていいか分からないんだ」波留の声に力はない。「いつか、あんた以外の人間も気づくかもしれない。そいつが、どんな風に記事を書くかは分からないじゃないか。まだしもあんたなら、好意的……とは言わないが、面白おかしくは書かないんじゃないか？　竜神の内面に踏みこんで、どうしてこんなことになったか、きちんと書いてくれるんじゃないのか」

　そう、この問題では「何故」が重要になる。竜神がドーピングに頼らざるを得なかった理由。そこに、現代のスポーツが抱える問題点を見出すこともできるだろう。それは、書くべき価値のある記事だ。しかし――。

「俺は……竜神に直接ぶつけたくないんだと思います」

　波留がすっと顔を上げた。フードの奥の目は暗い。

「俺は、元々はあいつの友だちです。マスコミの人間として、あいつをスーパースターに祭り上げたのも俺です。だから、竜神が否定されるのは、俺が否定されるのと同じなんですよ」

「ああ……分かるよ」波留の目が泳いだ。

「卑怯かもしれませんけど、まだ気持ちが固まりません」

「そうか」

「一つだけ、お願いしていいですか」

「何だ」波留の顔が強張る。緊迫した会話の末の「お願い」が厄介な物であろうことは、容易に想像できたのだろう。

「竜神を止められませんか」

「止める、とは？」

「あいつ、おかしいでしょう。明らかに体調が悪いんですよ」

「……分かってる」

「心臓に何か障害があるんじゃないですか？　ドーピングでは、いろいろな副作用が出てくるはずです。あいつも……」

「ああ」波留の喉仏が上下する。

「このまま続けたら、死ぬかもしれません。それでいいんですか？」

「いいわけがない、な」自分に言い聞かせるように、波留が言った。

「だったら──」

「その話をすると、ドーピングの話題にも触れざるを得ない」

「それはそうですけど、監督は、監督でしょう?」我ながら支離滅裂な台詞だ、と思った。

「君が言ってみたらどうなんだ」

「俺ですか」思わず自分の鼻を指さしてしまう。「俺は……部外者ですよ」

「この事実を知ってしまったら、もう関係者なんじゃないかな。いや、そもそもスポーツ紙の記者は、我々の内輪の存在だと言っていいだろう」

波留がくるりと踵を返した。そのまま、振り返りもせずに去って行く。雪が深く、一歩一歩を踏みしめるような歩き方だった。こういう天候には慣れているはずなのに、何だかひどく場違いで難儀している様子である。

俺は関係者──インサイダーなのか。だったら何も話せない。書けない。この「業界」の裏切り者になることを考えると、ぞっとした。

竜神はトップでゴールしてきた。基本的に、竜神が勝利やタイムに固執すべき大会ではないのだが、それでも彼の顔は輝き、しかも珍しくほっとした様子だった。五十キロを無事に滑り切り、トップでゴールインしたのは、やはり大きな自信になったのだろう。

フィニッシュゲートを通過する際には、珍しく両手を突き上げてみせた。らしくない……。

　表彰台もささやかなもので、国際大会の華やかな雰囲気とは縁遠い。私の知らないゆるキャラがメダルを授与するぐらいだから、やはりスポーツの大会というよりは、イベントの色合いが濃いのだ。しかし表彰式の後には、竜神は記者たちに囲まれた。テレビカメラも入っている。その人数があまりにも増えてしまい、大会役員らしき男性二人が、他の参加者の邪魔にならない場所まで必死で誘導していった。

　私は、その輪の外で竜神のインタビューを見守った。

「雪の状態は悪くなかったです。今日はワックスも完璧でした」

「勝ちは勝ちですから。いい調整になりました」

「天皇杯でも、当然勝ちに行きます」

　普段よりずいぶん前向きな竜神の反応。そのせいか、報道陣の質問も途切れない。

「この大会に参加するのは初めてですけど、本当にマラソンですね。最後の七キロぐらいが下りなのは助かりましたけど、その前の上りは正直きつかったです。意地悪なのか親切なのか、よく分からないコース設定ですね。これだけ高低差が激しいのは、経験がありません」

　そうか……いい練習になったのか。よかったな、と思ったが、皮肉なニュアンスが思考に入りこんでいるのが自分でも分かる。しかし竜神は、屈託ない笑みを浮かべていた。雪焼けした茶色い顔は、晴れ晴れとしている。前途洋洋、何の心配もない感じだった。取材がほぼ終わり、輪が解けかける。その瞬間、竜神と目が合った。私は反射的に目を逸らしてしまった。お前は卑怯者だ、と自分を罵(ののし)りながらその場を離れる。

『ハードバーン』

第五章　闇と光

（承前）

ドーピングの事実を明かすか？
竜神を止めるべきか　それともこのまま天皇杯に参加させるべきか

3

これは原稿じゃない。ただのメモだし、本の内容にはまったく関係がない。私は今書いたばかりの部分を消去し、その状態でファイルを保存した。ＵＳＢメモリ——会社に保管してあるのとは別物だ——のアクセスランプがオレンジ色に明滅する。

狭いホテルの部屋。三月中旬になっても外はぐっと冷えこみ、窓は完全に曇っていた。明日はいよいよ天皇杯……竜神に忠告するどころか話もしないまま、本番を迎えてしまった。竜神とは、明日大会の会場で会うことになるだろうが、その時になっても、声をかけていいかどうか、自分は判断できないだろう。

窓辺に歩み寄り、掌で窓を拭う。ガラスの冷たい感触が手から全身に広がり、思わず震えがきた。窓から見えるのはビル街……札幌は大都会なのだと改めて意識させられる。道路に積もった雪は凍りつき、場所によっては車が走るにも難儀するほどだ。この辺りは、同じ雪国でも新潟とはずいぶん違う。自分や竜神が生まれ育った魚沼地方では、幹線道路には消雪パイプが通り、常に水を流して雪が積もらないようにしている。

急に電話が鳴った。もちろん、携帯電話はいつでも急に鳴るものだが、毎回どきりとさせられる。取り上げると、見慣れぬ電話番号が浮かんでいた。不審に思いながら電話に出ると、馴染みの相手の声が耳に飛びこんでくる。竜神の父親だった。

「今、札幌かい？」

「ええ」

「俺たちも来てるんだ」

「珍しいですね」商売をしている竜神の両親は、簡単には休めないのだ。

「これが本当に最後のレースだろうから」

「ああ……そうですね」今日、レース前の会見が白旗山競技場で行われた。そこで竜神は、勝っても負けてもこのレースで引退する、と明確に宣言したのである。父親は当然、これ以前に話を聞いていただろう。

「明日のレース、出ないように説得してくれないか」囁くような口調だった。

「え？」いきなり切り出され、私は甲高い声を上げてしまった。

「あいつの調子はおかしい。どこか怪我……病気かもしれない。レースに出られる状態じゃないんだ。いや、出られるかもしれないが、無理したら大変なことになりそうな予感がする」

私は唾を呑んだ。波留も知らない体調の真相を、両親は掴んでいるのだろうか。

「明日のレースが大事なのは分かる。でも、それで体を壊したら、元も子もないじゃないか」

「ええ」もう一度唾を呑む。喉を硬い塊が落ちていく感じがした。

「君なら説得できるんじゃないか？　近い立場なんだし、昔からの友だちだし」

私は何も言えなかった。腰が引けていた状態でこんな話を持ちかけられても、引き受けられるはずもない。私は適当に話を合わせて電話を切り、溜息をついた。スマートフォンを持ったまままた窓辺に寄り、すっかり暗くなった街を見詰める。俺の言うことなら、竜神は聞くのではないか？　今ならまだ手遅れにならないのではないか？

私は、結局竜神に電話しなかった。

逃げた、という自覚に苛まれる。


薄曇り、気温マイナス二度、雪面温度マイナス三度。風は、スタート・ゴール地点ではほとんど感じられない。林の中に入ればまた別だろうが、この時点では絶好のコンディションと言えた。

私は、スタート地点の数十メートル先で待機していた。既にコース状態を確認するための前走も終わり、号砲を待つばかりである。双眼鏡を覗くと、竜神は先頭に並んでいるのが分かった。ナンバーカードは「8」。縁起がいいじゃないか、と私は思った。オリンピックで二度目の金メダルを取った時も、ナンバーカードは「8」だったのだ。

今日は表情が明るい。いかにも楽しそうだ。私が観た限り、今シーズン、スタート時にこんな顔をすることはなかった。最後だからなのか、勝てる自信があるからなのか。

横に怜人がいた。北海道美浜大のカラーであるパープルと蛍光オレンジのウエア。まだサングラスをかけていないので、緊張した顔が露になっている。突然、竜神が左に顔を向け、怜人に何か語りかけたので、私は仰天した。スタート前の竜神が誰かと話す……そんなことはしないタイプのはずである。ひたすら自分の中に閉じこもり、闘志を高めるのが竜神のスタイルだ。もちろん、彼が亡き師の息子を買って、育てようとしているのは分かっているが、それにしても異常だ。

怜人が何度かうなずく。竜神もうなずき返した。その時には怜人の顔からは緊張感が抜けていた。適度にリラックスした、いい表情をしている。頰を大きく膨らませ、ゆっくりと息を吐くのが見えた。竜神は何と声をかけたのだろう。それは後で確かめるしかないが、怜人の緊張を一発で解き、落ち着いた気分にさせたのは間違いない。竜神は間違いなく、今度は自分が「師」の役割を果たしている。

スタート。真っ白な光景の中に、色とりどりのウエアの選手たちが飛び出す。クロカンの場合、スタートから一気にスピードに乗るわけではなく、私が待機している場所へ来るぐらいまでは、比較的ゆっくりした感じだ。選手同士が重なり合うように滑り、ストックやスキーがぶつかることも珍しくない。竜神は一気に前へ飛び出し、大集団の頭を押さえるポジションを取った。

目の前を、選手たちが通り過ぎていく。滑走音が重なり合い、耳に痛いほどだった。集団を目で追っていても、先頭を行く竜神の姿は既に見えなくなってしまっている。一瞬雲の隙間から日差しが降り注ぎ、選手たちの背中を照らした。

さて……白旗山には観戦ポイントがいくつかある。あまり森の奥深く入ってしまうと、戻って来るのが大変なので、私は個人的に選手の顔がよく見える場所を、スタート・ゴール地点の近くで何か所か確保してある。全ての選手が目の前を通過すると、私は急いで移動して急な斜面を登り始めた。柔らかい雪にスノーブーツがめりこみ、歩きにくいことこの上ない。こういう時は、下手くそながらスキーがあれば、と思う。

急斜面を何とか上り切ると、大会本部の置かれたクラブハウスを正面に見下ろす場所に出る。ここは、上って来る選手たちを間近で観られるポイントだ。クロカンの場合、マラソンのように公道を走るわけではないので、選手のぎりぎり近くまで接近できるのが利点である。ふとクラブハウスの方へ視線を転じると、札幌の市街地も一望できるのだ、と改めて気づく。市街地から近いようでいて、かなり標高が高いのだ、と意識させられた。クラブハウス側に向いた方が切り立った急斜面——ほとんど崖だ——なので、気をつけないと転落の恐れがある。フェンスの類はないのだ。

ここは撮影にも絶好のポイントなので、スチルカメラ、テレビカメラが何台も陣取っている。私はくるぶしまで雪に埋まりながら、双眼鏡を手に選手たちが迫って来るのを待った。

来た。

集団はほとんどばらけていない。しかし、二人……いや、三人がわずかに先行してトップグループを作っているのが分かった。双眼鏡の中で、ナンバーカード「8」がはっきり見える。この時点で竜神は二位につけており、一位との差はほとんどなかった。トップを行く選手をペースメーカーのようにして、右斜め後ろに位置取りしながら背中を追いかけている。ぶれない姿勢の、安定したスケーティング。まだスタートしたばかりのせいか、滑りにも余裕が感じられた。口を薄く開き、しっかり前方を見据えて滑って来る。双眼鏡を顔から離した数瞬後、目の前を通過する。腕の振りは大きく、スムーズな滑りだった。

三人がほぼ同時に通過した後、数十人の選手が縦に長く列を作って後に続く。選手同士の距離はずいぶん近接しており、観ているだけで危険な感じだ。時折、ストック同士がぶつかる音がかつかつと響く。そのうち、一人の選手が「クソ！」と短く悪態をつくのが聞こえた。見ると、右手に持ったストックを、林の方に放り投げてしまう。折れたのだ、とすぐに分かった。ストックは、前後からの力に対しては非常に頑丈なのだが、横からの力に対しては弱く、隣を走る選手のストックとぶつかったりすると、すぐに折れてしまう。彼はしばらく、ストック一本だけで滑らなければならないだろう。見る間に遅れ始めたが、これは事故だから誰にも文句は言えない。最短距離を行こうとすると、誰もが同じコース取りを狙うから、こういうことは避けられないのだ。

　左方向に視線を転じると、トップの三人は既に長い下りに入っていた。ここではほとんど直滑降になる。竜神は「下りでは休める」とよく言っていたが、私にはそうは思えない。空気抵抗を少なくするために、ほとんど頭が腰の位置にくるぐらいまで前傾姿勢を取らなくてはならないからだ。後半になって疲れてくると、前傾姿勢を取るのもきつくなる。しかし今はまだ、竜神には余裕があった。観ていると——例によって上下黒いウエアなのでよく目立つ——顎の位置が腰どころか膝付近、という感じだ。前方投影面積は点に近くなり、そのせいか他の二人の選手よりもぐっとスピードが乗っている。下り坂の途中では先頭に出て、そこからまた長い上り坂に入って行った。

　今のところは、順調なようだ。ほっとして、私はまた移動を始めた。先ほど竜神たちが下って行ったポイントまで、膝まで雪に埋まりながら何とか歩いて行く。その先の上り切った後でコースは左に大きく振れ、選手たちは森の中を一周して同じポイントに戻って来る。今度は上りを観てみたかった。

　数分後、先ほど上って行った坂を選手たちが滑り下りてくる。依然、竜神が先頭。今日は「逆転」ではなく、先にリードを奪って逃げ切りを狙うつもりか……私はまた双眼鏡を目に当て、竜神の姿を視界に入れた。先ほどと同じように姿勢は低いままで、スピードは落ちていない。一転して上りに入っても、力感溢れる滑りに変わりはなかった。体の軸はぶれず、しかし両手両足はよく動いている。スキー板が雪を捉える音が小さい。上手く雪に乗っている時の特徴だ、と私には分かっていた。竜神のリードは五メートルほど。リードは簡単には広がらないが、追う二人——二人とも学生だ——の方は、少し苦しそうな表情だった。

竜神は普段よりもずっと余裕があるようだ、と私はほっとした。体調はいいのだろう。昨夜、結局電話をかけられなかったことを悔い、夜明け近くまで眠れなかったのだが、取り敢えず安心できた。私の寝不足など、どうでもいい。今は、竜神が無事に滑り切ってくれれば万事オーケイだ。全てはその後で考えよう。私はスタート・ゴール地点へ戻ることにした。

スタート・ゴール地点の前には、クラブハウスの横にトイレなどが入ったコンクリート製の素っ気ない建物、その脇に各チームが着替えや休憩用に張ったテントが並んでいる。つまり観客席などはないわけで、それも観客が集まらない理由なのだろうが……今日ばかりは別だった。報道陣も多いが、竜神の現役時代に応援していたファンが戻って来たようだった。女性ファンが目立つのも、いかにも竜神のレースらしい。そんな中で、長年のファンだろうか……初老の男性が三人、喫煙所の前に固まって談笑している。きっとこの人たちは、何十年もレースに足を運び、選手の品定めをしているのだろう。前を通り過ぎる時、「竜神は復活した」「これでやめるのはもったいないな」「昔並みに切れてる」という囁くような評価の声が聞こえてきた。

　ファンは無責任な存在だが、竜神が昔からのファン、それ以上に多くの新しいファンをスキー場に呼んだのは間違いない。その功績は認めざるを得ないものの、結局はファンを裏切っていたのでは、とも思う。

　もやもやとした気分を抱えたまま、私はクラブハウスの下に陣取った。顔馴染みの記者が何人かいたので、軽く挨拶したが、話をする気にはなれない。ゴールまでの待ち時間、お喋りをしながら時間潰しをするのは記者の習性のようなものだが、今日ばかりは一人になりたかった。少し距離を置いて、雪の上に立つ。

　二周、三周……レースは順調に進み、竜神はずっとトップをキープしていた。いつの間にか私は、落ち着かない気分になってきた。全盛期の竜神なら、まだトップグループのすぐ下に位置していただろう。その位置を守りながら、終盤の逆転につなげる――そういうレース展開を見慣れ過ぎていたがために、今日はいつもと違う、という意識が消えない。竜神は飛ばし過ぎているのではないか？　倒れるのを承知で、早い段階から勝負をかけたのか？

　四周目、レースの半分が終わっても、竜神はまだトップに立っていた。しかしクラブハウスの正面にある電光掲示板でタイムを確認すると、少しペースが落ちているのが分かる。このままだと、フィニッシュタイムは二時間四分台、あるいは五分台だろうか……竜神はかつて、ここで行われたフリーのレースで、二時間三分台を出したことがあるのだが。

急に肌寒くなってきた。見上げると、薄い雲が空を覆い始めている。こうなると、白旗山では必ず雪が降る。レースに影響が出ないといいのだが……竜神はクラブハウス前を通り過ぎ、他の選手をリードして、急な上りに入って行く。その手前が給水ポイントで、竜神は待機していた東体大のスタッフからドリンクのボトルを受け取った。両手でボトルを握り、飲みながら、足の力だけで急坂を上って行く。頂上に到達する前に水分の補給を終え、ボトルを投げ捨てた。勢いをつけるようにストックを雪に突きたて、坂を上り終えた。コースはここで左に急カーブする。橋を渡っていくその背中に、スタッフたちが声をかけた。

「踏ん張りどころです！」

「半分経過です！」

ああいう声がどれだけ聞こえているのか……竜神に確かめたことがあるが、彼の答えは「聞こえている」だった。ただし、聞こえているだけで参考にはならないという。細かく指示をされても、レース中には簡単に修正できないものだ。結局は個人の戦い――それがクロカンである。

やはり、比較的ゆったりしたタイムのレースになりそうだ。これが竜神にとって有利になるか不利になるか――現在のレース展開では、私には読めなかった。

できるだけ動かないようにしよう、と決める。競技場は広いが、あまり動き回っているると、竜神の両親と顔を合わせてしまうかもしれない。彼らの願いを私は拒絶したのだから、合わせる顔がない……向こうも落ち着かない気分だろう。両親は両親で竜神を説得したはずだが、彼は言うことを聞かなかったはずだ。だからこそ両親は私に頼んできたわけだし――いずれにせよ、会いたくなかった。

給水ポイントの近くで、波留を見つける。選手が通らないタイミングを見計らって、私はコースを横切り、彼に近づいた。こういうところは、運営もおおらかと言うかいい加減というか……取材する方としてはありがたい限りなのだが。

波留が私に気づき、ぎょっとした表情を浮かべた。しかしその場を離れるわけにはいかないようで、うつむき、何とか私を無視しようとする。私は彼の横に並び、低い声で話しかけた。

「竜神、調子いいじゃないですか」

「まだ分からん」押し殺すように言った。

「体調はどうなんですか」

「普通だ」

「昨夜、竜神のご両親から連絡がありました」

波留が顔を上げる。不安気な表情が浮かんでいた。

「君にも、か」

「監督にもですか？」

「ああ……」波留が土気色になった唇を舐める。

「竜神を出場させないでくれ、と？」

「そうだ」波留が足元を見詰める。

「何て答えたんですか」

「出場するかしないかは、竜神に任せてある、と」

「逃げましたね」

「だったら君は何と答えたんだ」波留が厳しい口調で追及する。

「誤魔化しました」

「君こそ、逃げたわけだな」

「そう……なります」私は唇を噛んだ。

「まあ、俺たちはそうするしかなかったな。あいつは今は、俺たちの手が届かないところにいる」

微妙に論点がずれている。昨夜の段階なら、竜神はまだ遠くへは行っていなかったはずなのに。

「無事に終わるのを祈ります」私は話を合わせた。

「そうだな」

雪の中に、卑怯者が二人。私たちは無言になった。ほとんどの選手が通り過ぎてしまい、給水ポイントのスタッフも手持ち無沙汰にしている。遅れ始めた選手が差しかかる。同じチームの女子選手だろうか、甲高い声で「ガンバ！」と叫んだ。その声が長く尾を引くように、競技場に響く。

細かい雪が降り出した。ほどなく、視界が悪くなるだろう。それは、レースの行く末に関しても同じだった。私は何となく波留から離れ、また長い上りコースに向かって歩いて行った。すぐに竜神がここを通過するだろう。波留が、ちらりとこちらを見たような気がする。二人で一緒にいれば、罪を分かち合う共犯者。しかし離れていても、罪が二分されるわけもない。

クラブハウスからはわずか数十メートルほど高いだけだが、急に冷えこみ、風も強くなった気がする。雪は渦を巻くように舞い、時折容赦なく目に入ってきた。走っている時、雪は邪魔にならないのか、と竜神に聞いたことがある。「サングラスがあるからね」と答えてくれた。笑ってはいたが、口調は極めて真面目だった。

そう、あいつはどんなに馬鹿な質問に対しても真面目に答えてくれる。あんな風に誰に対しても真摯に対応していると、本当に疲れるだろう。生来の性格でもあるのだが、最初に金メダルを取ってから引退までの四年間、彼は以前にも増して紳士的になった。それこそ日本を背負うように――。

竜神が長い坂を上がって来る。いつの間にか、トップグループの選手が入れ替わっていた。竜神の後ろにぴたりとついている選手のナンバーカードを確認して、私は仰天した。長島ではないか。長島怜人。竜神より少し小柄でほっそりした体つきは、まだいかにも頼りなく見えるが、それでもしっかり食らいついている。両手、両足の動きが竜神のリズムとぴたりと合っていた。まるで目の前を滑る竜神を、そのままお手本にしているようである。この五人が、トップはこの二人で、そこから二十メートルほど遅れて三人が塊になっている。この五人が、事実上のトップグループと言っていいだろう。後続には大集団が控えているはずだが、短い時間でかなり距離が開いたようだ。坂の一番下の方を眺め渡しても、後のグループはまだ見えてこない。

竜神が私の前を通り過ぎる。荒い息遣いがはっきりと聞こえたが、それが彼のものなのか怜人のそれなのか、判然としなかった。竜神の腕の振りは依然として大きく、疲れはまったく窺えない。まだ先は長いが、このまま怜人を抑えて逃げ切るのではないか、と私は想像した。怜人にはまだ、絶対的に経験が足りない。「壁になる」という竜神の言葉が実現しようとしている。怜人は竜神をモデルにするように滑っているが、実際には目の前に高い壁がそびえ立っているように感じているのではないだろうか。前に出るのを許さない、絶対の障壁。実際、怜人の滑りは一杯一杯という感じだった。

しかし――すぐに私は、長年クロカンを取材してきた記者としての自信を失うことになった。

左へカーブしての、長い下り坂。そこで怜人がわずかに右へ動いた。低い前傾姿勢を取ると、一気にスピードに乗って滑り降りて行く。一方竜神は、わずかに腰が高い。疲れが出たか――下り始めてすぐに怜人が竜神に並び、坂の途中で抜き去った。コース脇に控えた北海道美浜大のコーチが、怜人に活を入れる。

「チャンスだ、チャンス！　広げろ！」

坂を滑り終え、再び長い上りに差しかかる時には、怜人はスキー板の分、リードを広げていた。双眼鏡の中で、リズムに乗って上り始める怜人の背中が確認できた。竜神は……体の軸がわずかにぶれている感じがする。頭が小刻みに左右に揺れているのはまずい傾向だ。

王者の交代なのか？　ここで竜神は終わってしまうのか？

しかし竜神は、食らいついていく。リードを開かせず、同じ距離を保ったまま、必死で怜人の背中を追っていた。竜神のスキー板が怜人のスキー板を踏むのではないかと思えるぐらいの近接した距離である。

私は慌てて、二人が滑り下りたコースに向かった。二人は林間の平地部分を通って、すぐに同じコースの反対側を戻って来る。

足元から冷たさが這い上がり、細かく硬い雪が顔を叩いた。私の横を、後続の選手たちが次々に滑り抜けて行く。ちらりと見ると、まだスタート当初のような大集団だった。この連中が竜神たちに影響を与えるとは思えないが、もしもスピードが落ちてきてこの大グループに吞みこまれたら、レースの展開はまったく読めなくなる。

腕時計を睨みながら、じっと待つ。数分後、二人が戻って来た。林間コースから下りてくる坂では、相変わらず怜人が頭一つのリード。しかし上りに入ったところで、竜神が右に出て、すぐに並んだ。先ほど気になった体の軸のぶれは見えず、大きく綺麗なフォームで着実に進む。長い上りの途中で怜人に追いつき、ちょうど私の目の前で抜き去って行った。先ほど怜人に活を入れたコーチが、「粘れ！　離されるな！」と再度大声を上げる。しかし、怜人の耳に届いているかどうか……。

怜人が目の前を通り過ぎると、北海道美浜大のコーチが思い切り背中を伸ばして、拳で腰を叩いた。大学のロゴが背中に入ったダウンコートを着たコーチに、私はそっと近づいた。私と同年代だろうか、雪焼けした丸顔の目元には、くっきりと皺が刻まれている。

「東日スポーツです」腕章を見せながら私は言った。

「ああ……どうも」返事はしてくれたが、どこか上の空だった。

「長島、頑張りますね」

「いやいや、まだ先が長いから」ぬか喜びはしないタイプのようだった。

「ここまで竜神と競るとは意外でした」

「今日は気合い、入ってましたからね」

「そうですか？」

「昨夜、竜神から電話を貰ったって言ってましたよ」

「激励ですか？」何の話だろう、と私は訝った。

「内容については言わなかったけど、今朝になったら明らかに顔つきが変わってましたよ。あんなに気合いが入ってる長島を見るのは初めてだな。いつも飄々（ひょうひょう）としてるのに」

「いいことじゃないですか」もっとも、スタート直前に竜神から声をかけられる前は、気合いが入っているというより緊張しきっていたが。

「そう……あいつに一番足りないのは、勝とうという執念だから。まだ、どれだけ重要なことか、分かってないんでしょうね」

　私はうなずき、二人の姿がまた林間コースに消えるのを見守った。竜神の「教育」は、レースで競うことだけではない。復帰して、怜人の壁になる――その目的をきっちり果たしているわけだ。

だが、本当にそれだけなのだろうか。

私は未だに、復帰の本当の動機を摑み切れていない。いや、何となく想像はしているのだが、それを彼に直接確かめる勇気がなかった。どうしてもドーピングの問題を持ち出さざるを得ないから。

レースは終盤に入った。別れの時が近づいている。最後のレースが終わった後で、自分には竜神と直接対峙する勇気があるだろうか。

ラスト一周に入ったところで、レースは大きく動いた。竜神と怜人のペースが遅れ始めたようで、後ろから追い上げていた三人が二人を呑みこみ、トップ集団が五人になってしまう。電光掲示板で確認したところ、通過タイムはトップの竜神から五位の選手まで、わずか十秒差だった。これぐらいの差だと、あと八キロ滑る間に何が起きるか分からない。

現場でクロカンを見ていて一番難しいのがこれだ。全コースでの展開を生で観られるわけではないから、途中で何が起きているのか分からないのである。オリンピックならば、途中経過を追った映像を大画面に映し出すのだが。

給水所で竜神に気合いを入れた波留が戻って来た。後は本人任せ、最後をゴールで見守るということか……私と目が合ったが、声はかけずにゴール地点に向かう。降りしきる雪の中、とぼとぼ歩く彼の姿は、敗者のように見えた。近づく気にもなれず、私は彼から少し離れた場所に陣取ることにした。ゴール地点には既にカメラマンが多数集まっており、上手く場所取りしないとゴールの瞬間を確認できない。竜神が活躍していた頃は、まさにこんな感じだったな、と思い出す。

腕時計を睨みながら、その時を待つ。十数分後には結果が出るのだが、それまでが長い。どうにも落ち着かなかった。竜神が完全に独走で入って来ない限り、ゴール直前まで混戦が続きそうな予感がしている。

どことなくざわついた空気が流れている。普段、ゴール周辺に陣取るのは、関係者ばかりだ。仲間を応援するチームの選手たち……しかし今日ばかりは、詰めかけた報道陣に押されて、近づけないでいる。私は改めて、竜神人気の高さを思い知った。

時の流れが遅い感じがする。もしかしたら実際に、タイムが落ちているのでは……ようやく大集団が解れ、選手たちがばらばらと通り過ぎて行く。明らかにスタミナ切れでスピードが落ちた選手もいて、観ているこちらも苦しくなる。しかしまだレースは終わっていない。遅れているからこそ頑張れとばかりに、声を張り上げて応援する人間もいる。ずっと会場に流れていたBGMが、急に耳障りに感じられるようになった。八〇年代の洋楽をユーロビート風にアレンジして流しているのだが、軽佻浮薄な曲調は、この場の雰囲気に合っていない。クロカンはもっとストイックな競技である。こういうBG

Mは、軽やかさ——重力を無視した跳躍——が特徴のスノーボードやモーグルの会場にこそ似合う。

すべての選手がクラブハウス前を通過してから三分、急に空気がざわつき始めた。

「来るぞ」誰かがつぶやくように言った。私は、クラブハウス前の周回コースへのアプローチに目をやった。やたらとだだっ広いこの周回コースは、距離の調整などにも使われるために複雑なカーブを描いている。夏場はサッカーのグラウンドが二面取れるほどの広大さなのだが、滑っている選手たちはどんな気持ちになるのだろう。

「来た！」数人が一斉に叫ぶ。私が予想した通り、五人はそのまま塊になって最後の数百メートルに入って来た。先頭はやはり竜神のようだが、五人の差はほとんどない。怜人は竜神の背中にぴたりと張りついていた。これはおそらく、最後の直線勝負になる。スタミナというより、精神力の戦いだ。気持ちが折れた瞬間に遅れ始め、勝利は遠のく。

スケーティングによる細かい溝が無数に刻まれたコースは、赤いネットで区切られている。最後のカーブをクリアして来る選手たちの姿が、そのネットのせいではっきり見えなくなった。

観客は、コース脇にあるフェンスの前に集まり、思い思いに声援を送っていた。一つ一つの言葉は聞き取れず、唸(うな)り声が束になって私の耳に襲いかかってくるようだった。

私は身を乗り出し、スチルカメラマンとテレビのカメラマンとの間に体を押しこんだ。

舌打ちする音が聞こえたが無視する。これは義務――竜神のラストランを見守るのは、私でなくてはいけないのだ。

これは――読めない。まったく読めない。カーブから立ち上がって来たところで、まだ五人の選手が塊になっている。竜神がトップを押さえているが、怜人が後ろから一気に横へ出て並んだ。もう一人の選手がさらに怜人の外側へ、さらに一人が竜神の内側をつく。一人だけ遅れたが、横一列に並んで四人がゴールを目指す、極めて珍しい展開になった。

私はいつの間にか、両手を握りしめていた。分厚い防寒手袋の中で、手に汗をかいているのを感じる。

竜神の動きが大きくなった。大きく両腕を動かして体を前に押し出し、足の動きもスピードが落ちない。しかし最後の百メートルにきて、他の選手の執念も凄まじかった。全員がサングラスをしているので完全に表情は読み切れないが、苦しんでいるのは間違いない。酸素を求めて口が大きく開き、頬が歪む。ざっざっとストックが雪を押す音が、重なり合ってやけに大きく聞こえてきた。

四人ともが譲らない。竜神は少しだけうつむき、自分の体の動きに全神経を集中しているようだった。

まずいぞ……これはあいつ得意のパターンではない。追い上げる時にこそ、竜神の強靭な精神力は発揮されるのだ。肉体の疲労を精神が乗り越え、普通ならあり得ない力を出せる。お前はこんな展開を予想していたのか？　どんな結末に持って行くつもりだ？私は心の中で竜神に向かって叫んだ。

残り五十メートル……まだ誰も前に出ない。全員が、ラスト十メートルの勝負だとでも思っているのだろうか。怜人は特に苦しそうで、今や顎が完全に上がってしまっている。限界まで酸素を求めて口が大きく開き、体の動きが小さくなっているようにも見えた。それでも遅れず、必死に食らいつく。

竜神がちらりと自分の右横を見た。そこに怜人がまだいるのを確認するように——次の瞬間、前を向いて一瞬だけ顎を上げる。そこから急に、体が前に沈みこんだ感じがした。ここへきてなおも完璧な前傾姿勢を取り、さらに空気抵抗を少なくしようと体を沈みこませているのか。

笑った？

口元が緩んだ感じがした。何でこんな状況で笑ってるんだよ、と私は唖然とした。竜神といえば常に必死なイメージで、レース中に笑うことなど考えられないのに。しかしその笑みは、竜神に新たなパワーを呼びこんだようだった。

突然、竜神が一気に前に出る。ゴールまで二十メートルほど。斜め前方から見守っている私の目には、竜神の体だけが急に大きくなったように見えた。まさにラストスパート、他の三選手とはレベルが違う滑りだ。それにしても、ここにきてまだこれほどの余裕を残していたとは……他の選手は、もうついてこられない。怜人も完全に遅れた。
わずか二十メートルの間に、竜神のリードがどんどん広がる。他の選手の心を完全にへし折ったな、と私は確信した。これは……新たな竜神の誕生ではないか。最後の追いこみ、逆転に賭けていた従来のパターンではなく、圧倒的な力を見せつける、堂々たる王者の滑りである。

結局竜神は、リードを五メートルほど広げたまま、一位でゴールした。その瞬間、わあっと沸き立つ歓声……どこかの馬鹿がクラッカーを鳴らしたので、私はびくりと体を震わせた。

竜神は両膝に手をつき、前屈みになったまま、滑り続けた。ほどなく、自然にスキーが停まる。その瞬間にしっかり顔を上げ、背筋を伸ばした。私からは背中しか見えないが、何の後悔もない、晴れ晴れとした後ろ姿に見える。

怜人は二位で飛びこんだ。ゴールした瞬間に倒れこみ、天を仰いで胸を大きく上下させる。えずく声が聞こえてきて、彼が限界まで頑張ったのが私にも分かった。

竜神が引き返してきて、怜人の手首を摑む。怜人にはまだ立ち上がる余力がなさそうだったが、竜神が強引に彼を引き起こした。怜人は膝に両手をついたまま、その場を動こうとしない。竜神は「早くどくんだ」と短く言って、怜人の背中を押した。そうか……選手は次々とゴールしてくるから、ここにいたら邪魔になる。竜神はいつも、すぐにどいていたと思い出す。後の人に対する礼儀——ゴールしてもそれで終わりではないのだ。

こんなに礼儀正しい人間が、どうしてドーピングなんかした？　私の頭は混乱していた。礼儀と、勝利に対する執念は別ということなのか。

竜神が怜人の背中を平手で叩く。かなりの勢いで、怜人がびくりと体を震わせるぐらいだった。「何するんですか」とでも問いたげな表情で振り返る怜人に向かって、竜神が晴れやかな笑みを浮かべて語りかける。

「まだまだだな」

結局、これが言いたいためだけにこのレースに参加したのか？　怜人が苦笑して、さっと一礼した。自分の実力と壁の高さを実感したのだろう。しかしこの壁は、まもなく消える。後は自分一人で力を磨いていくしかないのだ。竜神が怜人を直接コーチするとは考えられない。自分の背中を見せる以外に、人に教える術を持たない男なのだ。

二人は並んで、ゆっくりと滑って行った。親子ではない。弟子と師匠でもない。戦い終えた二人の選手——竜神が今まで、ライバルに対して見せたことのない姿だった。

試合後の取材は大混乱になった。さすがに主催者も、この大会ではミックスゾーンを作ったのだが、完全に閉鎖された場所ではないので、一般のファンまでが竜神を取り囲んでしまったのだ。私は分厚い輪の中に何とか入りこんだが、ざわざわとした雰囲気のせいで質問も竜神の答えも聞き取りにくくなっている。後ろの方にいた記者が「大きい声でお願いします！」と叫んだ。

竜神は一瞬言葉を切り、すっと顔を上げた。レース直後だというのに呼吸も乱れておらず、よく通るはっきりとした声でコメントを再開する。

「雪は硬めでした。ワックスの選択が上手くいったと思います。東体大のスタッフに感謝ですね」

「最後まで競る展開は予想していませんでした。もう少し早く引き離さないと駄目でしたね」

「長島選手はよく頑張ったと思います。途中、ずっと彼と二人でトップを走っていたんですが、彼のお父さんに引っ張られていた頃のことを思い出しました。いい選手に――これからのクロカン界を背負ってくれる選手になってくれると思います」

ふっと間が空いた。記者の質問より先に、竜神が言いたいことがあるとでもいうように口を開く。

「それから……引退のことですが、予定通りにこのレースを最後に引退します」

「もったいないですか？」どこかの記者が当然の疑問を口にした。「来シーズンは、また世界で転戦して戦えるんじゃないですか？　次のオリンピックも――」

「引退します」竜神が記者の質問を遮って繰り返した。彼にしては珍しいことである。普段は、どんなに下らない質問でも、最後まで耳を傾けるのだが。「これで証明できたと思いますので、これ以上滑る意味はないんです。私の中で、目標は達成しました」

「証明って、何を――」

「失礼します」

竜神が強引に質問を打ち切り、深々と頭を下げた。報道陣を黙らせるのに十分な、強い態度だった。これも昔の竜神らしくない。質問には最後まで丁寧に答えて、会見が長引くのも普通だったのに。

しかし、竜神の強い言葉は、報道陣の粘りを奪ってしまった。輪が解け、竜神が歩き出す。ファンの方はお構いなしで彼に群がってきたが、大会関係者、それに東体大のスタッフがガードして、竜神を東体大のテントの方へ連れて行った。

一瞬、目が合う。こういう時、いつもの竜神なら必ず私に気づいてうなずきかけてくれたが、今日は一瞬、視線を私の顔に注いだだけだった。真顔――無表情であり、何を考えているかは分からない。

一瞬、声をかけようかと思った。観てたぞ。お前の最後のレースを見届けたぞ。今までで最高のレースだったじゃないか――。

言えなかった。この場には、どんな言葉も合わない感じがする。私は黙って竜神が去るのを見送るしかなかった。

竜神が倒れた、と聞いたのはその一か月後だった。

4

あれから――竜神の復帰を聞いて慌てて新潟へ駆けつけてから一年が経つのか、と私は呆然(ぼうぜん)とした。魚沼の春は遅いが、さすがに四月に入ると日差しは柔らかくなり、道路端に積もっていた雪も薄くなっている。もっとも、少し山手の方に行けば、まだ田んぼや畑は分厚く雪で覆われているはずだ。今年の冬は、豪雪だったのだ。

気が焦る。と同時に気が重い。どうして知らせてくれなかったんだ、という怒りもあった。竜神が心筋梗塞で倒れたのは、天皇杯の終了直後、塩沢の自宅に戻ってすぐだった。家族の前で倒れたので、手早い処置が成功し、カテーテル手術で済んだのだが……入院は三週間。退院して、自宅静養に入ってから一週間後に、父親の正彦から連絡が入った。電話で第一報を聞いた瞬間の私の返事は「すみませんでした」だった。言ってしまってから、後悔の念が滲み出て、言葉を失ってしまう。あの時……レースの前に正彦から頼まれた通り、竜神に棄権を促していたら。もちろん竜神は私の忠告など聞きもしなかったかもしれないが、それでも私は「義務を果たした」と言えたのではないか。それなら、ここまで罪の意識を感じることもなかったはずだ。

正彦は、私が絶句したためか、すぐにフォローしてくれた。

「レースと関係あるかどうかは分からないから。医者はないだろう、と言っていた」

それでも気は休まらない。電話を受けてすぐ、私は仕事を放り出して新幹線に飛び乗った。

竜神は自室で休んでいた。何と素っ気ない部屋か、と呆れる。ベッドとデスク、一人がけのソファが二つあるだけで、クロカンをイメージさせるものは何もない。あれだけ大量に獲得したトロフィーやメダルの類も一切なし。こんな部屋にいたら気が休まらないのではないかと思ったが、そもそも竜神は、クロカン以外にこだわるものがない人間だった。趣味もなし。人間関係も最小限。そういう意味では、ここはいかにも竜神らしい部屋とも言えた。

私が入って行くと、竜神がゆっくりと上体を起こした。部屋には夕日が容赦なく射しこみ、彼の顔をオレンジ色に染めている。その顔が、一か月前とは打って変わってやつれているのを見て、私は鼓動が速くなってくるのを感じた。全体に、一気に何歳か年を取ってしまった感じである。体もひと回り小さくなったようだ。

「寝てなくていいのか」

「寝過ぎは、逆に体によくないよ」

苦笑しながら、竜神がベッドから抜け出した。グレーのジャージの上下。髪にはひどい寝癖がついていた。二人がけのソファに腰を下ろすと、私の向かいの一人がけのソファを勧める。私は慎重に腰を下ろし、意識して浅く腰かけ直した。ゆったりと話を聞く気分ではない。

「参ったよ」竜神が両手で顔を擦る。「いきなり胸を殴られたみたいな痛みで――」

「その話はよそう」私は彼の説明を遮った。「親父さんから詳しく聞いた。そういう話、苦手なんだ」

「そうか」竜神が唇を嚙む。

本当は苦手なわけではない。特に怪我の痛みについては、多くのスポーツ選手から散々聞かされたから慣れている。しかし、あれだけ強靱な肉体を誇っていた竜神の口から、痛みや苦しみの説明は聞きたくなかった。

「今はどうなんだ？」

「三週間も入院してたから、何だか体が弱った感じがする。元に戻ると思うけどね」

「体調、悪くないのか」

「何だか疲れてるだけだ」うなずき、竜神が立ち上がった。クローゼットの扉を開け、ジーンズを引っ張り出す。「ちょっと歩かないか」

「大丈夫なのか？」

「リハビリみたいなものだ。医者も運動は勧めてたよ……もちろん、トレーニングって意味じゃないけど」

竜神は素早く着替え、薄手のダウンジャケットを羽織った。四月とはいえ、夕方になると魚沼は冷えこむ。心配になったが止める言葉を思いつかず、私は彼に従って家を出た。

ほぼ一年前、ノルディックウォーキングで大汗をかいたコースを、ゆっくりと歩いて行く。竜神は、緩い上り坂を、足取りを確かめるように一歩一歩踏みしめていた。気温は低く、吐く息は白い。冬から春へ移り変わる時期だが、まだ冬が優勢だった。ふいにこの季節は、十八歳の私が故郷との完全な決別を決めた時期でもあった、と思い出す。

「分かってるんだろう？」竜神が切り出した。前を向いたまましっかりと歩き、私とは顔を合わせようとしない。

「ああ」私は低い声で認めた。自分が卑怯者だと意識する。結局、自分からは質問をぶつけることなく、竜神に言わせてしまった。

「俺は現役時代、ドーピングをしていた。遺伝子ドーピングだ」

「分かってる。詳しい話はしてくれなくてもいい」

「もう取材済み、か」

「かなり詳細に」

「どうして書かないんだ？」

私は答えなかった——答えられなかった。守永の思惑に乗るようなことは、絶対にしたくない。守永は他社にタレこむかもしれないが、それはそれで仕方ないと思っていた。アメリカ駐在の二人は独自に情報を探っているようだが、今のところ確証は摑めていない様子である。私は彼らの問い合わせに、「裏が取れない」と適当な嘘をついていた。

竜神が、如意輪観音（にょいりんかんのん）——観音像を屋根で覆ってあるだけだ——の前で立ち止まり、小さな石垣に腰かけた。私は少し距離を置いて、彼の脇に座った。ずっと下の方に高速道路が見えている。ささやかな塩沢の市街地も。

「何でドーピングなんかしたんだ？　一番お前らしくないことだと思うけど」

「そうかな」

「そうだよ」

「勝ちたかったから」うなずいて、竜神があっさり言った。最も簡単、かつ理解しやすい動機である。

「ライコネンに勧められたんだな？」

「ああ」

「彼も今、後遺症で苦しんでいる。肝臓が悪いらしいな」

「知ってる」

「知ってるって……」私は困惑して、彼の横顔を見た。

「連絡は取り合ってるんだ。患者同士の情報交換って感じかな」

「これは……クロカンの世界では当たり前のことなのか？」

「まさか」竜神が即座に否定した。「特に日本人は、こんなことは絶対にしない。俺は……俺は卑怯者なんだろうな」

そうだ、とは言えなかった――事実なのだが、私にとってのヒーローを直接面罵するだけの度胸がない。

「練習で自分を追いこむ体力が欲しかったんだ。俺は、気持ちでは誰にも負けない自信がある。でも、体がいつもついてくるとは限らない。だから、もっと強い体が欲しかった」

「それは、ドーピングして試合に臨むのと同じことだぞ」

「違う」竜神は言い張った。「トレーニングのためだ」ライコネンと同じ理屈だった。

「ドーピングで作った体でレースに出てるんだから、同じことじゃないか」

竜神が一瞬黙りこむ。次に口を開いた時には、少しだけ口調が弱くなっていた。

「――そういう理屈をこねなくちゃいけないのは、自分でも悪いことだと思ってるからだろうな」

「悪いという意識はあるんだ？」

「ルールはルールだから」竜神が強調した。「こうやって、後遺症が自分に跳ね返ってくることは覚悟してやったんだけど……」

「ルールじゃなくて、公平性の問題じゃないか？　普通に鍛えている選手もいるのに、ドーピングっていうのはずるい近道だ」自分で言いながら、私はあまりにも理想論に近寄り過ぎていると意識していた。

「そうだな」

「できるだけ同じ条件でやるのが、公平ってことじゃないのか」

「でも実際には、公平じゃないんだ」竜神が首を横に振った。「環境や使える金……そういうのは、国によって、選手によって全然違う。だいたい、完全に公平なレースをするなら、選手全員を同じ環境で練習させて、本番でのウエアやツールも統一すべきじゃないのかな」

「それは極端過ぎるだろう」

「理想論ではそうなるんだ。でも、ルールはそうなっていない……それでもルールはルールなんだよ。従わなければならないなら、俺は従う」

「だけどお前は、そのルールを破った」私は指摘した。胸がちくりと痛む。糾弾するつもりはないのに……。

「だからずっと悩んでいたし、今はこうやってしっぺ返しを食らったんだと思っている。自業自得だよ」

「バランスが悪過ぎるんじゃないか？　命を賭けてまですることじゃないだろう」

竜神の罪は何だろう。彼は人を殺したわけではない。物を盗んだわけではない。誰かを物理的に傷つけたわけでもない……敢えて言えば多くの国民――そして私を欺いたことか。詐欺罪だとしても、絶対に死刑にはならない。なのに竜神は死にかけた。父親の説明によれば、この危機はまだ続くのだという。遺伝子改変の結果、いわばこれが竜神の体質になってしまっているわけで、根本的な治療方法はない。

つまり、いつ死ぬか分からない状態――爆弾を抱えて生きていくしかないのだ。

竜神の視線が、まばらに家が広がる街の方に注がれた。目は細まり、遠くに隠れている何かを見つけようとしているようだった。

「ずいぶん旅したな」竜神はぽつりと言った。

「……そうだな」

「この街から出て、世界中を旅することになるとは思わなかった。お前もずいぶんつき合ってくれたよな」

「ああ……俺はくっついていっただけだけど。やっぱり部外者だから」急に胸が一杯になる。二人で歩いた街、嗅いだ冷たい空気、食べ慣れない異国の料理……そういう記憶が、一気に頭の中で蘇ってきた。

「でもお前がたくさん記事を書いてくれたから、クロカンもあれだけ盛り上がったんだと思う」

「いや、お前が強かったからだ。お前が勝ち続けたからこそ、書くことがあったんだから。スーパースターがいれば、どんなにマイナーな競技だって盛り上がるんだ」

「スーパースターか……」竜神が立ち上がり、腰に両手を当てて背中を伸ばした。ばきばきと音が聞こえてきそうな、硬い動きだった。そのまま振り返り、「スーパースターでいる気持ちって、どんな感じか、分かるか？」

　私は口を開きかけ、言葉を呑みこんだ。分かるはずもない。私たちはあくまで、スーパースターを「作る」立場である。

　竜神が、小さく円を描くように歩き始めた。まるで、自分の足元にちゃんと地面があるかどうか確かめるように。

「何してるんだ」

「いや」竜神の動きが停まった。もしかしたら自分でも、何をしているか理解できていなかったのかもしれない。「この辺、俺らが子どもの頃からあまり変わらないいな」

「そうだな」

「市になっても、あまり変化はないんだな」

「ああ」相槌は打ったものの、竜神が何を言いたいのか分からなかった。

「本当に、俺は遠くへ行ったと思う。でも、戻って来た。あとはたぶん、一生ここから出ない」

「いや、クロカンでやれることはあるんじゃないか」

「コーチとか？　それはないな」

「ライコネンみたいに、企業のアドバイザーになるとか」

「表に出たくないんだよ」竜神が力なく首を横に振った。「俺は元々、目立ちたくない人間なんだ」

「それは分かるけど、現役時代のお前は違ったじゃないか」反射的に反論してしまった。スーパースターとしての竜神……観客の声援に応え、会見では記者の質問にてきぱきと答え、テレビでもきちんと受け答えをする。CMで見せる闘魂溢れる表情。どこに出しても恥ずかしくないし、竜神本人もその役割を完全に理解してこなしていた。

「クロカンって、元々地味で目立たないスポーツじゃないか。大会でマスコミの取材が殺到するわけじゃないし、テレビに映ることなんて滅多になかった。むしろそれがよかったんだよ……自分のペースでできるからね。だけど、オリンピックでメダルを取ってから状況が変わった。たくさんの人に追いかけられるようになって、自分の時間がなくなって……それでも、クロカンが注目されるなら、いいと思っていたんだ。俺が広告塔になれれば、喜んでその役目を果たすつもりだった。でもさ、そういうのはやっぱり疲れるんだよ」竜神が寂しそうに笑った。

「そうか……」

「いつも緊張して、胃が痛かった」

「俺の取材でも？」

「お前は別だ。友だちだから」竜神がふっと笑った。

「それが俺の問題だったのかもしれない」

「どういうことだ？」

私も立ち上がった。冷たい空気が体の周囲を満たし、闇が急速に広がりつつあった。間もなく、この辺りはほぼ完全な闇に包まれるだろう。東京で暮らす身にとっては、塩沢の夜はあまりにも暗い。

「元々の知り合いじゃなかったら、こんなに悩んでないと思う」

「何を悩んでるんだ？」

「書くか、書かないか」取材相手にこんなことを話すのは間違っている。書くか書かないかの判断は、あくまでこちら側でするべきだ。普段は「書かないで欲しい」と懇願されても、必要だと判断すれば無視して書き飛ばしてしまうのに、竜神の伝記に関しては、私の指はずいぶん前から止まったままだ。「取材で知り合って、記者と取材相手という以上の関係になることもある。特に俺たちスポーツ紙の記者は、選手の取り巻きになったり広報係になったりすることも珍しくない。でも俺の場合、そこに昔からの知り合いだっていう要因が加わるから……」

「だから？」

「友だちを貶めたくはない」……たぶん。言ってみたものの、自分の言葉に自信が持てない。

「そうか」

「だから、この件を書くか書かないか、まだ悩んでる。俺とお前が、ただの記者と取材対象の関係だったら、とっくに書いてると思うんだ」

「それは……お前は新聞記者だからな。とにかく、書くか書かないかはお前の自由だ」

竜神がうなずく。直後、表情が曇った。「知ったら書くと思ったんだけどな」

「どうして」

「世間的に見ればショッキングな話題だ。お前が食いつかないはずがない」

「俺は……」私は言葉を呑んだ。竜神のことでなければ、確かに間違いなく書いていた。記事もそうだし、本の主眼もドーピングのスキャンダルになっただろう。記者として目立ちたい、手柄にしたい――私を突き動かす第一の要因はそれなのだから。

「こんなことは言いたくないんだけど……」竜神が口ごもる。

「何でも言ってくれ」今はむしろ、竜神の言葉にすがりたい気分だった。

「俺は確かに、スーパースターだったかもしれない。自分ではそんな意識はなかったけど、そういう風に祭り上げられたから、それらしい役割を果たそうと思ったんだよ」

「嫌いなテレビにも出て」

「そう。あれは本当に嫌なんだ……だけど我慢した。でも、もう一つ、もっと大事な問題があった」

「それは……」

「勝たなくちゃいけなかった」

「ああ」嫌な予感が頭の中に広がる。

「次のオリンピックで勝たなければ、一気にブームは萎む。そうしたら、クロカンなんてあっという間に忘れられる。だからどうしても勝たなくちゃいけなかった。だけど俺は、調整に失敗したんだ」

「それは覚えてる」

「結局、トレーニングでやれることには限界があったんだと思う。そのままオリンピックに出たら惨敗する……そう考えたら本当に怖かった」

「だからドーピングに手を出したのか」

竜神がすばやくうなずく。彼にとっては未だに、簡単には認められない事実なのだろう。おそらくこれからも……罪の意識が薄れようとした瞬間に、体の異変によって思い知らされるのかもしれない。まるで時限爆弾のように。

「ルール違反だということは分かっていた。でも、お前たちが作ってくれた地位や立場……それを壊すわけにはいかなかった。次も金メダルを、と周りの人が望んでいるなら、それに応える義務があると思ったんだ」

「つまり……」想像していた通りだ。私たちが──私が彼を追いこんだ。金メダルというのは、期待していたよりもずっといいエンディングだったのだが、そのために竜神はルールを破り、自らの体を傷つけた。「俺たちのプレッシャーが原因だったのか？」

「お前たちのせいだけじゃないけど。ああいうプレッシャーは、何が本当の原因なのか分からないよな。火を点けたのはマスコミだけど、ネットで増幅していくし……誰が悪いわけじゃない。俺が勝手に追いこまれたんだろうな」

「こんなこと言ったら何だけど、たかがオリンピックじゃないか。メダルを逃したって、大したことは──」

「それでバッシングを受けた選手がたくさんいたよな。俺は、そういう選手と話もした。ひどかったらしいよ……特にネットが普及してからは、どこにいても逃げ場がなくなるぐらい叩かれるから。反論もできないし、一度ネットに流れた情報は消えない。いつまでも傷つけられる感じになるそうだ。なあ、俺は気が弱いんだ」

「そんなことは——」

「レースだけは別だ」竜神が私の言葉に重ねるように言った。「レースでは強気になれる。どんなに不利な展開になっても、必ず逆転できると信じて続けられるんだ。でもそれ以外の場面では、俺は基本的に弱気な人間だと思うよ。負けたらどうするって考えて、夜も眠れなくなったこともあるし、トレーニングで自分を追いこめないのが情けなくて、悔しくて……人の評判も気になる。誰かに期待されるのは嬉しいことだけど、その期待に応えなくちゃいけないのは辛い。負けた時のことを考えただけで、吐きそうになったんだ。持ち上げられてる時にも不安だったんだぜ？　後はここから落ちるだけだからって。だから、心の底から笑えたことはなかった」

「それはあまりにも……考え方がマイナス過ぎないか？」

「そうなんだけど……俺は所詮、この田舎で育った小さな人間だ」竜神がさっと右手を振った。その動きがはっきりと見えないほど、既に周りは暗くなっている。「そこから広い世界に出て、いつも眩しい思いをしていた。自分は、こんな広い世界に出て戦うべき人間じゃないって、ずっと肩身の狭い思いをしてたからな」

「まさか……いつも、堂々としてたじゃないか」

「だったら、俺の演技力も大したものだと思うよ。内心びくびくしてたのが、まったく分からなかったとすれば、ね」闇の中、竜神が照れ笑いを浮かべたように見えた。

「騙されたのか、俺たちは」

「騙すというのとは、ちょっと違うけど。お前たちが勝手にそういう印象を持っただけだろう……だけどな……」竜神が言葉を切った。喋りにくそうに、指先を弄っている。

「どうした？」

「お前たち——特にお前には感謝しないと」

「どうして」私は声が上ずるのを意識した。先ほどまでは、責められている——自分を追いこんだのはお前たちだと言われているとばかり思っていたのに。

「お前が記事を書き続けてくれたお陰で、クロカンは注目を集めた。たぶん長島が、俺に続くと思う。彼が頑張れば、またブームが来るんじゃないかな。そういう雰囲気を盛り上げてくれるのは、やっぱりお前たちだよ。だから感謝してる。これからは、長島の記事をどんどん書いてくれないか？　二世選手だし、ドラマ性もあるだろう」

「本気で言ってるのか？」私は竜神の表情を見極めようとしたが、街灯もない暗闇の中では、その顔をはっきりと確かめることはできなかった。「復帰しようと思ったのはどうしてなんだ？　やっぱり、長島さんへの返礼と後輩たちのため？」

「それもある。長島さんが亡くなって……実は俺、長島さんにはドーピングのことは打ち明けていたんだ」

「マジかよ」私は思わず眉を顰めた。これではある意味、長島も「共犯」である。

「長島さんは、俺を責めることもできたと思うけど、何も言わなかった。それが何だか申し訳なかったんだ。長島さんにも重い物を背負わせてしまった気がして……それともう一つ」竜神がゆっくりと右腕を持ち上げ、折り曲げてみせた。いつもそこにあるはずの力こぶは、服の上からは見えない。「薬の力なしでも勝てることを証明したかった。天国にいる長島さんにも、それを観てもらいたかった。ドーピングの影響は、もうないはずだから」

本当に？　遺伝子ドーピングの効果は半永久的に続くと言われている。トレーニングをやめても筋肉が衰えることもなく――いや、違うのだろう。竜神もライコネンも、現役時代の体型を維持していなかったではないか。遺伝子ドーピングには、私たちがまだ知らない事情がいくらでもあるようだ。

「後悔は……してる。ドーピングしたことに関しては」竜神がぽつりと打ち明けた。

「俺は明日、死ぬかもしれない。ドーピングの副作用について研究している人なんかほとんどいないから、これからどうすればいいかも分からないと思うんだ。でも、何があっても受け入れるしかない」

「もっときちんと、精密検査を受けてみろよ。何か手があるかもしれない。俺も、病院を探してみるからさ」必死で探せば何とかなるのではないか、と思った。日本は先端医療の国である。

「いいんだ。これも運命だから。やっぱり素晴らしい人生だったよ。俺は、少しも後悔していない」

5

私はずっと、ぼうっとしていた。

竜神はドーピングの事実を認め、その上で「素晴らしい人生だったよ」と言い切った。ドーピングを後悔していることも含めて、素晴らしい人生なのか？　私には理解できない思考だった。

竜神を自宅に送り、「泊まっていかないか」という誘いを断って駅へ歩き出す。本来、歩くような距離でないことは分かっていたが、どうしても歩きたかった。関越道の下をくぐり、上越線の線路沿いに歩いて、駅前に出る道路を探す。ほとんど街灯もなく、歩いている人の姿も見当たらない。気温もぐっと下がってきて、トレンチコート一枚では辛い夜だった。

あまり様子は変わっていない、と竜神は言っていたが、私の頭からはそもそも、この辺の風景の記憶が抜けていた。一度出てしまうと、故郷の記憶は急激に薄れるものだ。

唯一、私と故郷をつないでくれていたのが、竜神だったのだろう。なかなか線路を渡れず、ひどく遠回りしてようやく駅に辿り着く。待合室に他の乗客の姿はない。私は電車の時刻を確認した後、プラスティック製の冷たい椅子に腰かけた。越後湯沢まで出て上越新幹線に乗り換え、東京着が午後九時前か……やはり故郷と東京の距離を意識させられる。食事を摂り損ねているが、塩沢駅前には食事ができるような場所がないし、越後湯沢駅の売店も、もう閉まっているかもしれない。車内販売で弁当でも買うか、と考えると侘しくなってくるが、今はこういう現実的なことで頭を満たさないと、余計なことを考えてしまう。

いつまで逃げるつもりなんだ、と自問する。竜神は、「書くべきだ」とほのめかしていたようではないか。書くことこそ、彼の望みに叶うのかもしれない。他の記者が書くぐらいなら自分が……とも思った。だが、竜神に向けられる非難の嵐の引き金になることを考えると、簡単には手が出せない。

竜神は絶対に文句を言わないだろう。「素晴らしい人生だった」「少しも後悔していない」という台詞は本音だろう。

二つの言葉がゆっくりと胸に下りてくる。そこに根づき、確実に記憶に刻まれた。しかし、その先どうしていいのか、依然として決められないのだった。

『ハードバーン』

第五章　闇と光

竜神の葬儀は、七月四日、地元・塩沢の葬儀場で営まれた。クロカンの現役選手や関係者が大勢参列し、静かな山間の街は、時ならぬ騒動に巻きこまれた。

死因は急性心筋梗塞。三月に続き二度目の発作で、今度は助からなかった。夜間に発作を起こし、家族が気づいたのは朝で、この時にはもう心肺停止状態だったという。

父親の正彦は、「もう少し気を遣っておくべきだった」と肩を落とす。東体大の監督・波留はノーコメントを貫き、葬儀では終始険しい表情だった。

筆者は、竜神の死について、ある疑惑を抱いている。それをここで明らかにすべきかどうか、まだ決めていない。新聞記者なら知った事実は書くべきだと思うし、この疑惑を生前の竜神にぶつけたところ、本人も事実関係を認めた。しかし、この疑惑が本当に竜神の死を招いたかどうかを確認することは、実質的に不可能だ。

竜神は、私たちマスコミの手によってスーパースターに祭り上げられ、クロカン振興のために、その役割を精一杯務めようと努力した。元来真面目で責任感が強い男であるが故に、そのような振る舞いにとてつもないプレッシャーを受けていたのは事実である。

生前の竜神は「少しでも多くの人にクロカンの魅力を知ってもらいたい」といつも話していた。そのために、苦手なメディアにも顔を出し、さらに強くなりたいと己に厳しい練習を課してきた。

「勝ち続け、強くあるためには、どんなことでもすべきだと思っていた。結局スポーツの世界では、強い者が正しい。そして強い者しか、周囲に影響力を及ぼせない。それはいつも感じていた」

筆者は、竜神を追いこんでしまったことを認める。当時は、それが仕事だという意識すらなかった。マスコミも大衆もスーパースターを求めるものであり、何より強い選手の登場は、人の心を高揚させるからだ。私ものぼせあがっていた。

筆者と竜神は、高校の同級生である。かつての同級生が世界の舞台に立ち、一流選手と競う姿を目の当たりにして誇らしい気持ちになり、舞い上がっていたのは事実だ。そして、竜神の活躍を伝え、彼をスーパースターの座に押し上げることこそが自分の役目だと思いこんだ。

明らかに記者の仕事の範疇を超えており、しかもそれが竜神にプレッシャーをかけていることに、私は気づかなかった。

竜神の死には、私にも責任がある。今、私が感じた疑惑をここに記せば、死後になってもなお、彼が貶められることになるかもしれない。

私には書けない。

伝えるべき事実を呑みこんだままでいたら、新聞記者としては失格だろう。しかし今の私には、書く勇気がない。竜神の最後の名誉を守るためには、書かずに呑みこんでしまうしかない。それで人から卑怯者のそしりを受けようが、耐える覚悟はできている。

決して人に読まれることのない竜神の伝記『ハードバーン』を、ここで終わりにしようと思う。

解説

松原孝臣
（スポーツライター）

読み終えて、いくつもの意味で、胸がしめつけられる思いがした。スポーツを取材し、記事を書く立場にある一人として、痛みを感じずにはいられなかった。

堂場瞬一氏は数々の警察小説を発表する一方で、箱根駅伝を題材とした『チーム』、競泳を取り上げた『水を打つ』など、スポーツを素材とした作品を世に送り出してきた。それらの作品を楽しませていただいてきたが、『ルール』は、クロスカントリースキーを舞台としている。

クロスカントリースキーをご存じだろうか。

冬季五輪競技の一つで、雪上に設けられた起伏に富むコースをポールとスキー板を使って滑り、競う種目だ。短距離から長距離までさまざまある。男子の場合、オリンピックでは50キロメートルのレースも行なわれる。ときに「雪上のマラソン」と表されるが、スタミナだけではなく筋力も問われるだけに、マラソン以上に強化のバランスに難しさがあるかもしれない。

選手同士の駆け引き、競り合いの緊迫感とともに、北欧を中心に欧州では高い人気を誇る。特に北欧では、国際大会に10万人を超える観客が詰め掛けるのも珍しくない。国際大会はテレビでライブ中継されるし、地域レベルの大会ですら、しばしば放送されている。

なのに、日本での人気、認知度は悲しいほど低いのが現実だ。

その差は、選手の置かれる環境にも表れる。他のスキー競技同様、用具のスポーツでもあるクロスカントリースキーは、多くのスタッフを必要とする。特に雪上を滑らすためにスキー板にワックスを塗るスタッフは重要だ。ひとつのレースのために、雪質や天候をにらんで様々なワックスを選択し、10本から20本のスキー板が用意される。選手はその中から使用する板を選び出す。

強豪国では代表チームに数十名のワックスマンがつくし、各地を転戦するための専用トレーラーも持っている。かたや日本は、一人のスタッフが複数の選手のスキー板を掛け持ち、手が足りないからコーチなど総出で準備する。

競技環境の差もあってオリンピックでメダルを獲得したことはない。結果、認知度が上がらずスポンサーなどの支援も少ないから国内外での合宿費用や用具代など活動費すら足りない。

「メダルを取ることで注目してもらえれば、環境も変わるんじゃないかと思うんです」

以前、日本代表として活躍する選手が口にした言葉は今なお、痛切に胸に残る。第一人者でありながら、資金不足から自ら数十社に手紙を送って支援を求め、面接を受け、門前払いも受けてきた。そんな状況を打破するにはオリンピックのメダル、それも金メダルしかない――本書には、選手が描いている夢をかなえたスキーヤーが登場する。クロスカントリースキーでオリンピック2大会連覇、CM出演が相次ぐなど国民的ヒーローとなりマイナーだった競技の地位を一気に引き上げて引退。指導者になることもなく競技との関係を切った竜神真人がその人だ。

あるとき、竜神の高校時代からの友人でスポーツ新聞記者の杉本直樹は彼が現役復帰することを知り、取材を再開する。

杉本にとって、世に送り出すことができずお蔵入りの運命にあった竜神の伝記『ハードバーン』を形にするという夢の再燃でもあった。その原稿の一部がストーリーの中に入れ子として織り込まれ、竜神の足跡、復帰後を伝える役割を担っている。

アスリートとして頂点を極め、やりきったはずのヒーローはなぜ復帰するのか。

「やり残したことがあるって気づいたから」

竜神は言う。

ではやり残したこととは何か。しかも復帰にあたって掲げた目標はオリンピックでもワールドカップでもない。国内の大会に過ぎない天皇杯優勝だ。

どこか不自然な復帰の答えを求めて、竜神本人はむろんのこと、大学や高校時代の指導者など周囲の人々に取材を進める。その中で、疑念を抱く。金メダル獲得の裏で、スポーツの世界では許されないルール違反があったのではないか、と。謎を解くために取材を重ねる過程に、ページをめくる手を止めることができない。

堂場氏のこれまでのスポーツ小説がそうであるように、描写が印象的だ。レースでの競り合いの臨場感、会場の光景。レースを何度も目にし、作中に登場する会場も訪ねたことがあるが、懐かしさを覚える。

杉本や竜神が抱える内面も迫力をもって迫ってくる。例えば、竜神の言葉、

「次のオリンピックで勝たなければ、一気にブームは萎む」

「誰かに期待されるのは嬉しいことだけど、その期待に応えなくちゃいけないのは辛い」

ヒーローが抱える苦しみが説得力をもって伝わってくるのは、丁寧な細部の積み重ねがあるからにほかならない。

やがて杉本は竜神の金メダルの裏にあった真実にたどり着く。公になれば、日本中を熱狂に巻き込んだヒーローたる像を根本から覆すことになる。記者なら誰もが望むであろうスクープを手にした瞬間だ。ましてや伝記を世に送り出したいという野心もある。だが、高校時代からの友人でもある。知った事実を社会に伝えるべきか否か、杉本は葛藤する。

やがて竜神が抱えてきた苦しみの一端に自分も加担していたこと、長年取材していながら気づいていなかった竜神の思いを知ることになる。記者の職務、役割は何かを問いかけ、さらには人としてのあり方を問いただしもする。

そのとき、タイトルが『ルール』であることの意味が突きつけられる。

スポーツには守るべきルールが定められている。守られなければスポーツは成り立たない。ルールは絶対の存在である。あるいは絶対の存在だと考えられている。

かたや、取材する記者にもルールはある。取材の手法、取材対象者との関係、記事の取り上げ方。スポーツほど厳然と定められているわけではなくても、やはり、ルールはある。

読む者も無関係ではいられない。

ルールはスポーツやメディアの場にのみあるわけではなく、職場であれなんであれ、そこに存在する。守るべきとされるルールを遵守するのは、しかし容易ではない。例えば仕事において、社内の人間関係や取引先との関係から破ることが望まれることがある。そもそもルールは適正なのかどうかという疑問が湧くこともある。

日々、意識していなくても、ルールとのかかわりを問われているのだ。杉本の葛藤は、同じメディアの立場にいる自分にとって「あなたはどうなのか」と突きつけられた刃であり、読む人々それぞれに対しての問いかけでもあることに気づく。

杉本は『ハードバーン』の結びという形で、自らが下した結論を記す。それをどう受け止めるかもまた、読む人の姿勢を問いかけているし、余韻となって心に残り続ける。

2018年2月には平昌（ピョンチャン）五輪が行なわれる。

一見華やかな世界のようでありながら、満ち足りた環境にある選手は一部に過ぎない。その陰には競技環境を変えたい、競技の地位を引き上げたい、自らのために、そして使命感とともに大会に挑む選手たちがたくさんいる。選手を取材してきた立場からは『ルール』にある竜神の足跡、胸中は、選手たちの内面にたしかに触れているように感じられた。どのような思いで試合に挑むのか、読んだあとには選手を、試合を観る目も変わってくるのではないか。

日本のクロスカントリースキーの歴史を変えたい、競技の地位を変えたいと奮闘してきた選手は夢を形とすることができるのか。竜神のように熱狂を生み出せるのか。『ルール』を読んだ今、クロスカントリースキーにとどまらず、自分そして競技の未来を変えようとオリンピックに挑む選手たちを想像すると、胸がしめつけられる思いがする。

二〇一四年一二月　実業之日本社刊

本書の執筆にあたり、次の皆様方のご協力をいただきました（敬称略）。
仲野伸良
仲野かほる
㈳全日本ノルディック・ウォーク連盟
WINS　田村秀人
この場を借りて御礼申しあげます。
（著者）

※本作品はフィクションであり、実在の組織や個人とは一切関係ありません。

実業之日本社文庫 と115

ルール 堂場瞬一(どうばしゅんいち)スポーツ小説(しょうせつ)コレクション

2017年10月15日 初版第1刷発行

著 者 堂場瞬一(どうばしゅんいち)

発行者 岩野裕一
発行所 株式会社実業之日本社
〒153-0044 東京都目黒区大橋1-5-1
クロスエアタワー8階
電話 [編集]03(6809)0473 [販売]03(6809)0495
ホームページ http://www.j-n.co.jp/
DTP ラッシュ
印刷所 大日本印刷株式会社
製本所 大日本印刷株式会社

フォーマットデザイン 鈴木正道(Suzuki Design)

ISBN978-4-408-55387-0(第二文芸)